I0573610

SALVARE WENDY

Delta Force Heroes, Book 9

SUSAN STOKER

Titolo originale: *Rescuing Wendy*

Traduzione dall'inglese di Patrizia Zecchin per One More Chapter Translations

Editing di Nadia Carena

Difendere Chloe
Difendere Morgan
Difendere Harlow
Difendere Everly
Difendere Zara
Difendere Raven

Ace Security *(Prossimamente)*
Il riscatto di Grace
Il riscatto di Alexis
Il riscatto di Bailey
Il riscatto di Felicity
Il riscatto di Sarah

CAPITOLO UNO

Aspen "Blade" Carlisle fissò il suo telefono con impazienza. Era ridicolo quanto non vedesse l'ora di ricevere la telefonata di Wendy. Sì, avrebbe potuto chiamarla lui, ma non sapeva quali fossero i suoi piani e non voleva interrompere nulla.

L'aveva conosciuta un paio di mesi prima, quando lo aveva contattato telefonicamente per cercare di vendergli una polizza sulla vita. Non ne aveva bisogno, ma era rimasto sorpreso di quanto gli fosse piaciuta la breve chiacchierata; l'aveva invitata a richiamarlo, e lei lo aveva fatto.

In seguito, erano passati da Wendy che lo chiamava un paio di volte a settimana, a scambiarsi i numeri. A volte gli telefonava ancora mentre lavorava ma si scrivevano anche messaggi, e ultimamente parlavano anche al di fuori del suo orario di lavoro di telemarketing.

Gli piaceva praticamente ogni cosa che aveva scoperto su di lei.

Quando gli aveva chiesto del *suo* lavoro, ed era stato sincero spiegandole di non poterne parlare molto, lei non aveva insistito.

Ammirava che si fosse impegnata a crescere il fratello

quando i loro genitori erano morti in un brutto incidente d'auto; Jack aveva solo sei anni quando erano rimasti uccisi. Blade non sapeva esattamente quanti anni avesse il ragazzo ora, solo che era un adolescente, ma Wendy non doveva essere stata maggiorenne da molto quando all'improvviso era diventata responsabile del suo fratellino.

A Blade piaceva che gli chiedesse sempre come stesse e come fosse stata la sua giornata. Aveva frequentato un paio di donne incline solo a parlare di loro stesse o di quello che succedeva nella loro vita, e così egocentriche da fargli perdere del tutto l'interesse. Wendy invece non mancava di chiedergli dei suoi amici, di come si sentisse, se avesse passato una bella giornata, e non sembrava mai annoiata di qualunque cosa lui volesse parlare.

Rispettava la passione che metteva nel suo lavoro come assistente presso una casa di riposo. A volte si rammaricava un po' di non riuscire a fare di più, di non essere un'infermiera, ma la maggior parte delle volte sembrava le piacesse davvero il suo lavoro, e parlava degli uomini e donne anziani che vivevano nella struttura come se fossero degli pseudo nonni.

Però c'era una cosa che lo preoccupava, aveva l'impressione che non fosse molto sicura di sé. Respingeva costantemente ogni complimento e faceva di tutto per sviare la conversazione da lei e suo fratello, portandola su di lui.

Non si erano scambiati delle foto, non ne avevano proprio accennato, e Blade si stava divertendo a conoscerla senza la pressione che comportava una frequentazione. Ma più cose scopriva, più diventava curioso, e più voleva sapere se avrebbero avuto di persona la stessa sintonia che avevano al telefono. Una sera, si erano un po' descritti fisicamente, e dopo che lui le aveva fornito qualche dettaglio, Wendy aveva solo detto di essere di altezza media, peso nella norma e di avere comuni capelli castani. Si era lamentato perché avrebbe voluto saperne di più, ma lei aveva cambiato argomento.

Il cellulare squillò, il suono stridulo risuonò in tutta la zona giorno. Sua sorella Casey, mesi prima, lo aveva aiutato a scegliere quella villetta a schiera distribuita su tre piani e lui non l'aveva ancora completamente arredata. Era troppo grande, ma non aveva potuto fare a meno di acquistarla e rinnovarla. I bellissimi pavimenti in legno scuro non erano coperti da tappeti, e nel grande open space della zona giorno c'erano solo un divano e una TV. Non aveva bisogno di altro e non si era preso la briga di renderlo accogliente.

Casey si era lamentata del fatto che sembrasse una casa da scapolo, e Blade aveva ribattuto che *era* una casa da scapolo. Sua sorella aveva alzato gli occhi al cielo ma non aveva più sollevato l'argomento.

«Ehi, Wen» rispose, dopo essersi assicurato che fosse lei a chiamare e non qualche altro venditore.

«Ciao, Aspen. È un momento buono per parlare?»

Sorrise. Amava che lo chiamasse con il suo nome di battesimo invece che con il soprannome. Quando glielo aveva detto la prima volta che si erano parlati, aveva ammesso che le piaceva la sua unicità. Apprezzava molto anche il fatto che si assicurasse di non interromperlo o disturbarlo ogni volta che chiamava. La rassicurò. «Certo. Ogni volta che vuoi chiamare per me non c'è nessun problema. Inoltre, te l'ho già detto, se non posso parlare non rispondo.»

«Lo so, volevo solo esserne sicura. Com'è stata la tua giornata?»

Sorrise. Eccola lì, che chiedeva di lui. «Buona. Io e i miei amici stamattina ci siamo allenati, ci siamo occupati di alcune scartoffie, abbiamo avuto due riunioni, poi sono andato al poligono di tiro. Ho finito di cenare poco fa e ora sono seduto sul divano a parlare con te.»

«Una giornata impegnativa» osservò Wendy.

«Sì. E tu? Com'è stata la *tua* giornata? Come sta il signor Clark?»

Lei sospirò e Blade si irrigidì. Qualche giorno prima gli aveva parlato del novantunenne residente nella casa di riposo. Era preoccupata per lui perché di recente la sua salute era peggiorata. Era rimasta sconvolta che i suoi due figli fossero stati avvisati, ma non fossero ancora andati a trovarlo, nonostante vivessero a Fort Worth che non era molto lontano.

«È morto oggi» mormorò, il suo tono di solito vivace era basso e triste.

«Oh, tesoro, mi dispiace così tanto.» Avrebbe voluto prenderla tra le braccia e confortarla.

«Tranquillo» gli disse. «Era arrivato il momento. Non riconosceva più nessuno, e un paio di giorni fa mi aveva detto persino che era pronto ad andarsene. Era straordinario, Aspen. Vorrei che avessi potuto incontrarlo. Ha combattuto nella seconda guerra mondiale e le storie che ha raccontato di alcune delle cose che ha fatto laggiù, erano sorprendenti.»

«Anch'io vorrei averlo incontrato.» Ed era sincero. Blade un tempo faceva volontariato presso alcune delle case dei veterani, ma aveva smesso da un po'. Si ripromise di ricominciare presto.

«Questa mattina sono andata a lavorare prima perché avevo un brutto presentimento. L'infermiera del turno di notte mi aveva detto che pensava non gli fosse rimasto molto da vivere. I suoi stupidi figli non si erano ancora presi la briga di farsi vedere, anche se ieri avevo deciso di chiamarli entrambi per avvisarli che era solo questione di tempo prima che il padre morisse. Mi sono seduta vicino al suo letto tenendogli la mano e non pensavo che si fosse accorto della mia presenza, ma circa un'ora dopo ha aperto gli occhi; credeva fossi sua moglie – è morta dieci anni fa – e ha iniziato a raccontare i ricordi più belli che aveva con lei.

Ha parlato della loro luna di miele e di quanto pensasse di

essere stato fortunato che avesse accettato di sposarlo. Ha raccontato della nascita dei loro figli e quanto ne fosse stato felice. Ha persino ricordato di quando erano andati sul tetto di un appartamento a Parigi e avevano guardato le luci della Torre Eiffel brillare mentre facevano l'amore.»

Blade riuscì a percepire il dolore e la tristezza nella sua voce.

«L'ho lasciato parlare. Non gli ho detto che non ero il suo amore. Dopo un po' ha smesso e siamo rimasti lì in silenzio. Alla fine, il suo respiro ha rallentato ed è morto. È stato bello e triste allo stesso tempo, Aspen. Non avrei voluto lasciare la sua mano. Volevo che si svegliasse e mi raccontasse altre storie. Che mi parlasse di quanto fosse stato orgoglioso di aver servito il suo Paese. Ma alla fine, ho dovuto andare avanti con il mio lavoro.»

«I suoi figli si sono fatti vedere?» le chiese.

«Sì» rispose con amarezza. «Circa cinque ore dopo. Quando li hanno informati che era morto, ho sentito suo figlio lamentarsi di aver guidato fin qui da Fort Worth per niente. La figlia si è limitata a guardare l'orologio e a dire a suo fratello che avrebbe inviato una mail all'avvocato, per chiedere notizie riguardo all'esecuzione del testamento. È stato terribile. Stavo per dire loro delle bellissime storie che il signor Clark mi aveva raccontato sulla moglie, ma dopo aver sentito quanto fossero insensibili, ho deciso di tenere quei ricordi per me.»

«Sono contento che fossi lì per lui.»

«Anch'io.»

«Tutto bene?» chiese.

«Non proprio» rispose Wendy. «Voglio dire, vedo persone morire tutto il tempo. Fa parte del lavoro in una casa di riposo. Ma per qualche motivo, il signor Clark mi ha colpita particolarmente.»

«Perché sei una brava persona» dichiarò lui. «E non avresti

potuto ignorare un vecchio che voleva solo un po' di pace prima di morire, come non riesci a ignorare un cane affamato per strada.»

Rimase in silenzio per un po' dopo le sue parole, e Blade pensò per un attimo di aver osato troppo. Certo, si stavano parlando da un paio di mesi, ed erano andati ben oltre alle semplici risposte alle domande tipo "com'è andata la tua giornata", ma non era mai stato così sfacciato riguardo alla sua ammirazione per lei.

«Hai ragione. Ma fa comunque male.»

«Non saresti la persona che sei se non fosse così. Sei compassionevole, lavori sodo, sei onesta e un po' troppo indulgente a volte. Io avrei rimproverato i suoi figli se fossi stato lì.»

Lei ridacchiò. «Ti vedrei proprio a farlo. Ma non avrebbe riportato indietro il signor Clark, e non avrebbe cambiato il fatto che i suoi figli non lo apprezzassero. Avrebbe solo reso le cose imbarazzanti. Darei qualsiasi cosa per riavere il mio papà» disse sommessamente. «Non è sempre stato il miglior padre del mondo, lavorava troppo e non stava molto a casa, ma amava me e Jack.»

«Ti va di parlare di ciò che è successo ai tuoi?» Non glielo aveva mai chiesto. Sapeva che i suoi genitori erano stati uccisi quando lei era un'adolescente, ma era tutto, e pensava che non fossero ancora arrivati a quella fase dell'amicizia in cui fosse appropriato chiedere. Ma sembrava che quella sera lei avesse bisogno di parlarne.

Wendy sospirò e ancora una volta, Blade desiderò di essere seduto accanto a lei e di poterla confortare di persona.

«Mio padre era un consulente informatico ed era via spesso. Era in viaggio quasi tutte le settimane dal lunedì al giovedì. Andava nelle aziende e aiutava a configurare e personalizzare diversi pacchetti software. È successo un sabato in cui la mamma si sentiva giù. Papà l'ha portata fuori per una serata romantica e io sono rimasta a casa a badare a Jack. Sono stati investiti da un guidatore ubriaco.»

«Gesù, Wen. È terribile.»

«Ho letto il verbale della polizia e, a quanto pare, quando i poliziotti sono arrivati, hanno trovato i miei genitori che si tenevano per mano tra i rottami dell'auto. Erano morti entrambi, ma il rapporto del medico legale diceva che mio padre era sopravvissuto all'impatto iniziale. Mia madre è morta sul colpo. Lui poco tempo dopo l'arrivo dei paramedici. Si era aggrappato alla sua mano rifiutandosi di lasciarla andare.»

Blade non sapeva cosa dire. Aprì la bocca e non ne uscì nulla. Non riusciva a immaginare niente di più brutto.

Ma lei, essendo Wendy, superò quel momento imbarazzante per lui, come se ciò che aveva appena detto non lo avesse sconvolto.

«Ho cercato di vivere la vita in un modo che avrebbe reso i miei genitori orgogliosi di me. Ho fatto un errore lungo il percorso, ma anche del mio meglio per assicurarmi che Jack non dimenticasse mai quanto erano stati meravigliosi mamma e papà.»

«Dov'è tuo fratello adesso?» le chiese, volendo assicurarsi che non fosse sola dopo aver avuto quell'orribile giornata.

«È in camera sua. Prima ho provato ad aiutarlo con i compiti, il che è stato assurdo perché è molto più intelligente di quanto potrò mai esserlo io. Poi abbiamo guardato la TV per un po' e ora è al telefono con uno dei suoi amici.»

«Gli hai detto che hai avuto una brutta giornata?»

«No.»

«Perché? Sono sicuro che avrebbe cercato di tirarti su di morale.»

«Perché non voglio rattristarlo. Ha avuto anni difficili alle medie, era vittima di bullismo, ma grazie a Dio non ha iniziato a drogarsi, non si è arreso o altro. Adesso ama andare al liceo. Essere al secondo anno per lui è molto meglio che essere matricola.»

«Wen, non dovresti nascondergli le cose» la rimproverò. «È tuo fratello, sono sicuro che vorrebbe sapere quando stai attraversando un momento difficile.»

«Non ho tenuto per me la mia giornata orribile» disse con calma. «L'ho detto a *te*.»

Blade sbatté le palpebre e fissò la TV accesa senza audio per un attimo. C'era uno spot pubblicitario in cui una donna seminuda vendeva una lozione, ma non era interessato a nient'altro che alle parole di Wendy in quel momento.

«È vero» disse dopo un po'. «Grazie.»

«Per cosa?»

«Per esserti confidata. Non hai idea di quanto lo apprezzi.»

«Allora, basta parlare di me» sbottò, con un tono che rivelava il suo imbarazzo. «Cosa fai di solito durante gli allenamenti?»

Le concesse il cambio di argomento. La conversazione tornò a essere leggera e un po' superficiale, ma sapeva che qualcosa era cambiato, almeno per lui. Wendy si era aperta. Gli aveva rivelato delle cose estremamente emotive e personali su se stessa, e ora aveva un milione di domande riguardo a ciò che *non* gli aveva detto.

Perché Jack era stato vittima di bullismo? Cos'era successo a lei e al fratello dopo la morte dei loro genitori? Perché si sminuiva sempre... tipo il commento sul fatto di non essere intelligente come suo fratello?

Blade si sentiva già frustrato dalle conversazioni precedenti, da quando aveva capito che nascondeva qualcosa... come se avesse un oscuro segreto, e credeva proprio che fosse quello che la rendeva così cauta. Tuttavia, parlargli dei suoi genitori e del signor Clark era stato un ottimo primo passo.

Ma era un primo passo *verso* qualcosa?

E con la stessa semplicità con cui il proiettile aveva

trapassato il bersaglio a cui aveva sparato all'inizio della giornata, comprese che il fatto di essersi fidata di lui, di essersi aperta, era stato il primo passo per trasformare il loro rapporto in qualcosa di più che un'amicizia "telefonica". Per essere più che semplici amici.

Voleva incontrarla.

Voleva vederla in faccia mentre le chiedeva della sua giornata.

Voleva sapere se di persona la sua voce era così rilassante come lo era al telefono.

«Voglio incontrarti» sbottò, interrompendo qualunque cosa stesse dicendo.

Ci fu un momento di silenzio poi Wendy chiese: «Perché?»

«Perché?» ripeté lui. «Perché mi piaci. Perché mi fai ridere. Perché sono interessato a te.»

«Sei interessato a me?»

Blade sorrise. Era carina quand'era confusa. «Sì, Wen. Lo sono. Stiamo parlando da due mesi. Penso di piacerti almeno un po', altrimenti non continueresti a chiamarmi. È arrivato il momento di incontrarci.»

«Non sono sicura che sia una buona idea» disse lei alla fine.

«Perché?» Adesso era il suo turno di interrogarla.

«Perché sono molto impegnata, e lo sei anche tu. E non ci conosciamo davvero. Voglio dire, potrei essere una serial killer o qualcosa del genere. Non hai mai visto nessuno di quei programmi sui crimini alla TV? Tipo *Snapped* o *Donne Mortali*? Potrei attirarti nella mia rete per farti del male.»

«È così?»

«Non è questo il punto» sbuffò.

Il sorriso di Blade si fece più ampio. «In realtà, penso che sia esattamente questo il punto.»

«È solo che non sono sicura che sia una buona idea» ripeté. «Io... non sono molto carina.»

«Wendy» la rimproverò. «Mi piaci per quello che sei, non

per l'aspetto che hai. Ma ho la sensazione che tu ti stia sottovalutando. Lo fai spesso. Se ti fa sentire meglio, possiamo prima scambiarci delle foto. Poi se pensi che io sia un mostro, puoi trovare una scusa per non incontrarmi.»

«Non voglio che ci scambiamo delle foto. E non sei un mostro» sbuffò.

«Come lo sai? Potrei avere la gobba e gli occhi diversi e strabici, e magari una faccia da schiaffi.»

Wendy ridacchiò. «Se lo dici tu.»

«Incontriamoci» insistette. «Da amici. Senza pressioni per altro, per ora. Non riesco a immaginare che tu possa piacermi meno di adesso, e ho la sensazione che vederti di persona non farà che rafforzare la nostra amicizia.»

«Non so...» mormorò esitante.

«Questo fine settimana» proseguì Blade velocemente. «Venerdì sera, dopo il tuo turno alla casa di riposo. L'altro giorno mi hai detto che quella sera non avresti lavorato per la società di telemarketing. Puoi venire direttamente dal lavoro e ceneremo da qualche parte. Che ne pensi del nuovo bar dello sport nel centro di Temple?»

Trattenne il respiro mentre Wendy rifletteva sulla sua domanda.

«Mi piaci, Aspen. Molto. E temo che se ci incontriamo, il nostro rapporto cambierà.»

«Non succederà.»

«Non puoi garantirlo» sostenne.

«Wendy, il nostro rapporto cambierà solo se glielo permetteremo. Parleremo ancora tutto il tempo. Continuerai a chiamarmi e farai finta di provare a vendermi qualcosa per poter sentire una voce amichevole quando lavori al telemarketing. Aspetterò ancora con il fiato sospeso che mi telefoni quando dici che lo farai, e riderò quando mi manderai un messaggio con una battuta divertente. Per come la vedo io, le cose possono solo migliorare da ora in poi. Sì, la nostra relazione potrebbe cambiare e, onestamente, in questo momento lo *spero*. Mi sento più vicino a te di quanto mi sia sentito con qualsiasi donna da un sacco di tempo. Ai miei occhi è positivo. Sai a cosa stavo pensando stasera prima che chiamassi?»

«A cosa?» gli chiese.

«Che avrei voluto essere in attesa di vederti alla mia porta, invece di aspettare una telefonata. Mi piacerebbe frequentarti. Andare a vedere un film. Parlare. Mangiare. Mi trovo bene con te e non succede con molte donne. C'è qualcosa in te che mi induce ad abbassare la guardia.»

«Mi sento allo stesso modo» disse Wendy in tono sommesso. «Ma sono nervosa.»

«Riguardo a cosa? Spero non a causa mia.»

«Sì e no.»

«Non ti farei mai del male, Wen. Mai.»

«Non è quello» disse subito.

«Allora cosa?»

«È solo che...»

La sentì fare un respiro profondo prima di continuare.

«Ci sono cose che non sai di me. Cose che ho fatto in passato, che non ho mai detto a nessuno.»

Blade serrò i denti e strinse il pugno. «Qualcuno ti ha ferita?»

«Che cosa? No.»

«Ti perseguita? Hai un ex che non ti vuole lasciare in pace?»

«Aspen, no, non è niente del genere.»

Tirò un sospiro di sollievo. «Qualunque cosa sia, non sarà un problema.»

Lei ridacchiò sommessamente. «È proprio da te.»

Quando non spiegò, le chiese: «Cosa?»

«Sei sempre così positivo. Così preoccupato per gli altri. Non è normale... ma mi piace.»

«Se ci fosse più gente che guarda al lato positivo delle

cose, forse ci sarebbero meno ansia, depressione e in generale meno cattiveria nel mondo.»

«È vero» rispose lei.

«Quindi?» incalzò Blade. «Siamo d'accordo per venerdì?»

«Sei sicuro?»

«Sono sicuro.»

«Va bene allora.»

Non sembrava molto entusiasta della prospettiva e all'improvviso si sentì deluso. «Sai cosa? Se non sei convinta, non importa. Non voglio spingerti a fare qualcosa che non vuoi. Io *sono* eccitato al pensiero di incontrarti, ma se è qualcosa che ti fa paura o che non vuoi che succeda davvero, allora non farlo.»

«Voglio farlo» lo contraddisse subito. «Come ti ho detto, mi rende solo nervosa. Sei la prima persona da molto tempo con cui sento di avere una vera connessione e non vorrei rovinare tutto. L'ultima cosa che voglio è deluderti. Mi ucciderebbe se una volta incontrati decidessi che non sono come pensavi, o che non vuoi più che ti chiami.»

«Le tue telefonate sono il momento più esaltante della mia giornata, tesoro» le disse con sincerità. «A meno che non ti ubriachi e inizi a ballare sui tavoli, non mi deluderai e sono sicuro che poi vorrò continuare a parlare con te. Ok?»

«Va bene. Come farò a capire che sei tu? Forse dovremmo scambiarci delle foto, dopotutto» disse in tono più vivace.

«Mi piace l'idea di vederti per la prima volta venerdì sera» ribatté Blade.

«Proprio come un vero appuntamento al buio» replicò Wendy con una risatina. Poi tornò seria e aggiunse subito: «Non che questo sia un appuntamento o altro, volevo solo dire...»

«Oh, invece lo è» la interruppe. «È proprio un appuntamento al buio. Ma capirai che sono io perché indosserò un paio di jeans, una maglietta nera e ti porterò un sacchetto di baci al cioccolato perché so che ti piacciono tanto.»

«Oh... non è necessario» protestò.

«Lo so, ma lo farò comunque» le disse. «Cosa indosserai? Così capirò che sei tu.»

«Ehm... di solito uso la divisa della casa di riposo, ma metterò dei jeans. Ehm... accidenti... non puoi chiedermi martedì cosa indosserò venerdì» scherzò. «Sono una donna. Dovrò tirare fuori tutto dall'armadio, esaminarlo attentamente e cambierò idea circa dieci volte.»

Blade ridacchiò. «Ho afferrato il concetto. Che ne dici se mi scrivi un messaggio prima di venerdì sera per farmelo sapere.»

«Si può fare.»

«Grande. Allora, siamo d'accordo.»

«Aspen?»

«Sì, tesoro?»

«Grazie.»

«Per cosa?»

«Per essere così meraviglioso. Perché è facile parlare con te. Per non aver riattaccato quando ti ho fatto la prima telefonata cercando di venderti un'assicurazione sulla vita. Grazie... e basta.»

«Non devi ringraziarmi. Sono altrettanto grato che tu mi abbia richiamato la seconda volta. E la terza. E la quarta. Che ti sia fidata abbastanza di me da darmi il tuo numero di cellulare. E che mi voglia incontrare di persona dopo tutto questo tempo. Sono io che dovrei ringraziare *te*. Oh, e voglio incontrare anche tuo fratello prima o poi. Cioè... se pensi che vada bene.»

«Anche lui vuole incontrarti.»

«Gli hai parlato di me?»

«Sì, Aspen. Sa di te» disse.

Blade deglutì a fatica. Wendy aveva detto di sentirsi

nervosa all'idea di incontrarlo, ma era contento che avesse raccontato di lui al fratello, perché dimostrava che comunque si sentiva abbastanza tranquilla. «Mi piacerebbe saperne di più su di lui... se sei disposta a condividerlo.»

«Certo. Venerdì?»

«Assolutamente. Ti aspetto nell'area bar» confermò. «Verso le cinque?»

«Alle cinque è perfetto.»

«Ti lascio alle tue cose, Wen, ma devi sapere una cosa.»

«Quale?» gli chiese.

«Non esco con nessuno da anni e questo non è il comportamento che tengo di solito. C'è qualcosa in te a cui non posso e non voglio resistere. Venerdì sarà l'inizio di qualcosa di importante tra noi e, a meno che non scopriamo di non riuscire sopportarci, cosa che non credo accadrà, vorrei avere una relazione esclusiva. Non voglio che esci con nessun altro.»

«Non mi interessa vedere nessun altro» disse Wendy. «E tra due lavori e crescere Jack, non ho frequentato molti uomini.»

Non poté fare a meno di sentirsi travolgere da un senso di piacere alle sue parole. «Ok, tesoro. Ti lascio andare. Non vedo l'ora di incontrarti, di vederti di persona.»

«Anch'io.»

«Dormi bene. Ciao.»

«Ciao.»

Chiuse la chiamata e si rese conto di avere un sorriso sciocco sul viso, ma non poteva farne a meno. Avrebbe voluto chiamare Casey e dirle che finalmente avrebbe incontrato la donna a cui non riusciva a smettere di pensare. Le aveva raccontato tutto di Wendy, ed era elettrizzata per lui.

Forse perché sua sorella era disgustosamente felice con il suo compagno di squadra e amico, Beatle, ma probabilmente anche perché voleva che lui fosse felice. Erano molto legati e Blade sapeva che se, Dio non volesse, fosse successo qualcosa ai loro genitori, lui e Casey avrebbero fatto tutto ciò che era necessario per esserci l'uno per l'altra.

Rimase seduto sul divano e fissò a lungo la TV prima di alzarsi e andare di sopra nella sua camera da letto. Avrebbe voluto incontrare Wendy quella sera o l'indomani, ma purtroppo lei doveva lavorare. Non aveva alcun dubbio che il resto della settimana sarebbe passato molto lentamente. Non vedeva l'ora che arrivasse venerdì.

CAPITOLO DUE

Wendy Tucker aprì la porta del nuovo bar dello sport ed entrò senza fretta. Era arrivata in perfetto orario per il suo appuntamento con Aspen, ma lui le aveva mandato un messaggio un paio di minuti prima per dirle che era in ritardo e che le avrebbe spiegato tutto una volta arrivato; aveva a che fare con il suo lavoro.

Non era entusiasta di restare da sola nel locale ad aspettarlo; socializzare non era proprio il suo forte. Jackson la prendeva sempre in giro perché aveva il vizio di raccontare la storia della sua vita a completi estranei quando era nervosa, e quando si trattava di momenti sociali di solito lo era. Aveva sempre paura di dire la cosa sbagliata alla persona sbagliata e che di conseguenza le forze dell'ordine avrebbero bussato alla sua porta.

Aveva cercato di cambiare ed essere più cauta riguardo a ciò che blaterava ma sembrava che, quando si sentiva insicura, non potesse fare a meno di parlare a ruota libera. Era sorpresa che non l'avessero ancora trovata con tutte le cose che aveva detto alla gente in passato.

Ormai, dopo tutti quegli anni, stava cominciando a pensare di poter essere al sicuro.

Aveva programmato di arrivare al bar con almeno dieci minuti di anticipo, ma aveva rischiato di essere in ritardo anche lei, a causa di un piccolo contrattempo con un residente della casa di riposo. Stava aiutando un'infermiera a portarlo dal suo letto a una sedia così da poter cambiare le lenzuola, quando lui le aveva vomitato letteralmente tutto il pranzo sulla maglia, che era scivolato sul suo corpo inzuppandole anche i jeans. Mentre lo sistemava sulla sedia, aveva persino sentito il disgustoso appiccicaticcio sulla pelle sotto i vestiti.

Dopo aver fatto una doccia, non aveva altri indumenti per cambiarsi se non un paio di divise. Aveva sperato di indossare qualcosa di un po' più femminile per incontrare Aspen per la prima volta, ma non c'era abbastanza tempo per tornare a casa tra la fine del turno e l'ora in cui avrebbe dovuto incontrarlo.

Quella mattina gli aveva mandato un messaggio per fargli sapere che avrebbe indossato un paio di jeans e una graziosa camicetta nera, che pensava le avrebbe snellito le curve e mostrato un po' di pelle senza sembrare una poco di buono, ma quegli indumenti al momento erano immersi in un lavandino della casa di riposo nella speranza di poter essere salvati. Stava per mandare un messaggio ad Aspen per fargli sapere il cambio di abbigliamento, ma poi aveva pensato di dirglielo non appena arrivata. Spiegare perché avesse cambiato idea e cosa fosse successo era una storia lunga, e non vedeva l'ora di raccontargliela di persona per una volta. Immaginava che sarebbe stato sconvolto e divertito allo stesso tempo. E comunque Wendy *lo* avrebbe riconosciuto per via dei cioccolatini che aveva detto le avrebbe portato, quindi doveva solo avvicinarsi quando fosse arrivato invece di aspettare che la trovasse lui.

Si avventurò all'interno del locale e andò a sedersi su uno sgabello all'estremità del lungo bancone del bar. Aveva la vista diretta sulla porta principale, quindi avrebbe notato Aspen non appena fosse entrato.

«Buon pomeriggio» disse la bella donna dietro il bancone mentre Wendy si sistemava. «Cosa posso portarti?»

«Stavo pensando a una coca, per favore» rispose.

«In arrivo.» La barista annuì e si voltò per preparare la bibita.

«Una coca?» chiese una donna dai capelli scuri. «È venerdì sera, sicuramente hai bisogno, e vuoi, qualcosa di un po' più forte.»

Si voltò a guardare la tipa seduta sullo sgabello accanto al suo. Sembrava fosse da sola, ma aveva un sorriso smagliante e amichevole. Era alta e snella, indossava una gonna corta e un top nero con una scollatura molto profonda. Il reggiseno push-up evidenziava molto chiaramente che avesse aumentato ciò che Dio le aveva donato. I lunghi capelli castani che le ricadevano in riccioli sui seni, attiravano con successo l'attenzione su di loro. Il trucco era pesante ma comunque raffinato. Teneva le gambe accavallate facendone oscillare una avanti e indietro, e lo sguardo di Wendy andò sulle scarpe rosso brillante con tacco dieci ai suoi piedi.

Sembrava pronta per una notte da sballo, e si sentì terribilmente sciatta vicino a lei con la semplice divisa di cotone.

Ricordando il commento riguardo alla bevanda che aveva chiesto, Wendy si mise un po' sulla difensiva, ma cercò di non prendere sul personale le sue parole.

«Probabilmente potrei bere qualcosa di più forte, ma incontrerò un uomo per la prima volta stasera e voglio assicurarmi di non essere brilla quando arriverà.»

«Sono Christine» disse l'altra, tendendole la mano.

Gliela strinse. «Wendy.»

«Quindi... è un appuntamento al buio, eh?» le chiese.

«Più o meno, sì. Abbiamo parlato molto al telefono, ma non ci siamo visti di persona. Abbiamo deciso di provarci stasera. Certo che se la serata va com'è andata la mia giornata, potrebbe non essere proprio una cosa positiva.»

«Immaginavo che dovesse essere successo qualcosa, perché nemmeno morta avrei indossato quella divisa in pubblico... men che meno per incontrare un uomo, soprattutto per la prima volta.»

Wendy arricciò il naso. Avrebbe voluto dirle di andare a fanculo, che non tutti erano fortunati da nascere con i geni che ovviamente aveva lei. Ma era più semplice lasciarsi scivolare le cose addosso che mettersi a discutere.

«Sì, be', al lavoro mi hanno vomitato sui vestiti e non ho avuto scelta.»

«Che schifo!» disse Christine. «Poverina. Dove lavori?»

«Al Cottonwood Estates. È una comunità per anziani. Offriamo alloggi indipendenti per coloro che riescono a vivere ancora da soli ma desiderano un posto in cui ci siano altre persone della loro età da poter frequentare, o che hanno bisogno di un po' di assistenza per la pulizia della casa e magari di un pasto al giorno. Abbiamo una casa di riposo e ci occupiamo anche dei disturbi della memoria, di assistenza domiciliare e persino di riabilitazione.»

«Quindi, lavori con i vecchi» disse Christine con un'espressione impassibile.

Si sforzò di non mostrare alcuna emozione sul viso. Non le piaceva molto la donna seduta accanto a lei, ma non voleva nemmeno mettersi a discutere. Aveva imparato molto tempo prima che era meglio essere gentili e fondersi con l'ambiente piuttosto che creare problemi e attirare l'attenzione su di sé.

«Sì, con le persone anziane.»

La barista si avvicinò con la sua coca e la posò sopra un tovagliolo davanti a lei con un sorriso. Wendy la prese e ne bevve un bel sorso.

«Così, oggi ti hanno vomitato addosso e ti sei dovuta cambiare. L'hai detto al ragazzo che stai per incontrare? Come hai detto che si chiama?» le chiese.

«Aspen, e no, ho pensato che gli avrei raccontato tutta la storia quando fosse arrivato» le rispose.

«Aspen? Che razza di nome è?»

Wendy digrignò i denti. Amava quel nome dalla prima volta che l'aveva sentito.

«È inglese.»

«Non è quella località sciistica in Colorado?» domandò.

«Sì. È anche il nome di un albero.»

«Mmmm. Che lavoro fa?»

«Chi, Aspen?»

«Sì.»

Bevve un altro sorso di coca e desiderò che lui varcasse la soglia e la salvasse da quelle domande indiscrete. Avrebbe voluto scendere dallo sgabello e andarsene, ma sarebbe stato troppo scortese. Odiava le discussioni e l'ultima cosa che voleva era che la donna si arrabbiasse con lei. «È nell'esercito.»

«Ah, un soldato. Scommetto che è muscoloso, eh?»

Scrollò le spalle. «Suppongo di sì. Si esercita molto. Parla sempre degli allenamenti che fa con i suoi amici.»

«A che ora dovrebbe arrivare?»

Guardò l'orologio e pensò tra sé, *mai abbastanza presto*. Invece disse: «Dovevamo incontrarci alle cinque, ma mi ha mandato un messaggio per dirmi che era in ritardo. Dovrebbe essere qui da un momento all'altro.»

«Come farai a capire che è lui? Voglio dire, hai detto che non vi siete mai incontrati di persona. Fammi indovinare, porterà una rosa rossa, giusto? È così romantico!»

«No, una confezione di baci al cioccolato. Durante una delle nostre telefonate gli ho detto che mi piacevano tantissimo.»

La tipa alzò gli occhi al cielo poi la guardò dall'alto in basso. «Sì, mi pare ovvio.»

Wendy la fissò a bocca aperta. Sapeva di non essere esattamente magra come una modella, ma che quella stronza glielo facesse notare era davvero fuori luogo. Be', che importava se non era un fuscello? Ma ovviamente, ora che gliel'aveva fatto notare, iniziò a sentirsi a disagio. Aveva detto ad Aspen di non essere magra... vero? All'improvviso non riusciva a ricordare. E se si fosse aspettato una donna alta e snella? Gli aveva detto di avere i capelli castani e nient'altro. Merda.

«Ehi, hai qualcosa tra i denti» le disse Christine.

Si portò subito la mano alla bocca e la coprì. «Davvero?»

«Sì, è qualcosa di nero. Forse dovresti correre in bagno e occupartene prima che arrivi Aspen, no?»

Posò il bicchiere e annuì. «Sì, meglio. Grazie mille per avermelo fatto notare.» All'improvviso, si sentì in colpa per aver pensato cose negative su di lei. Non poteva essere tanto cattiva se aveva cercato di salvarla da una situazione imbarazzante per il suo appuntamento al buio.

«Nessun problema.» Fece un cenno con la mano come per liquidare il suo ringraziamento. «Noi donne dobbiamo sostenerci a vicenda.»

Wendy scese dallo sgabello e si diresse verso il retro del locale. Quando arrivò dovette stare in fila dietro ad altre tre persone in attesa di utilizzare i servizi. Ovvio. Era un'unica stanza e poteva entrare solo una donna alla volta per usare il bagno. Durante il breve lasso di tempo in cui aveva parlato con Christine, il bar aveva cominciato a riempirsi. Sembrava fosse molto popolare tra la gente che staccava dal lavoro.

Dopo diversi minuti, arrivò finalmente il suo turno. Chiuse a chiave la porta e si sporse sul piccolo lavandino. Scoprì i denti, cercando qualunque cosa si fosse infilata. Girò la testa a destra e a sinistra ma non riuscì a vedere nulla.

Aprì comunque l'acqua se ne mise un po' in bocca e la

sciacquò. Dopo averla sputata, scoprì di nuovo i denti. Ancora niente. Non sentì nulla nemmeno passandovi la lingua sopra. Grazie a Dio qualsiasi cosa fosse stata lì era sparita da sola.

Fece un passo indietro e si guardò. Dopo il lavoro si era messa un po' di mascara e di fard, un lucidalabbra brillante e aveva pettinato indietro i capelli. Erano stati tutto il giorno legati in una coda di cavallo, e non poteva lasciarli sciolti perché ormai avevano preso quella piega, quindi si era semplicemente fatta uno chignon disordinato e, sperava, artistico.

Sospirando, Wendy studiò il proprio riflesso. Non era una bellezza, ma nemmeno brutta. Aveva gli zigomi alti e le ciglia molto lunghe. Aveva ricordi di sua madre che le faceva i complimenti per la bellezza dei suoi occhi castano scuro. I capelli erano folti e in genere non stavano mai come voleva lei, ma li adorava comunque. Si rifiutava di tagliarli corti e li aveva sempre portati appena sotto le spalle.

Sì, la divisa non era di certo un capo all'ultimo grido, ma Aspen sapeva dove lavorava, che si occupava degli anziani. Aveva la sensazione che lui avrebbe trovato la sua storia divertente. Almeno lo sperava. All'uomo che aveva conosciuto al telefono non sarebbe importato se avesse indossato una divisa invece di jeans alla moda e una bella camicetta.

Dando un'ultima occhiata al suo riflesso, prese un profondo respiro, uscì dal bagno e tornò al bar.

La sua prima reazione, quando vide che Christine non era più seduta dove l'aveva lasciata, fu di sollievo. Si guardò intorno mentre tornava allo sgabello e noto che l'altra donna era ora seduta dall'altra estremità del bancone.

Ma non era sola.

Con lei c'era un uomo.

Dava le spalle a Wendy, quindi non poteva vederlo in viso, ma indossava una maglietta nera e un paio di jeans. Vide anche che portava un paio di stivali da cowboy.

Christine era seduta con le gambe incrociate e aveva girato lo sgabello in modo che toccassero quelle dell'uomo. Stava sorridendo e ridendo, e ogni tanto allungava una mano per toccargli il ginocchio. Erano seduti vicini, con le teste chinate una verso l'altra.

Nei dieci minuti in cui Wendy era stata via, il bar si era riempito ancora di più. Sulla televisione in fondo alla stanza stavano trasmettendo una partita di football. Il volume delle chiacchiere era alto e ovunque guardasse sembrava ci fossero coppie che ridevano e si sorridevano.

Le si strinse lo stomaco. Sentendosi estremamente fuori posto, rimase in piedi accanto allo sgabello e tirò fuori il telefono per controllare se Aspen le avesse inviato un messaggio. L'aveva fatto.

Undici minuti prima.

Non lo aveva sentito vibrare con la notifica prima di andare in bagno.

Aspen: Sarò lì tra un minuto circa. Non vedo l'ora di vederti!

L'agitazione nella sua pancia si intensificò. Aspen era lì... da qualche parte. Non voleva pensasse che gli aveva dato buca. In passato era successo a lei ed era stata la peggiore sensazione di sempre.

Più Wendy pensava al fatto che Christine le avesse detto che aveva qualcosa tra i denti, proprio nel momento in cui Aspen aveva mandato il messaggio, più diventava sospettosa.

Ma l'altra donna non poteva saperlo, no?

Jackson le diceva in continuazione che avrebbe dovuto farsi valere, che doveva smettere di farsi mettere i piedi in testa dalla gente; non si era mai lamentata in un ristorante quando il cibo era cattivo; non aveva mai reso dei vestiti comprati online quando non le andavano bene, e non aveva mai e poi *mai* fatto scenate in pubblico.

Ma quello sembrava essere il momento migliore per esercitarsi a imporsi di più.

Fece scivolare una banconota da dieci dollari sotto il bicchiere di coca mezzo vuoto, sufficiente a coprire il costo della bibita più una buona mancia – Wendy in passato aveva fatto la cameriera e sapeva quanto fosse duro il lavoro e importanti le mance – e fece un respiro profondo.

Si avviò verso Christine e l'uomo, nella vana speranza che non fosse Aspen quello seduto di fronte a lei. Dovette farsi strada a forza tra la folla di persone che ora erano radunate intorno al bar e, mentre si avvicinava alla coppia, vide un sacchetto trasparente appoggiato sul bancone tra di loro. Era chiuso con un fiocco rosa e distinse chiaramente l'involucro argentato dei cioccolatini all'interno.

Quella *troia*.

Christine sapeva che Wendy stava aspettando Aspen.

Certo che sì, le aveva spifferato tutto sul loro appuntamento, sul fatto che non si fossero mai incontrati. Che nessuno dei due sapesse che aspetto avesse l'altro. Christine doveva aver riso sotto i baffi per tutto il tempo in cui l'aveva pressata per avere informazioni. Non le importava dove lavorasse, aveva solo voluto conoscere più cose possibili per farsi passare per lei.

Mentre si prendeva un momento per farsi un discorso di incoraggiamento e per calmarsi, sapendo che avrebbe dovuto affrontare la stronza bugiarda, Wendy sentì una risata bassa e virile provenire dall'uomo, e sollevando lo sguardo lo vide sorridere all'altra donna.

Il suo cuore sprofondò.

Sembrava che si stesse divertendo un mondo.

Lei gli stava toccando il ginocchio con aria allusiva e

Aspen mosse la mano proprio in quel momento per coprire la sua sulla gamba.

Decise di spostarsi per poterlo vedere meglio... perché se avesse affrontato Christine e l'uomo di fronte a lei non fosse stato Aspen, si sarebbe sentita una stupida.

Certo, sarebbe stata la coincidenza del secolo se anche il ragazzo che stava con lei le avesse portato un sacchetto di cioccolatini, però suppose che non fosse una cosa impossibile.

Girò intorno a un folto gruppo di persone che si stavano divertendo vicino al bancone, finché non riuscì a vedere il volto dell'uomo.

Rimase quasi senza fiato.

Era bellissimo.

Aveva i capelli scuri con un tipico taglio militare. Corti sui lati e un po' più lunghi sopra. La sua maglietta non era aderente, tranne intorno ai bicipiti. Le sue braccia erano scolpite e più grandi di quelle della maggior parte dei militari che aveva visto. Ma furono gli avambracci a farle tremare le ginocchia. Poteva vedervi chiaramente le vene. C'era qualcosa in quelle braccia ricoperte da una sottile peluria scura, che la impressionava.

Aveva delle mani grandi e un'ombra di barba sul viso. Una volta le aveva detto che odiava con quanta rapidità gli crescesse... che all'addestramento di base era stato costretto a radersi due volte al giorno perché quando non lo aveva fatto, i suoi sergenti istruttori lo avevano rimproverato.

Per Wendy, quel velo di barba era irresistibile e attraente... non qualcosa di cui avrebbe dovuto preoccuparsi. Aveva gli incisivi leggermente storti; li vide chiaramente grazie all'ampio sorriso sul suo volto.

Più rimaneva lì ad osservarlo, più la sua rabbia svaniva, così come il desiderio di smentire l'identità della donna seduta di fronte a lui.

Sembrava felice. Stava fissando Christine come se fosse la donna più bella in quel posto... e lo era.

Abbassò lo sguardo sulla divisa verde chiaro, poi lo portò sulla maglietta scollata dell'altra, sulle sue gambe lunghe che la minigonna metteva in bella mostra. Non poteva competere con quello. Non *voleva* competere.

Concentrandosi ancora una volta su Aspen, desiderò per la millesima volta che la sua vita fosse diversa. Che i suoi genitori non fossero morti. Di non essere diventata una madre surrogata per il fratello. Di aver avuto la possibilità di andare al college come la maggior parte delle ragazze della sua età. Di non dover vivere guardandosi sempre alle spalle.

Forse, se la sua vita fosse stata diversa, avrebbe potuto essere una donna sicura di sé che aveva il coraggio di andare dalla stronza e affrontarla. Di dire ad Aspen che era stato ingannato. Che era *lei* la donna che era venuto a incontrare.

Ma Wendy non era così e non aveva la sicurezza necessaria per farlo.

Concedendosi un raro momento di autocommiserazione, continuò a osservare Aspen.

Doveva averlo fissato un po' troppo a lungo perché all'improvviso lui distolse lo sguardo dalla tipa e incontrò il suo. Aggrottò le sopracciglia per un momento e i suoi bellissimi occhi castani la scrutarono dalla testa ai piedi e poi tornarono su. Aprì la bocca come per dire qualcosa, ma in quel momento le dita ben curate di Christine si posarono sulla sua guancia facendogli distogliere lo sguardo da lei per vedere cosa volesse.

Usando quel momento di distrazione, Wendy si spostò dietro a un gruppo di persone e si avviò verso la porta. Per quale motivo avrebbe dovuto guardarla di nuovo, quando aveva Christine? Avrebbe dovuto essere contenta che lui fosse felice, ma almeno una volta nella vita le sarebbe piaciuto che un uomo la guardasse come Aspen stava guardando l'altra donna.

Quasi sbuffò. Sì, certo.

Era ora di tornare alla sua vita reale. Aspen era stato una simpatica distrazione, ma Jackson aveva altri due anni di liceo. Forse, una volta che il fratello si fosse diplomato, avrebbe potuto riprovare a uscire con qualcuno... quando avrebbe avuto meno da perdere.

CAPITOLO TRE

BLADE SI SISTEMÒ la maglietta e fece un respiro profondo prima di aprire la porta del locale. L'intenzione era stata quella di arrivare presto per trovare un buon posto. Sapeva che il bar era popolare e si sarebbe riempito una volta che le persone avessero lasciato i posti di lavoro, e voleva trovare un tavolo all'angolo per avere un po' di privacy mentre conosceva meglio Wendy.

Ma c'era stato un incidente alla base e il suo comandante aveva chiesto a lui e agli altri Delta di tenersi pronti per ogni evenienza. Alla fine non era successo nulla di grave e la squadra non era servita, ma era arrivato comunque in ritardo. Era dovuto passare da casa per cambiarsi e prendere il sacchetto di cioccolatini prima di poter andare all'appuntamento.

Le aveva inviato un messaggio per farle sapere di essere in ritardo e lei aveva risposto brevemente che non era un problema perché era arrivata da poco.

Blade entrò e si guardò intorno. Tenne il sacchettino di cioccolatini bene in vista e cercò di capire quale delle donne presenti lì fosse Wendy.

«Ciao. Sei Aspen?» Si voltò e vide una bella donna di fronte a lui, si mordeva nervosamente il labbro mentre lo guardava.

Per un attimo, tutto ciò che riuscì a fare fu fissarla. Non era per niente come l'aveva immaginata nella sua testa. I suoi capelli erano castani come gli aveva detto, ma il resto non corrispondeva. Portava i tacchi alti, tanto da arrivargli quasi al livello degli occhi, nonostante lui fosse un metro e novantadue. Non riusciva a ricordare se Wendy gli avesse mai detto quanto fosse alta, ma la donna gli tese la mano distogliendolo da quel pensiero.

Aveva le unghie dipinte di rosso e ben curate. Indossava una gonna corta che mostrava le gambe lunghe e snelle e la scollatura della maglietta nera era molto profonda. Era più che ovvio che indossasse una sorta di reggiseno push-up perché i suoi seni molto generosi erano spinti verso l'alto, dandogli una vista straordinaria del suo décolleté

«Sei Wendy?» chiese confuso.

«Sì» rispose lei raggiante. «È così bello conoscerti!» Si avvicinò di più e lo abbracciò.

Le braccia di Blade la circondarono in modo automatico. Aveva un buon profumo, di fiori, e lo tenne stretto un po' più di quanto sarebbe stato appropriato se negli ultimi due mesi non avessero passato del tempo a parlare al telefono e a conoscersi.

«Finalmente, è un piacere anche per me» disse, quando lei si ritrasse. «Ti ho portato questi.» Le porse il sacchetto di cioccolatini.

«Grazie! Ti va se andiamo a sederci al bar per un po'?»

Blade si guardò intorno e vide che tutti i tavoli erano occupati. Sospirò. Sì, essere in ritardo stava decisamente rovinando i suoi piani. «Certo, d'accordo» rispose.

Wendy gli prese la mano e iniziò a trascinarlo verso l'estremità più lontana del bar. Cercò di non sentirsi infastidito, ma non poté evitare di provare un senso di delusione per la sicurezza in sé che stava mostrando. Non che avesse problemi a tenerle la mano o a camminare dietro di lei. Accidenti, il suo culo in quella gonna e il modo in cui i tacchi accentuavano i suoi polpacci armoniosi mentre camminava impettita verso il bancone, avrebbero dovuto farglielo venire duro come la pietra, ma l'aveva immaginata più... sottomessa.

Non era esattamente la parola giusta. Insicura, forse? Aveva pensato di dover prendere lui l'iniziativa per metterla a suo agio, poi mentre imparava a conoscerlo si sarebbe aperta di più.

Ma questa Wendy decisa e sicura di sé lo stava scioccando.

Arrivarono al bancone e le mise una mano sul gomito per aiutarla a salire sullo sgabello. Gli sorrise raggiante mentre si sedeva su quello accanto al suo. Wendy appoggiò il gomito sul bancone e si chinò verso di lui mentre gli chiedeva: «Come ti sembro?»

Blade sbarrò gli occhi e cercò di non fissare apertamente le sue tette, che sembrava stessero per fuoriuscire dalla maglietta in quella posizione. Il locale era rumoroso e riusciva a malapena a sentirla. Alzò la voce e le disse: «Sei bellissima.»

Gli sorrise e si raddrizzò. «Grazie.»

«Che fine hanno fatto i jeans e la camicetta?» le chiese.

Wendy alzò gli occhi al cielo. «Dato che dovevamo incontrarci per la prima volta, ho deciso di vestirmi in modo appropriato. Di apparire al meglio.» Si lisciò con la mano il davanti della gonna, facendogli di conseguenza riportare gli occhi sulle sue gambe.

«Com'è andata al lavoro?» le chiese, non apprezzando quanto la situazione sembrasse imbarazzante. Nemmeno la prima volta che le aveva parlato al telefono aveva percepito quella sensazione strana. Forse Wendy aveva ragione, incontrarsi di persona non era stata una buona idea. Le aveva detto che nulla avrebbe cambiato la loro relazione, ma forse aveva parlato troppo presto.

«Non crederai a quello che mi è successo» gli disse.

«Raccontamelo» la esortò. Più la guardava, più si rendeva conto di quanto fosse carina. Qualunque cosa avesse fatto con il trucco, le faceva risaltare gli occhi. Aveva un bel sorriso e gli piaceva come i capelli le ricadessero in riccioli attorno alle spalle, sfiorandole i seni mentre si muoveva.

Le sorrise, incoraggiandola a parlare. Era la prima volta, dopo tutte quelle settimane passate a chiacchiere, che non gli aveva chiesto subito come fosse stata la sua giornata prima che potesse farlo lui.

«Stavo aiutando un vecchio ad alzarsi dal letto per portarlo su una sedia e ha vomitato!» esclamò con una smorfia. Arricciò il piccolo naso mentre raccontava la storia. «Sono riuscita a balzare indietro prima che mi arrivasse addosso. Riesci a immaginare? Che schifo, è una cosa così disgustosa. Ad ogni modo, ha vomitato su tutto il pavimento ed io ero lì che cercavo di schivare i pezzi che volavano, e allo stesso tempo di non lasciarlo andare. Sono riuscita a farlo sedere senza calpestare tutto, e il vecchiaccio mi ha guardato e ha detto: "Dannazione, ragazza, ti sei mossa troppo in fretta. Speravo di vedere miss maglietta bagnata. Sai che non ci vuole molto per farmi eccitare".»

Blade rise. Poi sentì la mano di Wendy sul ginocchio e guardò in basso. Senza pensarci andò a coprirla con la sua mentre lei cercava di spingerla su per la coscia. Pensava che avrebbe provato qualcosa al suo tocco. Brividi, desiderio, *qualcosa*. Ma tutto ciò che sentì fu il peso delle loro mani sulla sua gamba.

Gli stava sorridendo e, se non si sbagliava, Wendy aveva in qualche modo avvicinato lo sgabello. «Sembra che sia stata una giornata memorabile.»

«Oh, lo è stata. Ma spero che la parte migliore debba ancora venire.»

Blade distolse lo sguardo sentendosi a disagio per il modo in cui lo stava fissando, come se fosse un lecca-lecca e volesse leccarlo dalla testa ai piedi. Spostò gli occhi sul locale che ora era pieno. C'erano persone vestite in tutti i modi, dai completi eleganti alle divise da lavoro, ai jeans e maglietta.

Un grido arrivò dall'altra parte del bar proveniente da un gruppo che stava guardando la partita di football in televisione, e Blade girò la testa per vedere cosa stesse succedendo. Ma all'ultimo istante, il suo sguardo fu catturato da una donna in piedi, non troppo lontana da lui e Wendy.

Indossava una divisa verde chiaro, il genere di abbigliamento più appropriato per un ospedale o uno studio medico, che a un bar affollato dopo il lavoro. Aveva un paio di scarpe da tennis bianche e stringeva una borsa davanti a sé.

I suoi capelli scuri erano raccolti in cima alla testa in uno chignon disordinato che Blade ebbe un'improvvisa voglia di sciogliere. Non era bassa, ma nemmeno molto alta. Il suo corpo era sinuoso, e il modo in cui la stoffa dei vestiti nascondeva le curve lasciandole alla sua immaginazione, gli fece desiderare di metterle una mano sulla parte bassa della schiena e attirarla contro di sé, così da poter vedere di persona com'era fatta.

Il tempo sembrò fermarsi mentre si fissavano. Fece scorrere gli occhi fino a i suoi piedi per poi risalire lungo il suo corpo e ritornare al viso. Provò la sensazione di conoscere quella donna, anche se non l'aveva mai vista prima.

Aprì le labbra per chiamarla, per invitarla lì dov'era seduto, quando le dita di Wendy sul suo viso spezzarono lo strano incantesimo in cui si trovava.

«Cosa stai guardando?» gli chiese.

La senti spostare le dita sulla sua gamba e poi usare le lunghe unghie rosse per graffiargli l'interno della coscia, mentre con la mano che gli aveva messo sulla guancia andò a sfiorargli la spalla per poi far scorrere lievemente le unghie lungo il braccio.

Con una chiarezza che avrebbe dovuto avere dieci minuti prima capì, senza ombra dubbio, che quella seduta di fronte a lui non era Wendy.

Non sapeva chi fosse, ma la Wendy che conosceva lui non avrebbe chiamato nessuno degli uomini di cui si occupava nella casa di riposo "vecchiacci". Inoltre, non sarebbe stata aggressiva come quella tipa. Non solo, ma non gli aveva ancora chiesto come fosse andata la sua giornata, e in ogni conversazione che avevano avuto, lo aveva fatto prima che lui riuscisse a spiaccicare parola.

Poteva anche fingere di essere lei, ma non c'era paragone tra la donna che aveva imparato a conoscere e l'imbrogliona che aveva di fronte.

Blade era disgustato di se stesso per essersi lasciato ingannare così facilmente. Meno male che era un soldato delle forze speciali...

Ma le domande erano: chi era *quella* donna e dov'era Wendy?

Di solito era molto diretto, non aveva tempo per i giochetti, ma voleva tenere un po' sulle spine la stronza. «Come sta Josh?» le chiese.

«Josh?» domandò lei con una voce acuta. «Sta bene.»

«Gli sta piacendo frequentare la quinta elementare?»

«Come a chiunque altro, suppongo. Ehi, cosa ne dici di uscire da qui e andare in un posto dove possiamo conoscerci meglio?»

Blade socchiuse gli occhi. Ogni parola confermava i suoi sospetti. «Dove vorresti andare?» le domandò, chinandosi verso di lei come se la stesse incoraggiando.

La mano sulla coscia si mosse di nuovo e le sue dita gli sfiorarono il cazzo. Il tessuto spesso dei jeans gli impedì di percepire la lieve carezza, ma anche se avesse potuto sentire il suo tocco, non avrebbe avuto alcuna reazione. Era così arrabbiato con quella stronza, che non gli sarebbe diventato duro nemmeno se la sua vita fosse dipesa da quello.

«C'è un hotel qui vicino. Potremmo andare lì.»

La mano di Blade strinse quella contro il suo cazzo. Forte. «Quanto?» sbottò, senza preoccuparsi di fingere di non sapere che lei non fosse la persona che avrebbe dovuto incontrare.

«Come scusa?» Spalancò gli occhi sorpresa.

«Quanto vuoi?» chiese di nuovo.

«Ma... questo è un appuntamento al buio» balbettò, cercando di strappare la mano dalla sua presa, ma lui non la lasciò andare.

«Basta con le stronzate. Tu non sei Wendy, ovvio, e si chiama Jack, non Josh, e di certo non è in quinta elementare. Sei vestita come una puttana e ci stai provando con me in modo così evidente e quasi disperato, che non puoi essere *altro* che una prostituta. Immagino che avessi pensato di portarmi in hotel, di stuzzicarmi, magari di succhiarmi un po' il cazzo e mostrami le tette – che stanno per uscire dalla maglietta – poi all'improvviso mi avresti comunicato le tue tariffe. Quindi, mi stavo solo chiedendo quanto si faccia pagare una puttana bugiarda e subdola di questi tempi.»

Alle sue parole, la maschera che aveva indossato scomparve in un lampo. Se prima era sembrata carina, ora la sua bruttezza emerse chiaramente. Arricciò le labbra. «Quell'insulsa non ti avrebbe soddisfatto nemmeno per un secondo» sibilò. «Perché un uomo dovrebbe volere una donna così sprovveduta e ingenua come lei? La stupida stronza mi ha reso tutto fin troppo facile per riuscire a intercettarti. E poi, chi indossa un cazzo di *pigiama* per un appuntamento al buio?»

A quelle parole, Blade ebbe la conferma che la donna con

cui aveva incrociato lo sguardo fosse la vera Wendy. La *sua* Wendy.

Sapendo di doversi liberare di quella prostituta così da poterla andare a cercare, le allontanò bruscamente la mano e si alzò. Poi si chinò e le sfiorò con un dito i seni, che si sollevavano su e giù per l'agitazione, e disse sommessamente: «Scoperei Wendy in quel *pigiama* ogni giorno e all'infinito, prima di poter anche solo pensare di infilare il mio cazzo nella tua fica disgustosa.»

«Stronzo!» urlò la donna.

«Farai meglio a svolgere la tua attività altrove, perché mi assicurerò che il barista e il proprietario sappiano chi sei e che cerchi di rimorchiare uomini ignari nel loro locale» la minacciò. «Questo è un bar di quartiere rispettabile, non un club per incontri.»

«Vaffanculo» ribatté, ma si mise la tracolla della borsa sulla spalla e si avviò verso la porta.

Blade si dimenticò di lei non appena gli voltò le spalle e si guardò freneticamente intorno alla ricerca della donna in divisa verde. Dopo aver esaminato un paio di volte tutto il bar affollato, si rese conto che non c'era più. Uscì e andò alla sua Jeep.

Passandosi una mano sul viso, imprecò sottovoce. Lo aveva visto con la puttana e ovviamente si era fatta un'idea sbagliata. Non che potesse biasimarla. Tirò fuori il telefono e controllò i messaggi. Niente.

Nemmeno un "vaffanculo", di cui non sarebbe stato sorpreso. Stringendo le labbra, le scrisse un breve messaggio.

Chiamami Wen.

· · ·

Aspettò cinque minuti e quando lei non rispose, sospirò frustrato. Mandò un altro un messaggio. Poi un altro. E un altro ancora...

Pensavo fossi tu.
  Per favore parlami.
  Stai bene?
  Dove sei?
  Almeno fammi sapere che sei tornata a casa senza problemi.

Non rispose a nessuno e, per quanto ne sapeva, non li aveva nemmeno *letti.* Dato che li ignorava provò a chiamarla.

Ma non ebbe fortuna, così lasciò un messaggio vocale.

Poi richiamò e ne lasciò un altro.

Alla fine, ne aveva lasciati cinque, sempre più preoccupato. Anche leggermente irritato.

Era *lui* ad essere stato ingannato. Perché avrebbe dovuto essere lei quella arrabbiata? Non si erano scambiati le foto, quindi non sapeva che aspetto avesse. Aveva portato i cioccolatini; Wendy avrebbe dovuto avvicinarsi a lui. Perché invece era rimasta lì a fissarlo mentre era con la prostituta? Perché non si era avvicinata per dirgli che era *lei* la donna che avrebbe dovuto incontrare?

Sarebbe solo bastato che si avvicinasse e avrebbe capito. Ma non l'aveva fatto. Era rimasta lì e lo aveva fissato, poi se n'era andata. Si era limitata ad andarsene, cazzo.

Blade sbatté il pugno sul volante della sua Jeep. Che stronzata. Era lei quella in torto. Perché stava lì a perdere tempo a incazzarsi per ciò che era successo?

Perché aveva aspettato questo appuntamento con ansia. Perché non aveva sentito con nessun'altra donna una connessione così.

Wendy chiuse la porta del suo appartamento più piano che poté. Se Jackson fosse stato nella sua stanza, non voleva che si rendesse conto che era già tornata a casa. Era troppo presto. Avrebbe dovuto girare in macchina più a lungo, ma la benzina costava e l'unica cosa che voleva fare era trascinarsi a letto e piangere.

Ovviamente non era stata fortunata, suo fratello non era in camera sua. No. Era seduto al tavolo della sala da pranzo.

«Sei tornata presto» osservò.

«Sì»

«Le cose non hanno funzionato?» chiese.

«Non proprio.»

«Non proprio? O hanno funzionato oppure no» ribatté Jackson esasperato.

Wendy lasciò cadere la borsa sul tavolo e andò nella piccola cucina. Si versò un bicchiere d'acqua e lo bevve, appoggiandosi al bancone. Si rifiutò di guardare il fratello e rimase lì, cercando di rimandare l'inevitabile.

«Cos'ha fatto?» le chiese. Si era alzato e appoggiato al muro che conduceva in cucina, con le braccia incrociate sul petto e la fissava torvo.

Gli rivolse un'occhiata sorpresa. A volte, solo guardarlo le toglieva il fiato. Aveva i capelli e gli occhi scuri come lei, ma i lineamenti del viso erano più simili a quelli del padre. La somiglianza era quasi inquietante; le labbra piene, la mascella quadrata, e da lì poteva persino vedere l'ombra di barba cresciuta durante il giorno. Il loro padre una volta le aveva detto di averla lasciata crescere solo per concedersi una tregua perché si era stancato di radersi.

Wendy aveva adorato la sua barba e riusciva a immaginare il fratello portarne una, proprio come lui.

Ma non ebbe il tempo di apprezzare a lungo quelle similarità perché Jackson era chiaramente impaziente. Cambiò posizione ma continuò a fissarla in malo modo. Di solito era molto accomodante, ci voleva molto per farlo arrabbiare, proprio come per lei. L'unica differenza era che una volta arrabbiato, agiva di conseguenza. Era passato un po' di tempo dall'ultima volta in cui Wendy era stata chiamata a scuola dopo che era rimasto coinvolto in una colluttazione, ed era successo abbastanza spesso da sapere che lui non aveva paura di gettarsi in una rissa e fare a botte se necessario.

E in quel momento, sembrava aver voglia di picchiare Aspen per qualunque cosa potesse averle fatto.

«Non ha fatto niente» disse Wendy con un sospiro. «Ma io sì.»

«Andiamo» replicò Jackson, afferrandola per il gomito e trascinandola verso il tavolo. Tirò fuori una sedia e l'aiutò ad accomodarsi. Poi prese quella su cui era seduto qualche minuto prima e la girò, mettendosi a cavalcioni con i gomiti appoggiati sullo schienale. «Parla, sorella» le ordinò.

Wendy abbassò lo sguardo sulle mani che teneva in grembo. Vide la divisa verde e si sentì di nuovo mortificata. Senza tergiversare, gli raccontò che al lavoro le avevano vomitato addosso e di non aver avuto nulla per cambiarsi, tranne la divisa. Gli disse di essere arrivata presto al bar, dell'incontro con Christine, di quanto fosse stata stupida e di averle raccontato un sacco di cose su Aspen.

«Mi ha detto che avevo qualcosa tra i denti e, da brava ingenua quale sono, sono corsa in bagno per verificare. Immagino che abbia visto Aspen fuori o qualcosa del genere, perché quando sono uscita dal bagno, era seduta con lui al bancone del bar.»

«Che cosa? Stai scherzando?» le chiese, stringendo le mani a pugno. «Che cos'ha detto Aspen quando li hai affrontati?»

Distolse lo sguardo dal fratello e studiò la vecchia carta da parati sbiadita come se contenesse le risposte ai quesiti più difficili della vita.

«Non li hai affrontati» concluse lui. «Oh, sorella... sul serio?»

Si voltò a guardarlo. «Non capisci.»

«Allora spiegamelo» la implorò. «Eri così eccitata per questo incontro. Parli con Aspen da mesi. Quando mi dici qualcosa che ti ha raccontato, lo sento nella tua voce che quel ragazzo ti piace. E intendo che ti *piace* davvero. Gli hai persino parlato dei nostri genitori, e non credo che tu l'abbia fatto con qualcun altro da quando ci siamo trasferiti. Non posso credere che tu abbia permesso a quella stronza di rubartelo da sotto il naso, senza fare niente!»

«Non potevo» gli disse.

«Stronzate» ribatté Jackson. «Ti ho detto per anni che devi farti valere di più, ma tu non vuoi farlo e guarda cos'è successo.»

«Sembrava felice» sbottò lei. Non sopportava più l'espressione triste sul viso di suo fratello e distolse di nuovo lo sguardo. «Stavo per andare da loro, giuro. Sono rimasta lì a cercare di trovare il coraggio, e mentre li guardavo lui ha riso per qualcosa che quella aveva detto. Aveva un sorriso così smagliante che mi ha quasi accecato. Era ovvio che fosse contento della situazione. Praticamente si tenevano per mano. Sì, è stata una stronza e lo ha intercettato quando ero in bagno, ma il fatto è che Aspen sembrava davvero felice di essere lì con *lei*.»

«Ma stava fingendo di essere *te*.»

«Lo so. Ma, Jackson, se fossi andata da loro a dire che ero *io* Wendy... e fosse rimasto deluso? Non avrei potuto sopportarlo. E tu non l'hai vista. Era bella. Portava una minigonna e aveva due tette così.» Portò le mani davanti a sé per mostrargli quanto fosse abbondante il seno di Christine. «L'ultima cosa che volevo era vedere la sua espressione felice trasformarsi in delusa, solo perché la donna con cui stava parlando non era quella che avrebbe dovuto incontrare. Non volevo essere la seconda scelta... e sono *sempre* la seconda scelta.»

«E se *non fosse* rimasto deluso? Sei *tu* quella che ha avuto modo di conoscere, non lei.»

«So che in quanto fratello sei praticamente tenuto a difendermi a prescindere dalla situazione, ma sul serio, Jackson, lascia perdere.»

L'adolescente scosse la testa. «Non posso crederci, sorella. Davvero. Ti voglio bene più di ogni altra cosa al mondo, ma stasera hai sbagliato.»

Fissò suo fratello. Non le piaceva vedere lo sguardo irritato sul suo viso, soprattutto non diretto a lei. Per la maggior parte della vita erano stati solo loro due. Avevano dovuto affrontare problemi piuttosto seri, e vedere la delusione sul suo viso la uccideva.

«Se fossi Aspen, sarei incazzato» le disse.

«Ma lui pensa di essere con me» replicò confusa, con la fronte aggrottata.

«Scommetterei un milione di dollari che ha capito piuttosto in fretta che quella stronza non eri tu» continuò, senza mostrare alcun dubbio.

«Perché?»

«Hai detto che hai chiacchierato con lei più o meno cinque minuti prima di andare in bagno. Con Aspen hai parlato per ore e ore negli ultimi due mesi. Pensi che sia davvero così stupido da non capire che lei non è te?»

«Non è stupido» lo difese subito. «E, sì, ho pensato che alla fine se ne sarebbe reso conto, ma anche che a quel punto non gli sarebbe importato.»

«No, Wen. Scommetto che se fossi rimasta lì un po' più a lungo, lo avresti visto scaricarla. E dato che te ne sei andata, non ti ha trovata. Probabilmente si sarà preoccupato, e poi arrabbiato che tu gli abbia dato buca.»

«Non gli ho dato buca» protestò debolmente. «In effetti, mi ha guardata ma poi si è voltato di nuovo verso di *lei*.» Wendy non sapeva dire quando suo fratello fosse diventato così maturo, era solo in seconda liceo. Tuttavia, in realtà aveva diciassette anni, anche se la scuola pensava che fosse un anno più giovane. Quel sotterfugio era stato necessario quando avevano lasciato la città dopo che i loro genitori erano morti, la maggior parte del tempo però, per lei era ancora un ragazzino.

Si rese conto in quel momento con stupore, che ormai era quasi un uomo, che in effetti era più vecchio di quanto lo era stata lei quando tutta la sua vita era cambiata in un istante.

«Ti ha vista?» le chiese.

Wendy annuì.

«Gesù, Wen. Allora scommetto che è *davvero* incazzato che tu non sia andata da lui, che non sia rimasta lì. È stata una pessima mossa.»

Avrebbe dovuto essere arrabbiata, ma era troppo esausta e afflitta. Si rese conto che suo fratello aveva ragione, ma non sapeva cosa fare per risolvere la situazione. «Vado a letto» disse. «Assicurati che sia tutto chiuso a chiave e finisci di fare i compiti.»

«Wendy...» iniziò, ma lei alzò la mano per fermarlo.

«In questo momento non ce la faccio. Ti prego.»

«Cosa gli dirai la prossima volta che lo chiamerai?»

«Non lo farò.»

«Wen...» provò di nuovo, ma lei lo interruppe ancora una volta.

«Non posso. Hai ragione, gli ho dato buca. Me ne sono andata e non gli ho detto dello scambio di persona. Probabilmente è incazzato. Accidenti, per quel che ne so, è a letto con quella stronza in questo momento. Non posso sopportare di parlargli di nuovo, di sentirlo urlarmi contro. Sono imbarazzata e disgustata da me stessa e se i ruoli fossero invertiti, di certo non vorrei più parlargli. Sono sicura che sia così anche per lui.»

«Merita una spiegazione» insistette.

Wendy scrollò le spalle. Per quanto avesse ragione, al momento non poteva pensarci. «Ci vediamo domani mattina.» Si voltò e percorse il breve corridoio che portava alle loro camere. C'erano solo tre porte: due camere da letto e un bagno. L'appartamento era piccolo ed economico. Ed era tutto ciò che poteva permettersi, anche con due lavori.

Avrebbe voluto sbattere la porta per la frustrazione, ma si trattenne. Non era colpa di Jackson se lei si fidava troppo. Se era ingenua. E nemmeno del fatto che si sentisse devastata che Aspen fosse sembrato felice con una donna che non era lei.

Senza prendersi la briga di cambiarsi – che importava se avesse dormito con quella maledetta divisa? – Wendy si infilò nel letto e si strinse un cuscino al petto, si raggomitolò e pianse.

———

Jackson Tucker fissò la schiena della sorella che percorreva il corridoio verso la sua stanza. L'adorava, ma a volte era così ingenua. Sapeva perché non le piacessero i litigi, perché sentisse il bisogno di passare inosservata, ma lo frustrava comunque. Tutto ciò che avrebbe dovuto fare era avvicinarsi a lui e dirgli di essere Wendy, e si sarebbe risolto tutto.

Aveva sentito parlare a sufficienza di che tipo d'uomo fosse Aspen Carlisle, da esserne sicuro al novantanove per cento. Sua sorella ne decantava le lodi ogni volta che riattaccava. Sapeva che era nell'esercito e che aveva una sorella a cui di recente era successo qualcosa di orribile, anche se Wendy non gli aveva detto cosa; non era sicuro che sapesse i dettagli. Jackson una sera gli aveva persino parlato; sua sorella aveva dimenticato il telefono a casa e lui aveva risposto a una sua chiamata in modo da non farlo preoccupare.

Avevano parlato per circa dieci minuti, di niente in particolare, ma il fatto che Wendy non fosse andata fuori di testa quando le aveva raccontato della loro conversazione la diceva lunga. Di solito era super protettiva nei suoi confronti. Non che avesse frequentato molti uomini, ma in passato non aveva detto a nessuno che stava crescendo il suo fratellino, almeno fino al quinto appuntamento.

E proprio per quella breve conversazione avuta con Aspen, Jackson aveva la sensazione che l'uomo si sarebbe arrabbiato parecchio, quando avesse scoperto che la donna con cui si era incontrato non era Wendy.

Proprio in quel momento, il telefono nella borsa sul tavolo iniziò a vibrare.

Guardò in fondo al corridoio e vide che la porta della sua camera era chiusa.

Di sicuro si sarebbe arrabbiata con lui per essersi intromesso, ma non poteva lasciar perdere. Non dopo aver visto la tristezza nei suoi occhi. Doveva scoprire subito se Aspen *aveva* capito che la donna con cui stava parlando non era Wendy, e non gli importava. Se fosse stato così, allora non era l'uomo giusto per sua sorella.

Allungandosi, attirò più vicino la vecchia borsa nera e malconcia e la aprì per tirare fuori il telefono. Non era il top di gamma, ed era praticamente uguale a quello che aveva lui, ma sapeva che era tutto ciò che potevano permettersi e non si era mai lamentato.

Mentre lo tirava fuori, vibrò nella sua mano, spaventandolo a morte. Inserì la password – Wendy aveva insistito che entrambi avessero accesso al telefono dell'altro, per ogni evenienza – e toccò l'icona dei messaggi.

Ne aveva parecchi di non letti e, come si era aspettato, erano tutti di Aspen. Tutti e sei i messaggi erano abbastanza pacati; era preoccupato per lei.

Jackson si accigliò. Il minimo che sua sorella avrebbe dovuto fare era fargli sapere che era tornata a casa tutta intera.

Poi vide che c'era almeno un vocale.

Leggere i suoi messaggi era una cosa, ascoltare la segreteria era del tutto diverso…

Proprio quando decise che avrebbe ascoltato per il bene di sua sorella, il telefono vibrò di nuovo con una chiamata in arrivo.

Vide che era Aspen e prese una decisione su due piedi; si alzò e andò nel piccolo ingresso dell'appartamento. Wendy avrebbe potuto sentirlo comunque, ma c'erano meno possibilità rispetto allo stare seduto al tavolo.

«Pronto?» disse a bassa voce dopo aver fatto scorrere il dito sullo schermo per rispondere alla chiamata.

Ci fu una pausa all'altro capo del telefono, poi una voce maschile chiese: «Potrei parlare con Wendy?»

«Sei Aspen, giusto?» domandò. Aveva visto il suo nome sul telefono prima di rispondere, ma voleva esserne sicuro.

«Sì. Sei Jack? Tua sorella sta bene? È tornata a casa, vero?»

Sentendo quella domanda, si rilassò. Si capiva che era seccato, ma il fatto che avesse chiesto prima di tutto di lei e volesse assicurarsi che fosse arrivata a casa sana e salva, contribuì molto a tranquillizzarlo sul fatto che stesse facendo la cosa giusta. «È a casa. Non posso dire che stia bene, ma è qui.»

«Ti ha parlato?»

«Sì. Mi ha detto cos'è successo.»

«Giuro su Dio che non sapevo che quella stronza non fosse Wendy. Si è presentata come tua sorella.»

«Immaginavo.»

«Ho davvero bisogno di parlare con lei» disse, con la voce un po' incrinata.

«Non stasera» ribatté Jackson.

«Questa cosa è tra me e lei» replicò Aspen.

«Ed è qui che ti sbagli. Qualsiasi cosa mi succeda ne parlo con lei, e viceversa. Non abbiamo segreti tra noi, e devo assicurarmi che non te la prenderai con Wendy prima di lasciarti parlare con lei.»

Lo sentì fare un respiro profondo, anche se non parlò per un lungo momento. Alla fine, disse: «Non capisco perché non abbia sbugiardato quella stronza.»

«Wendy non ama i *conflitti*» lo informò.

«Lo so.»

«No, non credo che tu lo sappia. Li *odia* proprio. Farebbe il possibile per evitarli ad ogni costo, anche se dovesse significare *rimanere fregata*. Non le piace nemmeno discutere con me nonostante siamo molto legati. Quindi, quando ha visto quella tizia con te, la donna a cui aveva spiattellato nervosamente un sacco di cose prima che tu arrivassi, a cui aveva raccontato *tutto* del suo appuntamento al buio e di quanto fosse ansiosa, non è riuscita a interrompervi. Quella stronza le ha detto che aveva qualcosa tra i denti e Wendy è andata in bagno a occuparsene. È stato allora che sei entrato e lei ha fatto la sua mossa.»

«L'ho vista» disse con tranquillità. «I nostri occhi si sono incontrati e ho avuto la sensazione che fosse lei. Non avrebbe avuto nemmeno bisogno di dire nulla, se fosse venuta dove eravamo seduti, l'avrei capito.»

«Ha detto che sembravi felice.»

«Come scusa?»

«Mia sorella mi ha detto che stava cercando di trovare il coraggio di venire da te e di superare la sua avversione alle scenate, ma tu ridevi e avevi le mani su quell'altra donna e sembravi felice. Wendy è stata disposta a rinunciare a una possibilità di stare con te perché non voleva toglierti l'espressione felice e il sorriso.»

«Cazzo!» imprecò Aspen. «Quella stronza mi ha raccontato una storia su un fatto che presumibilmente era accaduto alla casa di riposo quella sera. Era divertente, ma niente di più.»

«Scommetto che Wendy gliel'ha raccontata mentre ti stava aspettando» disse Jackson.

«Non ho alcun dubbio. Anche se ho la sensazione che la storia vera, fosse più compassionevole nei confronti del residente rispetto a quella raccontata dall'altra.»

«Ascolta, il punto è che mia sorella è turbata. È imbarazzata e ha intenzione di non contattarti mai più.»

«No» ribatté subito. «Non succederà.»

Sorrise. Se Aspen fosse stato un debole o un tipo diverso di uomo, avrebbe lasciato perdere, ma Jackson era piuttosto bravo a giudicare le persone, e aveva la sensazione che non avrebbe permesso a sua sorella di scaricarlo così facilmente. «Quindi mi stai dicendo che vuoi ancora incontrare Wendy?»

«No.»

Il suo stomaco si contorse; non era ciò che si era aspettato di sentire.

«Non voglio solo incontrarla. Voglio frequentarla, imparare a conoscerla. Essere al suo fianco quando le persone la trattano male; se non si difenderà da sola, lo farò io per lei. Non so cosa sia successo per farle odiare i conflitti, ma voglio fare del mio meglio per dimostrarle che dire ciò che pensa, non è una cosa negativa.»

Apprezzò quella risposta. Non pensava che fosse realizzabile, ma gli piaceva l'idea che qualcuno sostenesse sua sorella. Lo sapeva Dio che lui non sarebbe stato lì per sempre a cercare di proteggerla e assicurarsi che nessuno si approfittasse di lei. «Non ho intenzione di darti il nostro indirizzo» lo avvertì.

«Non stavo per chiedertelo, non è sicuro farlo al telefono.»

«Esatto. Ma non ho problemi a dirti che lunedì farà il turno di mattina alla casa di riposo e di sera sarà occupata con il lavoro di telemarketing.»

«Continua» lo incoraggiò.

«Ti darò il nome della casa di riposo a una condizione» dichiarò.

«Dimmela.»

«Non giocare con i suoi sentimenti.»

«D'accordo» replicò subito Aspen.

«Dico sul serio» lo avvertì. «Ci raccontiamo tutto. Saprò ogni cosa sui vostri appuntamenti. Dove siete andati, cos'avete fatto, se l'hai baciata. Ciò che avete mangiato a cena e cosa vi siete detti. Se farai qualcosa che la renderà triste o la farà piangere, ti prenderò a calci in culo, o almeno ci proverò. Mia sorella ha passato l'inferno e ha messo la sua vita in pausa per me. Ha messo il mio benessere e la mia sicurezza prima dei suoi, e non starò mai a guardare, o permetterò, che qualcuno si approfitti di lei o la ferisca. Capito?»

Jackson non sapeva se Aspen avrebbe commentato, dato che ci fu un lungo e imbarazzante silenzio sulla linea. Quando finalmente parlò, non disse ciò che si sarebbe aspettato.

«La tua sicurezza è stata la sua prima priorità?»

«Sì. Ancora adesso.»

«Non mi conosci, Jack, ma ti dirò una cosa che avrebbe dovuto sentire prima tua sorella. Wendy mi è piaciuta dalla prima volta che mi ha chiamato. C'è qualcosa in lei che mi ha fatto venire voglia di conoscerla meglio. Ma quando l'ho vista stasera, in mezzo a un bar affollato con indosso la divisa, tutto ciò che avrei voluto fare era attirarla contro di me e proteggerla dal mondo. Non ho dubbi che sia una donna estremamente forte che mi prenderebbe a calci in culo se provassi a fare qualcosa che non le piace, ma quel bisogno di proteggerla rimane. Non dovrà mai più mettersi in pericolo, per te o per chiunque altro, se potrò evitarlo. Mi farò in quattro per assicurarmi che abbia tutto ciò di cui ha bisogno per sentirsi tranquilla, per essere protetta e per tenere *te* al sicuro.»

«E se non ne avesse bisogno o non lo volesse?» insistette Jackson. «Odia i conflitti, ma non accetta che sia *io* a proteggerla. Non riesco a immaginare che permetterebbe a qualcun altro di entrare nella sua vita e trattarla come una persona debole.»

«Non è debole. Ho la sensazione di conoscere solo una piccola parte della sua storia, della vostra storia, ma quello che so è che è una donna incredibile e non vedo l'ora di conoscerla meglio. Ho un gruppo di amici a cui sono molto legato, e le loro mogli e fidanzate sono alcune delle donne più forti che abbia mai incontrato... ma ciò non significa che i loro uomini non facciano tutto ciò che è in loro potere perché non siano *obbligate* a esserlo. Capisci ciò che intendo?»

Stranamente, capiva. «Sì. Lavora al Cottonwood Estates. È quell'enorme casa di riposo al confine sud della città. La conosci?»

«Sì.»

«Lavora fino alle due, poi torna a casa per vedermi e assicurarsi che io ceni, prima di partire per andare all'altro lavoro alle sei e mezza. Non credo le farebbe piacere che ti facessi trovare lì quando inizia il turno, perché vorrà entrare e iniziare ad aiutare i residenti con le loro routine mattutine, ma se ti presenti intorno all'una e mezza, potresti beccarla proprio mentre se ne va.»

«Grazie» disse Aspen.

«Non ferirla.»

«Mai. Jack?»

«Sì?»

«Davvero ha detto che non si è avvicinata perché pensava che fossi felice?»

«È proprio ciò che ha affermato.»

«Si sbagliava. Mi sentivo a disagio da morire ed ero arrabbiato perché la Wendy che avevo di fronte non era affatto come quella che avevo conosciuto al telefono. Magari ho riso, ma non ero assolutamente felice.»

«Non devi convincere *me*» gli disse. «Devi convincere lei.»

«Lo farò. Sono in debito con te.»

«No, non lo sei» ribatté. «Non l'ho fatto per te ma per mia sorella.»

«È fortunata ad averti.»

«No, sono *io* fortunato ad avere *lei*. Spero che ci incontreremo prima o poi.»

«Lo faremo» replicò Aspen. «Sei un uomo straordinario e sarei onorato di considerarti un amico. Chiunque sia intelligente e leale verso la propria famiglia come lo sei tu, è una persona che voglio conoscere.»

Provò un'ondata di piacere alle parole dell'altro uomo. Non aveva cercato di impressionarlo, ma era comunque contento di esserci riuscito.

«Mi faresti un favore?» gli chiese Aspen.

«Forse.»

Ridacchiò. «Mossa intelligente. Non accettare finché non sai qual è il favore. Puoi cancellare i messaggi in segreteria che ho lasciato per Wendy?»

Jackson si irrigidì. «Cos'hai detto?»

«Sentiti libero di ascoltarli» rispose, senza sembrare minimamente nervoso. «È solo che voglio farle una sorpresa lunedì. Non voglio darle alcun motivo per sospettare che ho intenzione di vederla.»

«Perché dovrebbe pensarlo?»

«Perché le ho detto apertamente che se pensava di liberarsi di me, ora che ho potuto vedere quanto fosse adorabile in divisa, stava sognando. Le ho detto che l'avrei rintracciata con o senza il suo aiuto e che mi avrebbe visto presto.»

Ridacchiò. «Avresti potuto farlo? Voglio dire, se non ti

avessi dato il nome del posto di lavoro, saresti comunque riuscito a trovarlo?»

«Sì. Ho delle conoscenze nell'esercito che sarebbero state in grado di cercarla e trovarla in pochi secondi.»

Jackson deglutì. Cazzo, era l'ultima cosa di cui avevano bisogno. «Ma adesso non hai intenzione di chiedere a nessuno di cercarla, giusto?»

«C'è una ragione per cui non dovrei?»

Cercò di rispondere con nonchalance. «Fai come vuoi, ma non ti serve più ora che hai tutte le informazioni.»

«Giusto. Grazie ancora, Jack.»

«Prego.»

«Ci sentiamo.»

«A presto.»

Chiuse la chiamata e toccò subito l'icona della segreteria. Voleva sentire di persona ciò che Aspen aveva detto a sua sorella. Se fosse stato sgarbato l'avrebbe avvertita su quanto successo, e lei avrebbe potuto organizzarsi per lasciare il lavoro presto ed evitare di vederlo.

Un paio di minuti dopo, rimise il telefono nella borsa di sua sorella. I messaggi erano esattamente come gli aveva detto lui. Si capiva che il fatto che se ne fosse andata l'avesse sconvolto, ma non le aveva urlato contro, era stato calmo e controllato e l'aveva informata che non se la sarebbe lasciata sfuggire ora che l'aveva vista.

L'adolescente sorrise. Non gli piaceva nascondere le cose a Wendy, e probabilmente le avrebbe raccontato tutto della sua conversazione con Aspen... *dopo* che lei lo avesse incontrato di persona e fatto pace con lui.

Si sistemò di nuovo al tavolo per finire i compiti e sorrise. Aveva la sensazione che Aspen Carlisle fosse perfetto per sua sorella.

CAPITOLO QUATTRO

Tre giorni dopo, Blade era seduto in macchina ad aspettare di entrare al Cottonwood Estate, e incontrare finalmente Wendy. Era stato orribile lasciar passare il fine settimana senza chiamarla o sentire la sua voce, ma aveva aspettato il momento opportuno per far sì che potessero parlare di persona di ciò che era successo.

Era arrivato presto alla struttura, e per un uomo che poteva stare in attesa del momento perfetto per colpire per ore, al caldo o al freddo durante una missione, si ritrovò a essere incredibilmente impaziente che arrivasse l'ora di entrare. Aveva guardato l'orologio almeno venti volte negli ultimi dieci minuti... il che non faceva scorrere il tempo più velocemente.

Alla fine, disgustato di se stesso, scese dalla Jeep e si avviò verso le porte d'entrata. Aveva lo stesso sacchetto di cioccolatini di venerdì sera, nella vana speranza che Wendy non sarebbe andata fuori di testa quando lo avesse visto.

Blade tenne la porta aperta per lasciar uscire una donna anziana e quella che doveva essere sua figlia, ed entrò nell'edificio. Non sapeva cosa aspettarsi, ma di certo non una sala d'attesa così confortevole e accogliente. Non era stato in molte case di cura, ma aveva pensato che avesse lo stesso odore di un ospedale e che ci fossero sedie e divani di plastica per coloro che aspettavano di essere chiamati.

Ma nell'aria c'era profumo di eucalipto, e il morbido tappeto e le poltrone di pelle facevano sembrare l'area un soggiorno anziché una sala d'attesa. Si avvicinò alla segretaria dietro al banco dell'accoglienza protetto da una vetrata; portava una targhetta con il nome "Carol".

«Buon pomeriggio» gli disse allegramente. «Come posso aiutarla?»

«Sto cercando Wendy Tucker» rispose Blade.

L'addetta all'accoglienza lo osservò per un attimo, poi disse con un'espressione di scuse negli occhi: «Mi dispiace, signore, ma non possiamo fornire alcuna informazione sui nostri residenti o dipendenti.»

Apprezzando sempre di più quel posto a ogni minuto che passava, felice che prendessero sul serio la sicurezza, disse: «Lo capisco. È una mia amica e non sa che sono qui. Non ci vediamo da molto e sono venuto a farle una sorpresa.» Prese il portafoglio, tirò fuori il tesserino militare e lo mise sul bancone davanti alla donna. «Non sono qui per farle del male, giuro. Voglio solo vederla.»

Fece uso di tutto il suo fascino, senza vergognarsi di fare il necessario per convincerla ad aiutarlo. Posò il sacchetto di cioccolatini sul bancone e si sporse in avanti. «Se per lei va bene, mi piacerebbe solo stare seduto qui ad aspettare che finisca il turno. Ma non vorrei che mi scappasse... sa, se dovesse andarsene da un'altra porta. Pensa di poterla far uscire per di qua in qualche modo? Può osservare il nostro incontro e vedere di persona che non sono qui per farle del male. Non lo farei *mai*.»

Per un attimo, Blade pensò che il suo fascino non avrebbe funzionato, ma dopo un lungo momento in cui la donna guardò il suo documento, poi lui e di nuovo il tesserino, final-mente gli'elo restituì dopo aver scritto il suo nome su un foglietto di carta. «Penso di poterlo fare. A volte però finisce più tardi, se sta facendo qualcosa con i residenti, non se ne va mai lasciando il lavoro a metà... a differenza di altri membri del personale.»

Borbottò sottovoce l'ultima parte, ma la sentì comunque. Non era sorpreso che Wendy non controllasse con impazienza l'ora. «Grazie» disse, rimettendo il tesserino nel portafoglio. «È molto importante per me.»

L'addetta all'accoglienza annuì e lui si diresse verso l'angolo della stanza e si sedette su una delle grandi poltrone in pelle. Fece del suo meglio per non agitarsi mentre aspettava di intravederla.

Venti minuti dopo, sentì la segretaria parlare con qualcuno dietro il vetro che separava la sua postazione di lavoro dalla sala d'attesa, e quando l'altra persona rispose, Blade si alzò. Riconobbe subito la voce di Wendy, il che gli fece capire ancora una volta quanto fosse stato stupido venerdì sera. Anche se c'era molto rumore, avrebbe dovuto capire che non era lei nell'istante in cui la stronza aveva aperto bocca.

Con il sacchetto di cioccolatini in mano aspettò che apparisse.

Lei uscì dalla porta, ma stava ancora guardando la segretaria. Stava sorridendo e Blade si godette quella vista. Indossava dei jeans e la casacca della divisa. Su questa c'erano stampati dappertutto dei cagnolini e degli idranti stile cartone animato. Aveva le mani occupate: in una teneva una borsa e nell'altra un piccolo vaso di fiori.

Salutò l'altra donna e si voltò per attraversare l'atrio, ma quando lo vide di fronte a lei, si fermò di botto.

«Ciao, Wendy» le disse con dolcezza.

La sua bocca si aprì in modo comico e rimase semplicemente lì, a fissarlo scioccata.

«Il tuo amico mi ha detto che voleva farti una sorpresa» la informò la signora, sporgendosi dalla finestra scorrevole. «Sei sorpresa?»

Wendy si leccò le labbra e, senza distogliere lo sguardo da lui, disse: «Sì, Carol, lo sono decisamente.»

«Sìì!» gioì l'altra, battendo le mani eccitata.

«Ciao, Wen» ripeté Blade.

«Ehm... ciao» rispose.

Ricordando il modo in cui la stronza gli si era gettata addosso abbracciandolo, si prese di nuovo a calci mentalmente. Wendy non l'avrebbe fatto... *non* lo stava facendo. Era riservata e cauta, e lui aveva la sensazione che fosse dovuto solo in parte a ciò che era successo al bar. Più che altro... lei era semplicemente così.

Le si avvicinò e, approfittando del fatto che avesse le mani occupate, si chinò su di lei e la baciò dolcemente sulla guancia. Non sapeva di fiori. No, non emanava nessun tipo di profumo artificiale. Percepì quello di cocco, che probabilmente era il suo shampoo, e di cibo fritto. Sorrise e indietreggiò. Era così strano... com'era possibile che gli piacesse l'odore del cibo su di lei?

Perché era Wendy, ecco perché.

Gli occhi castano scuro erano enormi sul suo viso e si prese il tempo di osservare i suoi lineamenti. I capelli castani erano di nuovo raccolti in uno chignon disordinato sopra la testa, solo che quel giorno aveva delle ciocche ribelli che le incorniciavano il viso e il collo. La casacca che indossava aveva lo scollo a V, ma sotto portava una maglietta, quindi non si vedeva il minimo accenno di décolleté o pelle scoperta. Non che importasse. In un certo senso, che non mostrasse nulla la rendeva ancora più sexy. Era provocante. In senso positivo.

I jeans le aderivano al corpo e le piaceva la linea delle sue gambe. Indossava le stesse scarpe da ginnastica bianche che portava al bar. Aveva un aspetto alla mano e amichevole, e Blade si rese conto che quelle erano alcune delle ragioni per cui si sentiva così attratto da lei. Non voleva una donna difficile da accontentare. Qualcuno che avrebbe impiegato ore per prepararsi anche per andare in un posto semplice come un negozio di alimentari.

Voleva essere libero di scompigliare la sua donna senza che lei desse di matto. Voleva poter fare escursioni con lei ma anche portarla in ristoranti costosi. Sapeva dalle loro chiacchierate che le piaceva il campeggio e altre attività all'aria aperta, passare il tempo a casa con suo fratello e andare a cena fuori occasionalmente.

«Cosa ci fai qui?» gli chiese, fissandolo mentre si mordeva il labbro incerta.

«Ho fatto un casino venerdì» le disse. «Sono qui per rimediare all'errore.»

Lei iniziò subito a scuotere la testa. «No, non hai fatto niente di sbagliato. Avrei dovuto...»

«Che ne dici di parlarne mentre facciamo un pranzo fuori orario?» la interruppe.

Aggrottò la fronte con un'espressione confusa. «Ma sono le due del pomeriggio.»

Blade sorrise. «Sì. Se non hai fame, possiamo fare qualcos'altro. Oggi non fa troppo caldo, potremmo sederci fuori in quel cortile ombreggiato che ho visto sul lato dell'edificio, se preferisci.»

Vide indecisione nei suoi occhi, e paura. Forse pensava che fosse lì per rimproverarla di aver lasciato il bar venerdì. Volendo rassicurarla, allungò lentamente la mano e la mise sul suo collo. Con il pollice sfiorò la pelle vicino all'orecchio e si sporse per dire con molta tranquillità: «Non hai nulla di cui preoccuparti, Wen. Non sono arrabbiato con te per l'altra sera.»

«Ah no?»

Lui scosse la testa. «No, tesoro. Sono incazzato con quella stronza che ha finto di essere te, ma non sono arrabbiato con *te*.»

«Avrei dovuto dire qualcosa.»

A quelle parole, la preoccupazione che non si era reso conto di provare ancora, gli scivolò dalle spalle come una camicia di seta. «Capisco perché non l'hai... be', almeno in parte. Ti va di sederti con me e parlare?»

Le sue lunghe ciglia si sollevarono e incontrò il suo sguardo. «Sì. Mi piacerebbe.»

Le sorrise e poi le tolse di mano il vaso. «Lasci sempre il lavoro con i fiori?»

Lei ridacchiò. «No. Ma la signora Epson è popolare qui, piace a molti uomini e ne riceve almeno tre o quattro mazzi a settimana. Questi poverini non se la passavano molto bene, così mi ha detto di portarli a casa e di rivitalizzarli.»

«Non sapevo che avessi il pollice verde» disse Blade, mentre la conduceva verso la porta d'ingresso.

«Non ce l'ho. Uccido tutti i fiori che osano varcare la soglia del mio appartamento.»

La guardò confuso per un momento, poi le sue labbra guizzarono.

«Assassina di fiori. Capito. Lo terrò a mente. Immagino che la dozzina di rose che avrei voluto mandarti dopo oggi, sia fuori discussione, eh?»

Lo guardò sconvolta. «Perché diavolo vorresti mandarmi delle rose? Voglio dire, sono costose!»

Inizialmente pensò che stesse scherzando, ma poi si rese conto che era seria. «Nessuno ti ha mai regalato dei fiori, tesoro?»

«No, ma non è questo il punto. Sono poco pratici e...»

Le mise un dito sulle labbra, interrompendo le sue parole. «Forse, ma ogni donna merita che il suo uomo le regali dei fiori per farla sentire speciale.»

Non rispose, si limitò a fissarlo con quei suoi occhi spalancati e innocenti.

«Divertitevi!» urlò la segretaria prima che uscissero.

Blade le fece un cenno con la testa e tenne aperta la porta per Wendy.

Mentre camminavano verso la zona ombreggiata che aveva visto entrando, lei gli chiese: «Com'è stata la tua giornata?»

Eccola. La sua solita domanda. Sorrise. «Meglio ora che sono con te.»

Alzò gli occhi al cielo. «Che sdolcinato» protestò.

«Dico sul serio. Stamattina all'allenamento, non riuscivo a concentrarmi e il mio comandante mi è stato addosso. In seguito, Ghost mi ha messo alle strette e obbligato a dire cosa mi preoccupasse. Gli ho raccontato tutto di te e del casino che avevo combinato. Gli ho detto che sarei venuto a trovarti oggi, e lui mi ha consigliato di prendermi il pomeriggio libero. Mi sono occupato di alcune scartoffie e ho chiamato mia sorella, poi sono tornato a casa per cambiarmi e sono arrivato qui circa un'ora fa. Ho mangiato almeno tre dei tuoi cioccolatini perché ero nervoso, poi non sono più riuscito ad aspettare oltre e sono entrato.»

«*Eri* nervoso? Perché?»

«Stai scherzando?» le chiese.

Scosse la testa mentre si sedeva sulla panchina di cemento sotto un grande albero. Non tirava un filo d'aria, ma le foglie fornivano un bel rifugio ombreggiato. Blade si sedette accanto a lei e si esaltò del fatto che quando premette la gamba contro la sua, non si scostò.

Wendy sì chinò e mise la sua borsa a terra e lui fece lo stesso con il vaso di fiori, mentre appoggiava i cioccolatini accanto a lui sulla panchina. Ora che aveva le mani libere ne prese una delle sue e la strinse con dolcezza tra i palmi.

«Wen, ti parlo da mesi. Questa è la prima volta che ci

vediamo, che ci parliamo di persona. Perché non avrei dovuto essere nervoso?»

«Perché potresti trovare qualsiasi donna tu voglia nel raggio di centocinquanta chilometri?» rispose con una domanda retorica.

«Non sono sicuro che le donne nelle immediate vicinanze, presente esclusa, siano il mio tipo» scherzò. «Sono un po' vecchie per me.» Poi proseguì più serio: «Non voglio stare con nessun'altra, tranne te. Non ho più frequentato nessuna ragazza da molto tempo, perché ho visto cos'è il vero amore osservando le relazioni dei miei amici. Desidero quello che hanno loro. E uscire con una tizia incontrata in un bar non mi attrae per niente. Ti ho vista venerdì sera, sai.»

A quelle parole cercò subito di togliere la mano dalle sue, ma lui non glielo permise.

«Tanto perché non ci siano fraintendimenti, quella sera ho parlato anche con Jack quando ho provato a chiamarti» le disse.

Se possibile, i suoi occhi si spalancarono ancora di più. «Davvero?» sussurrò.

«Sì. Ti ho mandato dei messaggi e ho chiamato, ma non hai risposto. L'ha fatto lui l'ottantasettesima volta che ho provato.» Sorrise per farle capire che stava esagerando... solo un po'. «Mi ha detto dove lavoravi e quali fossero i tuoi orari.»

«Quello spione» borbottò.

«Non ero felice, Wen» ammise Blade.

«Come scusa?»

«Gli hai detto che non ti sei avvicinata perché pensavi che fossi felice. Non lo ero. Quella stronza mi ha raccontato una storia su qualcosa che le era accaduto presumibilmente qui alla casa di cura, e ho riso perché sembrava una cosa che mi avresti detto tu... anche se non proprio in quel modo. Ho riso per essere gentile.»

«Hai messo la mano sopra la sua» ribatté lei.

«L'ho fatto per impedirle di toccarmi in modo inappropriato.»

Wendy spalancò di nuovo gli occhi pur aggrottando la fronte. «L'ha fatto davvero?»

Blade sorrise e le strinse piano le dita. «Ci ha provato. Il punto è, che hai detto a Jack di non avermi interrotto perché pensavi che fossi felice, ma non lo ero. Non voglio che tu ti senta mai più imbarazzata o ti faccia problemi a interrompermi, indipendentemente da dove siamo o cosa stia facendo. Inoltre, conto che tu mi salvi se un'altra donna dovesse mettermi le mani addosso.»

«Era bella» mormorò, guardando le loro mani intrecciate.

Blade provò un senso di frustrazione. Capiva la sua insicurezza; *aveva* sorriso alla finta Wendy, e se i ruoli fossero stati invertiti anche lui si sarebbe arrabbiato, ma aveva bisogno che capisse come stavano le cose e che era *lei* quella che gli piaceva. «Conosci il detto, la bellezza è solo superficiale?» le chiese.

Quando annuì, le mise un dito sotto il mento e le voltò il viso per far sì che lo guardasse. «Poteva essere bella esteriormente ma dentro era marcia. Chiunque si approfitti di qualcuno come te, e che inganni di proposito entrambi, è un brutto mostro.»

Le sue labbra si contrassero.

Proseguì: «Sono andato in quel bar per incontrare la donna che ha catturato la mia attenzione dalla prima volta che ha cercato di vendermi un'assicurazione sulla vita. Non avevo aspettative sul tuo aspetto, ma ciò che vedo davanti a me, proprio in questo momento, mi lascia senza fiato.»

Wendy abbassò gli occhi, ma lui non le tolse il dito da sotto il mento.

«Sei una donna che vive bene con se stessa, che si preoccupa più dei sentimenti degli altri che dei suoi. Profumi di pollo fritto, che probabilmente pensi sia imbarazzante, ma per me significa che ti sta a cuore sederti con i residenti mentre pranzano. Mi fa pensare a casa mia, e venire voglia di divorarti. Hai superato tutte le mie aspettative, Wen.»

Riportò gli occhi sui suoi, fece un respiro profondo e poi disse: «Mi dispiace di non essermi avvicinata al bar.»

«Scuse accettate» dichiarò subito. Blade vide la tensione abbandonare le sue spalle a quelle parole.

«Se fossi rimasta lì per altri cinque minuti, mi avresti visto cacciarla via.»

«Davvero?»

«Sì. Era una prostituta, sai.»

«Porca miseria, sul serio?»

Riluttante, tolse il dito da sotto il mento e le strinse di nuovo la mano. «Sì. Le avevi dato informazioni sufficienti da potermi ingannare per un po', ma avevo dei sospetti su di lei quasi dall'inizio. Si è scavata la fossa quando le ho chiesto di "Josh" e se si stesse trovando bene in quinta elementare.»

Wendy ridacchiò. «Sì, non le avevo detto niente di mio fratello.»

«Ovvio. Ma comunque avevo intuito subito che qualcosa non quadrava.»

«Cosa?»

«Non mi ha chiesto com'era andata la mia giornata.»

«Cosa intendi?» gli chiese, inclinando la testa

«Sei molto brava a sviare le conversazioni da te stessa, e una delle prime cose che mi chiedi sempre è com'è stata la mia giornata. Quando non l'ha fatto, mi sono insospettito.»

«Oh.»

«Poi ha cercato di afferrarmi il pacco proprio lì al bar, e sapevo che tu non l'avresti mai fatto.»

«Oh mio Dio, no!» esclamò.

Blade ridacchiò. «Comunque l'ho smascherata e, credimi, è passata dall'essere dolce a stronza in due secondi.»

«Quindi, te ne sei andato?» gli chiese.

«Per prima cosa, ho parlato con il proprietario del bar e l'ho fatta bandire a vita, quindi non può fare quella stronzata con nessun altro. Poi ti ho cercata in ogni angolo... nella vana speranza che tu fossi ancora lì. *Poi* me ne sono andato.»

«Non potevo rimanere» ammise Wendy a bassa voce.

«Lo so. Davvero non mi avresti mai più contattato?» le chiese.

«Maledizione, Jackson» mormorò, poi scrollò le spalle. «Che chiacchierone. No, ho pensato che ti saresti divertito con quell'altra donna o incazzato con me.»

«Allora è un bene che io sia testardo, no?»

Annuì semplicemente.

Un'ora dopo, erano ancora seduti sulla panchina sotto l'albero a parlare. Blade guardò l'orologio e rimase stupito di quanto tempo fosse passato. Non si era mai sentito così a suo agio con una donna come con Wendy. Non avevano mai smesso di chiacchierare e non aveva mai riso così tanto come con lei.

Gli aveva spiegato cosa fosse successo venerdì al lavoro e perché fosse andata al bar in divisa, e sebbene la storia fosse simile a quella che gli aveva raccontato la stronza, la sua aveva molto più senso. Il fatto che avesse messo la sicurezza del residente al di sopra del suo disagio, e gli avesse permesso di vomitare su di lei piuttosto che rischiare di farlo cadere, consolidò ulteriormente l'idea di Blade riguardo alla compassione di Wendy.

Non gli era sfuggito che si fosse riferita a suo fratello con "Jackson", e non "Jack", come gli aveva inizialmente detto che si chiamava, ma non fece commenti in merito. Avrebbe potuto essere insignificante. Jack era chiaramente un diminutivo... ma qualcosa nel modo in cui aveva detto il nome completo gli fece pensare che non fosse così.

Avevano parlato delle sue attività lavorative, di alcune pagliacciate dei residenti e del lavoro di telemarketing. Blade aveva condiviso qualcosa di più riguardo ai suoi amici e di come fossero legati come fratelli. Le aveva raccontato molte cose di sua sorella Casey, ed era persino entrato un po' più nei dettagli riguardo al suo rapimento in Costa Rica.

Alla fine, Wendy guardò l'orologio e disse: «Devo davvero andare. Jack tornerà presto a casa. Lui...»

«Quando posso rivederti?» le chiese, sfiorandole con il pollice la mano che teneva appoggiata sotto la sua sulla coscia.

«Oh, ehm... non lo so.»

«Domani?»

Lei arrossì e si morse il labbro.

«Che c'è? Devi lavorare?»

«No, ma è un giorno feriale.»

Sorrise. A volte era così adorabile. «Capisco.» Ed era vero. L'ultima cosa che voleva fare era interferire nella routine che aveva con suo fratello.

«Però... nel pomeriggio Jack deve fare una cosa a scuola e non sarà a casa fino a poco prima di cena. Forse potremmo fare qualcosa allora? Se vuoi.»

«Lo voglio» disse Blade con un sorriso. Si portò la sua mano alla bocca e ne baciò il dorso, amando il rossore che le colorò le guance. «Nel caso non fosse ovvio, mi piaci, Wendy Tucker.»

«Anche tu mi piaci.»

«Vuoi che ci incontriamo da qualche parte?» le chiese.

«Potresti... ehm... venire a casa mia, se lo desideri.»

La sua offerta lo sorprese, ma non lo mostrò sul viso.

«Non è niente di speciale, ma avevo intenzione di provare questa nuova ricetta per i fagiolini. Voglio dire, farò anche qualcos'altro, ma ho pensato solo che forse potresti venire nel pomeriggio e poi potremmo cenare insieme. Potrai conoscere Jack... ma potremmo anche uscire se preferisci. Non so a che ora il tuo capo, o come lo chiami, ti lascerà uscire dal lavoro.»

Blade non avrebbe mai immaginato di venire invitato a casa sua così presto, per non parlare di conoscere suo fratello. Dalle loro conversazioni aveva capito che Jack significava tutto per lei, quindi la sua offerta di farglielo incontrare era una cosa molto importante. «Il mio comandante mi lascerà uscire un po' prima. Mi piacerebbe venire da te, tesoro. Sei sicura che vada bene?»

«Ho la sensazione che dopo aver detto a Jack com'è andata oggi, insisterà per incontrarti il prima possibile. E non abituarti a fare le cose alle mie spalle e a cospirare con lui» lo avvertì con un luccichio scherzoso negli occhi.

Le sorrise. «Mai.»

«Perché qualcosa mi dice che non dovrei fidarmi?»

Lui ridacchiò. «Perché sei intelligente. Dai, ti accompagno alla macchina.»

Detto questo, si alzò e la aiutò a mettersi in piedi. Prese i fiori e i cioccolatini e lei raccolse la borsa. Andarono verso la sua vecchia Chevy Equinox; il piccolo SUV nero aveva visto giorni migliori... c'era ruggine sui paraurti e una grossa ammaccatura sul lato del conducente. Quando li vide Blade digrignò i denti, a quanto pare qualcuno era andato addosso alla macchina, e il pensiero che Wendy fosse stata all'interno quando era successo, lo fece preoccupare ancora di più.

Ma non disse nulla mentre lei apriva la portiera dietro per mettere dentro la borsa. Gli prese il vaso dalle mani e lo poso sul sedile posteriore allacciandovi la cintura di sicurezza, cosa che lo fece sorridere. Le porse il sacchetto di cioccolatini, e quando cercò di prenderlo, Blade lo tenne stretto finché lei non lo guardò.

«Se fossi un tipo d'uomo diverso, insisterei per chiederti un pegno in cambio di ciascuno di questi *baci*» scherzò.

Come aveva previsto, il rossore che era svanito in precedenza tornò.

Ma invece di ignorare le sue parole, lo sorprese dicendo: «Se fossi un tipo di donna diverso, te li darei tutti subito.»

Gli ci volle un momento prima di recepire le sue parole e quando successe, Blade non riuscì a trattenere un grugnito mentre rideva.

«Hai appena grugnito?» lo prese in giro.

«No» mentì. «Gli uomini come me non grugniscono.»

«Uomini come te?»

«Uomini virili che possono aprire le bottiglie di birra con i denti.»

Lei rise e il cuore di Blade perse un battito. Ecco come gli piaceva vederla: felice e spensierata, non nervosa o timida con lui. Si ripromise di fare tutto il possibile per farla essere sempre così.

«Se lo dici tu» gli disse, alzando gli occhi al cielo. Gli prese i cioccolatini di mano e mise anche quelli sul sedile posteriore, poi chiuse la portiera. Aprì quella del conducente e rimase lì, ancora una volta con un'espressione incerta.

«Vuoi dirmi adesso a che ora posso venire a casa tua o preferisci mandarmi un messaggio quando ti è più comodo?»

«Che ne dici delle tre? Uno degli amici di Jack gli darà un passaggio, quindi non devo andarlo a prendere dopo la scuola. E così avrò il tempo di tornare a casa e assicurarmi di avere tutto ciò che mi serve.»

«Vuoi che porti qualcosa?» le chiese.

Lei scosse la testa. «No, ci penso io.»

«Jack non guida?»

Esitò prima di rispondere. «Non ancora. Non ha fretta di prendere la patente, quindi per ora mi va bene accompagnarlo dove gli serve.»

Blade non si sarebbe insospettito di quella risposta, se non avesse distolto gli occhi. Il suo sguardo si era spostato sulla sinistra mentre spiegava. Non ebbe il tempo di approfondire il motivo per cui potesse mentire sul fatto che suo fratello non volesse la patente; quello non era né il momento né il luogo.

«Alle tre mi sembra perfetto» le confermò. «Non vedo l'ora di passare più tempo con te.»

«Anch'io» disse con un sorriso.

Fissandola negli occhi, si chinò verso di lei, cercando un segno che gli facesse capire che stava andando troppo in fretta o che non volesse essere baciata.

Quando gli mise una mano sul braccio e si alzò in punta di piedi mentre lui si avvicinava, Blade si rilassò e le sfiorò le labbra con le sue, e anche se non avrebbe voluto altro che spingere la lingua nella sua bocca e scoprire che sapore avesse, si spostò sulla guancia, baciandola lievemente anche lì. Poi portò una mano dietro la sua schiena e fece ciò che avrebbe voluto fare venerdì sera al bar.

Attirò il corpo di Wendy a sé. Non si fermò finché non furono appiccicati, e sospirò contento. Avvolse le braccia intorno a lei e la strinse forte. All'inizio, rimase rigida, ma dopo pochi secondi si lasciò andare. Si adattava perfettamente ed ebbe la sensazione che quello fosse il posto a cui apparteneva.

Ogni curva del suo corpo era appiattita contro di lui, così chiuse gli occhi e si godette l'esperienza. Era morbida in tutti i punti giusti, e avrebbe voluto sollevarla e farsi circondare i fianchi dalle sue gambe così da poterla premere contro la macchina e darsi da fare con lei.

Sorpreso, e non poco allarmato da come i suoi pensieri fossero passati da affettuosi a passionali in un batter d'occhio, si tirò indietro. Wendy lo stava fissando con uno sguardo sbalordito che aveva la sensazione fosse impresso anche sul suo viso.

Le sfiorò leggermente la guancia con le dita, poi fece un passo indietro. Lei barcollò un attimo e la sostenne per un braccio. «Tutto bene?»

«Sì, scusa.»

«Guida con prudenza, Wen. Mandami un messaggio con il tuo indirizzo, ci vediamo domani alle tre. Ok?»

Annuì. «Va bene.»

«Ciao.»

«Ciao.»

Blade si costrinse a voltarsi e ad avviarsi verso la sua Jeep. Lanciò uno sguardo dietro le spalle e vide che Wendy era ancora davanti alla portiera aperta. La salutò con un cenno della mano e lei ricambiò allo stesso modo, infine salì in auto.

Rimase a guardare finché non accese il motore e uscì dal parcheggio. Avrebbe voluto seguirla, parlarle ancora un po'. Ma sapeva di non poterlo fare.

Invece, si costrinse ad avviare il proprio veicolo e a mettersi con tranquillità in strada verso casa.

Era andata molto meglio di quanto avesse sperato. Soprattutto per merito di Wendy. Era accomodante e non aveva esitato a scusarsi... anche se tecnicamente era stato lui a rovinare l'incontro al bar.

Blade si ripromise di fare attenzione che non lo assecondasse solo perché non le piacevano i conflitti. Doveva imparare a dire la propria opinione quando non le piaceva qualcosa o non era d'accordo con lui. Sorridendo, decise che la sua missione sarebbe stata quella di aiutarla a superare l'avversione a discutere con le persone. Non vedeva l'ora di conoscerla meglio; era da un sacco di tempo che non provava così tanta trepidazione per qualcosa.

CAPITOLO CINQUE

Il pomeriggio successivo, Wendy passeggiava agitata nel suo appartamento. Una volta tornata a casa aveva temuto di essere stata stupida a invitare Aspen così presto, ma Jackson l'aveva rassicurata che sarebbe andato tutto bene.

Si era arrabbiata con il fratello per aver parlato alle sue spalle, ma alla fine aveva dovuto ammettere che era stata davvero una cosa positiva. Le era piaciuto chiacchierare con lui e si sentiva elettrizzata di uscire con un uomo per la prima volta da molto tempo.

Prima di recarsi al suo secondo lavoro, lei e Jackson erano andati a fare la spesa così aveva comprato il necessario per preparare la cena.

In quel momento, i fagiolini erano a bollire sul fornello e la pasta al forno che aveva già preparato era nel frigorifero. Tutto ciò che avrebbe dovuto fare era preriscaldare il forno e infilare dentro la teglia.

Aspen le aveva inviato un messaggio dicendo che sarebbe arrivato entro una decina di minuti. Quindi l'unica cosa che le era rimasta da fare, era impazzire nell'attesa.

Wendy osservò il suo appartamento e provò un senso di

imbarazzo; non era esattamente una reggia, in effetti, non era un granché, ma era economico e le permetteva di acquistare delle cose per Jackson che altrimenti non avrebbe potuto. Proprio quell'anno era entrato a far parte del club di robotica e andavano in continuazione al negozio di bricolage per comprare dei pezzi che gli servivano a costruire oggetti elettronici e prototipi.

Faceva anche parte della squadra di lacrosse e di una mezza dozzina di altri corsi e programmi scolastici. Era molto più popolare di quanto non fosse mai stata lei, ma ne era davvero molto orgogliosa. C'erano dei giorni in cui non lo vedeva che per pochi minuti a inizio o a fine giornata, perché i loro impegni non combaciavano, ma non si preoccupava troppo per lui. Era un bravo ragazzo e si meritava molto di più di quanto avesse avuto nella sua vita fino a quel momento. Wendy avrebbe fatto tutto il necessario, sacrificato tutto, per far sì che potesse andare al college e ricevere l'istruzione che a lei era stata negata.

Cercò di scrollarsi di dosso quei pensieri cupi. Aveva una bella vita e, a essere sinceri, non avrebbe cambiato nulla di ciò che aveva fatto. Sì, le sarebbe piaciuto un posto migliore in cui vivere, ma suo fratello non si era mai lamentato.

Ma in quel momento, guardandosi intorno mentre aspettava che arrivasse Aspen, si rese conto di quanto fosse piccolo il loro appartamento; c'era una cucina minuscola e una sala da pranzo altrettanto ridotta. Era sufficiente a contenere un tavolo rotondo con tre sedie, che aveva recuperato vicino ai cassonetti del loro complesso di appartamenti.

Accanto c'era il salotto che comprendeva un vecchio divano malandato, una poltrona reclinabile e un tavolino, anche quello gettato via da qualcuno, ma Wendy l'aveva levigato, dipinto e abbellito. C'era un televisore a schermo piatto che aveva potuto acquistare per una bazzecola dalla casa di riposo quando avevano ristrutturato alcune stanze, e aveva comprato dei tappeti dai colori vivaci da mettere sopra all'orribile moquette color crema che ricopriva già il pavimento quando si erano trasferiti.

In fondo al corridoio c'erano due camere da letto non molto grandi, ma le usavano solo per dormire, quindi non era necessario lo fossero. Condividevano il bagno, che alla fine non era un grosso problema dato che lei faceva la doccia alla sera e Jackson alla mattina.

Tutto sommato, Wendy era orgogliosa della casa che aveva creato per sé e suo fratello con il poco che aveva... ma non sapeva come avrebbe reagito Aspen.

Il bussare alla porta la distolse dalle sue riflessioni e fece un profondo respiro. Se l'avesse disprezzata a causa del luogo in cui viveva, allora non avrebbe comunque voluto rimanere sua amica.

Mentre andava verso l'ingresso, cercò di calmarsi. Aspen era un amico. Niente di ciò che aveva detto o fatto fino a quel momento, l'aveva portata a credere che avrebbe storto il naso vedendo la sua abitazione.

Fermandosi un attimo, si mise una mano sulla pancia e cercò di far cessare l'agitazione che sentiva dentro. Sapendo che esitando si sarebbe solo innervosita di più, si incollò un sorriso sul volto e aprì la porta.

———

Blade si accigliò mentre si guardava intorno. Quando Wendy la sera prima gli aveva mandato un messaggio con l'indirizzo, si era subito preoccupato. Non si trovava nella zona migliore di Temple, e non gli piaceva affatto.

Una volta arrivato al complesso di appartamenti, se così si poteva chiamare, si era preoccupato ancora di più. Il vecchio edificio aveva un gran bisogno di manutenzione. Poteva vedere dei punti in cui i mattoni si stavano sgretolando su un lato della costruzione. C'erano dodici porte, tutte esterne, sei al piano inferiore e sei a quello superiore.

Ringraziò il cielo che l'appartamento di Wendy fosse al secondo piano. Era già qualcosa. Vide un uomo uscire da una porta del primo. Aveva la barba lunga, sembrava indossare gli stessi vestiti da giorni e si stava anche pulendo il naso. Avrebbe potuto significare semplicemente che avesse appena starnutito o che fosse raffreddato, ma il modo furtivo con cui si guardava intorno mentre camminava verso la sua macchina, raccontava una storia diversa.

Blade strinse le mani intorno al volante. Gesù. Non gli piaceva che Wendy vivesse lì, soprattutto quando tutto indicava che potesse esserci un'attività di spaccio di droga negli appartamenti intorno al suo.

Fece un respiro profondo, scese dalla Jeep e bloccò la serratura chiedendosi se l'auto sarebbe stata ancora lì quando più tardi se ne fosse andato. Salì lentamente le scale fino al secondo piano e si preoccupò ulteriormente. La ringhiera era allentata, e sarebbe bastato che qualcuno inciampasse per farla crollare, facendo precipitare quella persona a terra. Anche il cemento sotto i suoi piedi era crepato e rotto.

Wendy viveva in un posto orribile e non poté fare a meno di esserne sconvolto. Non voleva credere che una donna e un adolescente avessero davvero scelto di vivere lì. Era inaccettabile e pericoloso, e non c'era niente che Blade potesse fare al riguardo.

Bussò alla sua porta e lanciò un'occhiata letale all'uomo sospetto che ora lo osservava seduto in macchina. Dopo pochi secondi, il tizio fece retromarcia e uscì dal piccolo parcheggio.

Proprio mentre sollevava la mano per bussare di nuovo, la porta si aprì. Si ritrovò Wendy di fronte con un sorriso sul volto, evidentemente teso.

«Ciao, Wen» la salutò.

«Ehi, Aspen» rispose. «Entra.»

Oltrepassò la soglia e notò che chiuse subito la porta sia con la chiave, sia con il chiavistello. Almeno quella era una nota positiva.

«C'è un profumo meraviglioso qui dentro» le disse.

Il suo sorriso si allargò e le sue spalle si rilassarono. «Grazie. È il basilico sui fagiolini. Vuoi venire a sederti? È un po' presto per mettere la teglia in forno, ma Jack non dovrebbe tornare a casa tardi.»

«Certo.» La seguì attraverso il minuscolo ingresso ed entrarono nel salotto. La cucina era adiacente e al di là del divano si vedevano un tavolo e alcune sedie.

«Scusa, non è chissà cosa» disse Wendy, scrollando le spalle. «Ma è la *mia* casa.»

E si vedeva. Blade si guardò intorno sorpreso. La differenza tra l'esterno dell'edificio e l'interno dell'appartamento era sorprendente. L'aveva davvero reso un posto confortevole.

I vivaci tappeti sul pavimento rallegravano la stanza. C'erano foto su quasi tutte le superfici e pareti. Una coperta rossa era drappeggiata sullo schienale del divano e il vaso di fiori che aveva con sé il giorno precedente, era appoggiato sul tavolino bianco al centro del salotto.

Tutto sommato, aveva un aspetto caldo e intimo. Si sentì subito a suo agio lì, e si vergognò dei suoi pensieri iniziali. Be', non gli piaceva comunque che avessero preso in affitto un posto in quel pessimo complesso, ma aveva più l'atmosfera di una vera *casa* rispetto alla sua. Era accogliente e vissuto mentre la sua era sterile e fredda.

«È carino» ammise Blade con dolcezza.

«Sul serio?» gli chiese.

«Sì.»

«So che l'esterno fa schifo, ma l'affitto è adeguato e ho fatto il possibile per rendere confortevole l'interno.»

«Ci sei riuscita, tesoro» la rassicurò, voltandosi verso di lei.

Percepì di nuovo quell'attrazione tra loro e ne rimase colpito. Wendy indossava ancora un paio di jeans, ma quel pomeriggio portava una maglietta che pur avendo le maniche le scopriva le spalle come se il tessuto fosse stato tagliato. Era grigio chiaro e faceva risaltare più che mai il castano intenso dei suoi occhi.

La pelle chiara sembrava liscia come la seta. I suoi capelli erano sciolti e le ricadevano intorno alle spalle; era la prima volta che la vedeva pettinata in quel modo, e avrebbe voluto passarci sopra le dita per sentire se erano morbidi come sembravano. Non portava le scarpe e vedere le sue piccole unghie dipinte aveva un che di intimo.

«Sei bella» disse dopo un po', rendendosi conto che l'aveva fissata più a lungo del necessario.

«Grazie. Anche tu.»

Blade rise a quella risposta. Indossava praticamente quello che metteva ogni volta che tornava a casa e si toglieva l'uniforme. Un paio di jeans e una maglietta.

«Vuoi qualcosa da bere?»

«Volentieri.»

«Ho birra, caffè, tè, acqua e succo di mela.»

«Una birra va benissimo. A cena berrò acqua.» La osservò andare verso il vecchio frigorifero bianco e tirarne fuori una. Usò l'apribottiglie attaccato alla porta e poi gliela porse.

«Spero che una Shiner Bock vada bene. È la mia preferita.»

«Perfetta» le rispose. Si era fatto l'idea che fosse più una ragazza che beveva vino o acqua, ma il modo in cui aveva stappato la propria bottiglia e bevuto un lungo sorso dimostrava che fosse un tipo molto alla mano.

«Non ti preoccupa tenere alcolici in casa con tuo fratello?»

Arricciò il naso. «Perché dovrebbe?»

«Perché è un adolescente? Perché potrebbe decidere di ubriacarsi una sera mentre sei al lavoro?»

Wendy sorrise e scosse la testa. «No, non mi preoccupa affatto.»

«Perché no?»

«Quando lo incontrerai, capirai. È molto maturo. Non ha intenzione di ubriacarsi solo per il gusto di farlo più di quanta non ne abbia io.»

Blade pensò che fosse un po' ingenua, ma non glielo disse, bevve semplicemente un altro sorso.

«Vedo che non mi credi» continuò. «Magari non è una cosa comune, ma beve birra e vino da quando aveva tredici anni. Non voglio dire che si scoli dei fusti o delle botti ogni sera, ma gli ho sempre fatto assaggiare la birra che portavo a casa e una volta, quando aveva quindici anni, abbiamo partecipato anche a una degustazione di vino. Ho pensato che se avesse provato di persona di cosa si trattasse e io non avessi dato un gran peso alla cosa, non gli sarebbe interessato ubriacarsi di nascosto. Ho pensato che i ragazzi in altri posti del mondo abbiano molto più accesso all'alcol rispetto a quelli negli Stati Uniti, e volevo che avesse lo stesso atteggiamento "indifferente" che hanno loro al riguardo... o che immagino abbiano.»

«E funziona?»

«Sì.» Gli sorrise. «A volte chiede una birra a cena, ma per lo più beve acqua o succo. Sono consapevole che sia illegale che io glielo permetta, e qualcuno potrebbe dire irresponsabile, ma finora non ha abusato del privilegio. Credimi, quando ero un'adolescente, sgattaiolavo da casa per andare alle feste e ubriacarmi... pensavo che fosse una cosa bella e da adulti bere birra. Sto cercando di insegnargli che non è così.»

Rabbrividì al pensiero di un adolescente che sgattaiolava fuori dall'appartamento in quella parte della città. «E lui esce di nascosto?» le chiese, stringendo forte la bottiglia che aveva iniziato a fare la condensa.

«No.» Wendy sollevò una mano per prevenire la domanda che pensava volesse fare. «E prima che tu me lo chieda, so che non lo fa perché per un po' ho messo un "trucchetto" sulla porta. Ho comprato uno di quegli aggeggi che metti nello stipite e che fanno rumore se viene aperta. Non è mai successo che lasciasse l'appartamento nel cuore della notte.»

«Ma perché hai pensato che avrebbe potuto farlo?»

Distolse lo sguardo dal suo e Blade provò una brutta sensazione alla bocca dello stomaco. Sapeva che stava per raccontare una bugia. Nella sua vita aveva visto abbastanza persone mentire da riconoscerne i segni.

«Oh, lo sai. Perché è un adolescente. Sai come sono.»

«No, non proprio. Ti ha dato una ragione per pensarlo?»

Wendy scosse la testa, poi scrollò le spalle. «Volevo solo esserne sicura.»

Quella risposta non gli piacque particolarmente. Non l'avrebbe giudicata se suo fratello fosse sgattaiolato di tanto in tanto. Accidenti, l'aveva fatto lui stesso un paio di volte quando aveva l'età di Jack. Era imbarazzata? Pensava che gliene avrebbe fatto una colpa? Ebbe la sensazione una volta di più che gli stesse nascondendo delle cose.

Cercò di non pensarci, dicendosi che si erano appena incontrati e che lei non aveva motivo di dirgli tutto della sua vita. Ma quel senso di diffidenza rimase, anche se lei continuò a comportarsi come se non le avesse posto la domanda.

Wendy abbassò lo sguardo sulla birra e giocherellò con l'etichetta della bottiglia. «Inoltre, sa quanto sia pericoloso là fuori. Una volta mi ha detto che non c'era bisogno di tenere quell'affare che suonava sulla porta perché non mi avrebbe mai lasciata da sola nell'appartamento.»

Blade si sentì gonfiare il cuore nel petto. Jack si comportava come faceva lui con Casey. Si era sempre preoccupato per sua sorella, anche se aveva solo due anni in meno. Probabilmente sarebbe stato sempre così, a prescindere dal fatto che ora stesse insieme a uno dei suoi compagni Delta.

«È fantastico, tesoro. Sembra un ragazzo bravo ed equilibrato» le disse con sincerità.

«Lo è. E intelligente. È nel club di robotica a scuola e non è che facciano giocattoli. In questo momento stanno lavorando su un braccio artificiale; è incredibile ciò che può fare.»

«Wow.»

«Sì.» Gli sorrise, poi guardò l'orologio. «Vado a preriscaldare il forno e inserire la teglia. Sarà pronta per quando Jack tornerà a casa. Ti va bene?»

«Ovvio. Posso aiutare?»

«No, ci penso io. Puoi andare a sederti e guardare la TV. Prendiamo pochi canali, ma abbiamo molti DVD se vuoi vedere qualcos'altro.»

«Mi va bene parlare, se non ti dispiace.»

«Certo, anche se non sono così interessante.»

«Wendy...» disse Blade con un tono incredulo.

«Che c'è?»

Aveva una mano sulla maniglia del frigorifero, la testa inclinata e uno sguardo interrogativo.

«Negli ultimi due mesi non abbiamo fatto altro che parlare al telefono. Perché pensi di non essere interessante?»

Scrollò le spalle. «Non lo so... sembra diverso ora.»

Posò la birra e le si avvicinò. Le mise le mani sul collo e le inclinò la testa verso la sua. «L'unica cosa diversa, è che ora ho un volto da dare alla bellissima voce con cui ho chiacchierato nell'ultimo periodo. Mi affascina tutto di te, Wen. Dal modo in cui hai trasformato un brutto appartamento in una casa accogliente, a come hai cresciuto quello che sembra un fratello maturo e dalle mille qualità. Non pensare mai di non essere interessante. Ho la sensazione che più cose imparerò su di te, più interessante diventerai. E voglio conoscere tutto.»

Mentre le parlava sembrava rilassata, ma dopo l'ultima frase si irrigidì.

«Sono come qualsiasi altra donna, Aspen. Non crearti aspettative troppo alte.»

La fissò, desiderando di poterle leggere la mente. Qualcosa la stava turbando. Se non si sbagliava, nel profondo dei suoi occhi si celava un senso di paura. Il pensiero che stesse nascondendo qualcosa divenne una certezza, ma sapere di essere la causa di quel sentimento era orribile. Lasciando cadere le mani, fece subito un passo indietro, dandole spazio. «Va tutto bene, tesoro» la blandì. «Non sono un ficcanaso.»

Wendy chiuse gli occhi e fece un profondo respiro. Poi si voltò verso il frigorifero, lo aprì e tirò fuori la teglia. Si raddrizzò facendo una risatina forzata. «Certo che va bene. Scusa, non vorrei farla cadere.»

Indietreggiò di più e prese di nuovo la sua birra. Si avvicinò al divano e si sedette a un'estremità. Non gli piaceva la barriera che aveva innalzato tra loro, ma si rifiutò di prendersela. Quello era il loro primo appuntamento e si stavano ancora conoscendo. Avrebbe imparato che poteva fidarsi di lui. Che Blade non avrebbe mai fatto del male a lei e a suo fratello. Qualsiasi segreto avesse, sarebbe stato anche suo.

Alla fine, Wendy rimase a corto di cose da fare in cucina e andò in salotto per sedersi all'altra estremità del divano. «Com'è andata la tua giornata?» gli chiese.

Blade chiuse gli occhi per un instante. «Mi piace quando me lo chiedi.»

«Perché?»

«Perché mi sembri davvero interessata a saperlo. Proprio come quando ti informi come sto o se mi sento bene.»

«Certo che lo sono, altrimenti non lo chiederei.»

«La maggior parte delle persone lo chiede solo perché è la cosa socialmente corretta da fare.»

«Allora? Com'è andata la *tua* giornata?» ripeté.

«Bene. I miei amici mi hanno rotto le scatole perché mi sono preso qualche ora libera questo pomeriggio.»

«Non vogliono che tu mi veda?»

Blade si chinò e le toccò piano il ginocchio. «No, non pensare mai una cosa del genere. Sono molto entusiasti che ti stia frequentando. In sostanza, sono l'unico del nostro gruppo a non avere una fidanzata fissa o una moglie. Sono prese in giro bonarie, tutto qua. Inoltre... anche se non approvassero, non me ne fregherebbe niente.»

«Parlami di loro.»

«Dei miei amici?»

«Sì. Sembrate molto legati.»

«È così. Ne abbiamo passate tante insieme. Darei la mia vita per loro, proprio come farebbero loro per me.»

«È fantastico» sussurrò Wendy. Si voltò un po' verso di lui sollevando il ginocchio sul divano e appoggiandovi la birra sopra. «Avete fatto insieme l'addestramento di base? È per questo che siete così legati?»

Sapeva di non poterle dire che facevano parte della stessa squadra delle forze speciali, ma qualcosa avrebbe potuto svelargliela. «No, non ci siamo incontrati fino a circa cinque anni fa. Facciamo parte di una squadra specializzata dell'esercito e veniamo mandati in missione insieme. Non è esattamente come un normale plotone, dove i ragazzi vengono trasferiti di qua e di là tutto il tempo. Siamo di stanza qui insieme a lungo termine.»

Wendy aggrottò le sopracciglia e Blade capì che non aveva compreso. Ma lui proseguì, sperando che fosse più interessata ai dettagli sui suoi amici che a come funzionava la sua "squadra specializzata".

«Ghost è il più anziano ed è il nostro capitano. La sua ragazza si chiama Rayne, e stanno insieme da quando lui ha aiutato a salvarla durante un colpo di stato in Egitto.»

«Wow, davvero?»

«Sì. Fletch è sposato con Emily e hanno un'adorabile bambina di nome Annie. Non vedo l'ora che tu la conosca. È davvero incredibile. Hanno anche un piccolo in arrivo. Coach è sposato con Harley, lei è super intelligente e sviluppa videogiochi per vivere, ho la sensazione che andrà molto d'accordo con Jack. Si sono conosciuti quando è andata a fare un lancio in paracadute, e Coach le è stato assegnato come istruttore.»

«Perché sembra sia una cosa divertente?» gli chiese, di certo notando il suo sorrisetto.

«Non lo è molto, Coach è stato colpito da un uccello durante il lancio e Harley ha dovuto riportarli a terra.»

Wendy inspirò. «Oh mio Dio, non è affatto divertente!» esclamò.

«Sì, se conoscessi Coach. È molto protettivo e le aveva ripetuto in continuazione che non avrebbe avuto nulla di cui preoccuparsi e che l'avrebbe riportata a terra sana e salva.»

«Ribadisco che non lo è» insistette.

Blade non poté fare a meno di sorridere di più. «Già, immagino di no... ma ora ridiamo ogni volta che ci lanciamo perché lo prendiamo in giro e gli gridiamo "uccello!".»

«Gli uomini e il loro senso dell'umorismo» disse, alzando gli occhi al cielo. «È tutto riguardo al tuo team?»

«No. Hollywood è sposato con Kassie che come te ha una sorella a cui è molto legata, ma i loro genitori sono presenti, quindi la situazione non è come la vostra. È anche incinta. Fish è un membro de facto del nostro gruppo, ma ora vive in Idaho con sua moglie, che è un genio. E non intendo dire che sia semplicemente intelligente. È letteralmente un genio. Truck sta *ufficiosamente/ufficialmente* con Mary. Lo sappiamo tutti, ma per qualche motivo stanno facendo questa specie di gioco in cui si comportano come se non si piacessero. È strano, ma Truck la ama con tutto se stesso.»

«Allora, lei lo sta prendendo in giro?»

«No» rispose subito. «Ricambia il sentimento ma... è complicato.»

«A quanto pare» mormorò Wendy.

«Poi ci sono Beatle e mia sorella Casey.»

«Tua sorella sta insieme a uno dei tuoi amici? Non va contro una sorta di codice tra uomini o qualcosa del genere?»

Blade scosse la testa. «E chi lo sa, ma io ero estasiato quando mi ha informato che era interessato a lei. Certo, me l'ha detto quando ci trovavamo in mezzo alla giungla mentre stavamo andando a salvarla dai bastardi che l'avevano rapita, ma sarebbe stato lo stesso se fossimo stati seduti in mezzo al mio soggiorno. Conosco Beatle come me stesso. Muoverebbe cielo e terra per renderla felice e per assicurarsi che sia al sicuro. Perché non *dovrei* volere che si prenda cura di una delle persone che significano di più per me?»

«Be', quando la metti in questo modo... però, non tutti gli uomini la pensano come te.»

«È vero. Ho visto cose bruttissime nella mia vita, cose che nessuno dovrebbe vedere o sperimentare. L'unica ragione per cui riesco ancora ad affrontarle sono i sei uomini con cui lavoro. Sono tutti fantastici. Una cosa in particolare che ci accomuna è il profondo desiderio di rendere felici le persone care nella nostra vita. Di assicurarci che siano al sicuro. Qualcosa nel nostro DNA ci impedisce di rimanere passivi quando si tratta delle nostre compagne di vita. In quasi tutti i casi, nell'istante in cui i miei amici hanno visto le loro attuali fidanzate o mogli, hanno capito che erano quelle giuste per loro.»

Blade non distolse lo sguardo dagli occhi spalancati di Wendy, desiderando che comprendesse.

«Combattiamo fino all'ultimo, giochiamo duro, e amiamo profondamente. È solo la realtà dei fatti. Che Beatle ami mia sorella per noi è come aver vinto alla lotteria. È sempre stato un mio fratello d'armi, alla fine diventerà mio "fratello" anche legalmente.»

«Sei fortunato» disse Wendy.

«Sì» concordò. «Credo che mi sia stato donato questo straordinario gruppo di amici, e ora anche amiche, come ricompensa per ciò che faccio per vivere e ciò che sono costretto a vedere. Sono molto fortunato.»

«Sono contenta per te.»

«Grazie. E tu che mi racconti?»

«Riguardo a cosa?»

«Dei tuoi amici?»

Ancora una volta, Wendy distolse lo sguardo e Blade intuì che avrebbe sviato la domanda. Si sentì prendere dalla frustrazione.

«Sono stata molto impegnata con Jackson. Non ho avuto proprio tempo.»

«Il tempo si trova sempre» la rimproverò con dolcezza. «Non ne hai tra i genitori dei *suoi* amici? O tra le persone che lavorano con te?»

«Sono più giovane della maggior parte degli altri genitori e, dato che sono solo un'assistente, non ho molto in comune con le infermiere della casa di riposo.»

«Quanti anni hai?» le chiese.

«Ha importanza?»

Continuò a non guardarlo.

«No, direi di no» dichiarò Blade, sapendo che non avrebbe ricevuto alcuna risposta in quel momento.

«Posso chiederti una cosa?» gli domandò.

Capì che stava per cambiare argomento, e glielo permise. Non voleva farle pressione. Si stava divertendo a passare del tempo con lei e non voleva rischiare di mandare all'aria la loro amicizia. Avrebbe avuto molte altre possibilità di conoscerla meglio. Una volta che si fosse sentita più a suo agio con lui, si sarebbe aperta di più. O almeno lo sperava.

«Certo. Puoi chiedermi qualunque cosa. Ti dirò tutto, non ho segreti, anche se devi sapere che non posso prometterti di poter rispondere a tutte le domande riguardo al mio lavoro. Non perché non voglia, è solo che non mi è consentito. Molto di quello che faccio è top secret. Non posso dirlo a mia sorella, né a te, né a nessun altro. Non voglio che tu la prenda sul personale, se dovessi dirti che non posso parlare di qualcosa in particolare.»

«Oh, ok. Volevo solo chiederti dei nomi dei tuoi amici. Sono un po' insoliti.»

Blade scoppiò a ridere lasciandosi sfuggire un altro grugnito, che di conseguenza fece sorridere Wendy. «Sono soprannomi, tesoro. Ghost si chiama così perché sa muoversi talmente in silenzio da essere inquietante; Fletch è il diminutivo del suo cognome, che è Fletcher; Coach si è guadagnato quel soprannome durante l'addestramento di base perché addestrava sempre gli altri; Hollywood è il bello del gruppo. Avrebbe potuto benissimo fare l'attore, invece è entrato nell'esercito; Fish perché era sempre il miglior nuotatore; Beatle non sopporta gli insetti e oltretutto fa Lennon di cognome, il che è esilarante e rende il suo soprannome molto più divertente. Truck... lo capirai quando lo incontrerai.»

«E tu? Hai un soprannome?»

Annuì.

«Hai intenzione di dirmelo o è top secret?»

Si sentiva un po' a disagio. Tutti i suoi amici avevano nomi che potevano essere benissimo spacciati per qualcosa di simpatico o non minaccioso. Il suo non lo era. Rifletté se dirglielo o meno, ma alla fine decise di non volerle nascondere nulla. Voleva una relazione duratura con lei, e se la iniziavano entrambi con dei segreti, non avrebbe promesso niente di buono.

«È Blade.»

«Come quel film con Wesley Snipes?»

«Non esattamente. Una volta mi chiamavano solo con il mio cognome, Carlisle... non avevo un soprannome fantasioso. Ma dopo un combattimento particolarmente brutto oltreoceano, mi sono guadagnato quello. Eravamo accerchiati e avevamo finito i proiettili. Abbiamo dovuto ricorrere al combattimento corpo a corpo, e direi che le mie... abilità... con il coltello abbiano impressionato il mio capitano di allora.»

Non distolse lo sguardo da quello di Wendy. Non si vergognava del suo soprannome, pensava solo che non lo avrebbe aiutato ad ingraziarsi la donna seduta accanto a lui.

«Mmmm» mormorò. «Immagino che sia meglio di "Tree" o qualcosa del genere, soprattutto considerando ciò che fai per vivere. I nemici non sarebbero terrorizzati di avere alle calcagna un "Albero", no?»

Impiegò qualche secondo a capire che non era disgustata o turbata dal suo soprannome, ma non appena se ne rese conto non poté fare a meno di scoppiare a ridere, tanto che iniziò a grugnire quasi senza sosta, ma la parte migliore fu che Wendy si unì a lui, ridendo a crepapelle tanto che dovette posare la birra sul tavolino per non rovesciarla.

Quando lui riprese il controllo, disse: «Sì, penso che mi terrò Blade. "Tree" non fa lo stesso effetto. Ma non permetterti mai di suggerirlo quando ci sono i ragazzi in giro. Decideranno subito che è perfetto rifiutandosi di chiamarmi ancora con il mio.»

«E io cosa ci guadagno?» scherzò.

«Mi stai ricattando?» le chiese con le sopracciglia inarcate.

Lei sorrise timidamente. «Forse.»

Blade si sporse lentamente in avanti e posò anche lui la birra sul tavolino, poi si girò verso di lei. Se lo avesse conosciuto meglio, avrebbe potuto rendersi conto che si stava preparando ad attaccare. «I soldati come me non reagiscono bene quando vengono ricattati o minacciati» disse, poi scattò in avanti.

Wendy strillò mentre si gettava su di lei, ma poi ridacchiò quando l'afferrò per la vita gettandola con cautela di schiena sui cuscini del divano. Si mise in ginocchio incombendo su di lei e tenendole i polsi tra le mani.

Amò sentirla rilassata nella sua presa. Che non fosse andata in panico e non sembrasse minimamente spaventata. Forse si era spinto troppo oltre, ma non era riuscito a fermarsi.

«Lasciami alzare, Aspen!» disse alla fine, dimenandosi sotto di lui.

E all'improvviso, l'atmosfera passò da spensierata e scherzosa a intensa e sensuale. Blade si mise a cavalcioni sui suoi fianchi, e nel momento in cui la sentì muoversi sotto di lui, l'uccello gli diventò duro. Abbassando gli occhi, vide i suoi capezzoli premere contro la maglietta e il respiro accelerato.

«Aspen» sussurrò senza fiato, e solo sentirla pronunciare il suo nome, glielo fece diventare ancora più duro.

Si sollevò un po' così da non strusciarsi tra le sue cosce e la fissò. La desiderava. Voleva avere il diritto di spostare la mano dai polsi e farla scorrere lungo il suo corpo. Di prenderle i seni tra le mani e stuzzicarli finché i suoi capezzoli non fossero diventati delle piccole punte dure. Voleva il privilegio di farla esplodere di passione prima di penetrare il suo corpo.

Blade strinse di più le mani sui polsi per impedirsi di fare tutto ciò che aveva appena fantasticato.

Aprì la bocca per dire qualcosa, pur non sapendo cosa, quando la porta dell'appartamento si spalancò sbattendo forte e interrompendo quel momento carico di tensione erotica e cambiando di nuovo in un instante l'atmosfera.

CAPITOLO SEI

WENDY AVEVA a malapena sentito la porta sbattere contro il muro che Aspen si era già mosso, mettendosi in ginocchio accanto al divano con una mano appoggiata in modo protettivo sulla sua spalla, e un coltello nell'altra.

Non sapeva dove avesse preso l'arma, ma con un soprannome come "Blade", suppose di non dover essere sorpresa. Avrebbe dovuto essere sconvolta che l'avesse addosso, ma per qualche motivo, invece, la faceva sentire protetta. Non aveva minacciato *lei* con quel coltello, ed era più che evidente che sapesse come maneggiarlo.

Non aveva quasi fatto in tempo a vederglielo in mano, che l'aveva già messo via dopo aver visto chi ci fosse alla porta.

Era rimasta sorpresa dell'attrazione tra loro; un attimo prima lo stava stuzzicando e quello dopo si era ritrovata sdraiata sotto di lui, con l'erezione premuta contro il suo sesso. Non appena Wendy aveva sentito la sua eccitazione, lui aveva sollevato i fianchi tenendosi a una distanza rispettabile, ma non era servito a far svanire l'improvvisa ondata di desiderio che aveva provato mentre la teneva bloccata sotto il suo corpo.

Aspen le piaceva molto. E se non sbagliava, era reciproco. Odiava tenergli nascoste le cose, ma non poteva proprio dirgli che non aveva amici perché temeva di lasciarsi sfuggire troppe cose sul suo passato, che avrebbero potuto mettere lei e Jackson nei guai. Si era accorta che le sue omissioni lo frustravano ma non aveva insistito, cosa che apprezzava.

Anche lei non sapeva ancora molte cose di Aspen, ma quello che aveva scoperto fino a quel momento le piaceva davvero tanto. Adorava che fosse protettivo nei confronti di sua sorella, che avesse amici che erano come fratelli. Che sembrasse interessato a ciò che gli raccontava di Jackson.

In passato era stata con uomini a cui non importava niente di suo fratello. Anzi, le erano sembrati addirittura infastiditi che volesse parlare di lui. Quelle relazioni non erano durate, perché non sarebbe mai stata con nessuno che non potesse accettare il fatto che Jackson era una delle persone più importanti della sua vita

Wendy si spostò lentamente, raddrizzandosi sul divano finché non vide chi era entrato in quel modo nell'appartamento.

Suo fratello era sulla soglia e li fissava; sembrava estremamente turbato e arrabbiato.

«Jackson?» chiese, mentre Aspen si allontanava da lei e si alzava piano.

Non le rispose, ma afferrò la porta e la richiuse sbattendola.

Trasalì. Era da tempo che non vedeva suo fratello di pessimo umore; in genere era una persona molto equilibrata. Non riuscì a fare a meno di temere che fosse arrabbiato con lei, ma le aveva già detto che gli piaceva Aspen. Che era felice per lei. Quindi, averli beccati sul divano insieme non avrebbe dovuto sconvolgerlo così tanto... giusto?

Si alzò e guardò suo fratello con sospetto. «Cos'è successo?»

Lui borbottò qualcosa sottovoce andando in cucina.

«Jackson, cos'è successo?» ripeté.

Suo fratello sospirò e si accasciò contro il bancone. «Niente che tu possa sistemare» rispose alla fine.

Accigliandosi, Wendy fece per andare in cucina, ma fu fermata dalla mano di Aspen sul braccio.

«Vuoi che me ne vada?»

No, non voleva. Ma suo fratello non sembrava affatto contento. Spostò lo sguardo dall'uno all'altro sentendosi impotente e mordendosi il labbro, indecisa.

«Può restare» rispose Jackson per lei. «Sono solo arrabbiato per una cosa successa oggi pomeriggio, dopo l'allenamento di lacrosse.»

«Se vuoi parlarne con tua sorella, posso andare a fare una passeggiata» si offrì Aspen.

Gli occhi di Wendy andarono ai suoi. Era un po' scioccata di sentire che avrebbe fatto qualcosa del genere.

Jackson sbuffò. «Fare una passeggiata in questo quartiere non è l'idea migliore» disse. Poi sospirò e ripeté: «Puoi restare.»

«Potrei essere in grado di aiutarti. Probabilmente ho una prospettiva diversa dalla tua o di quella di tua sorella» propose.

Wendy avrebbe voluto andare da suo fratello e confortarlo. Chiaramente, qualunque cosa fosse successa non era piacevole. Non lo vedeva così agitato da tanto tempo. Di solito non si lasciava turbare in quel modo da niente.

Sentì Aspen accarezzarle il braccio con il pollice per un momento prima di lasciarla andare. Lo guardò, ma lui era concentrato su suo fratello. Le piaceva avere il suo sostegno. Era... una bella sensazione.

Si scrollò di dosso la confusione mentale che l'aveva pervasa e andò da Jackson. Decidendo che l'avrebbe lasciato parlare con i suoi tempi, si mise tra lui e Aspen.

«Jack, vorrei che incontrassi ufficialmente Aspen. Aspen, questo è il mio fratellino, Jack.» Era un po' tardi per le presentazioni, ma meglio tardi che mai.

«Non mi sembra piccolino» disse con un sorrisetto mentre si avvicinava porgendogli la mano.

I due se la strinsero e Wendy si prese il tempo per studiare suo fratello. Aspen aveva ragione, non era il ragazzino che aveva preso sotto la sua ala dieci anni prima. Era più alto del suo metro e settantasette di almeno cinque centimetri, e aveva la sensazione che non avesse ancora finito di crescere. Mangiava come se dentro di lui ci fosse un pozzo senza fondo, e ogni due mesi doveva sborsare soldi per comprare pantaloni nuovi perché continuavano a diventargli piccoli. Jackson era magro mentre lei era... morbida. Aveva un'ombra di barba, e questo ricordò a Wendy il giorno in cui aveva dovuto mostrargli come radersi.

Stava decisamente diventando grande e il pensiero che presto se ne sarebbe andato, e avrebbe continuato la sua vita, era quasi deprimente. Aveva passato gli ultimi dieci anni a crescerlo, trascorrendo ogni minuto libero con lui, e all'improvviso capì perché le mamme piangessero così tanto quando i loro figli se ne andavano dopo aver terminato il liceo.

«La cena dovrebbe essere pronta tra poco» disse ai due che si stavano studiando a vicenda.

«Dicevo sul serio riguardo all'aiuto» insistette Aspen, come se non avesse sentito l'inutile commento sulla cena.

Jackson bevve un lungo sorso d'acqua che aveva preso dal frigorifero, poi annuì.

Wendy rimase sorpresa. Be', forse no. Con Aspen era molto facile parlare, probabilmente Jackson lo aveva capito d'istinto come lei.

Suo fratello si avvicinò al tavolo e crollò su una delle sedie. Lo seguì e si fermò alla sua destra. Sentì la mano di Aspen sulla parte bassa della schiena e saperlo lì, in un certo senso, rese tutto più facile. Non la fece preoccupare troppo.

Le porse una sedia e lei vi sprofondò. Aspen le si sedette accanto sembrando a suo agio... come se li frequentasse da sempre.

«Cos'è successo?» gli chiese di nuovo.

«Non dovrei davvero essere così sconvolto» iniziò «ma quei ragazzi mi hanno fatto infuriare.»

«Quali ragazzi?» si informò Wendy.

«Gli stronzi che hanno deciso che sarebbe stato divertente venire a molestarci mentre ci allenavamo.»

«Comincia dall'inizio» gli ordinò, del tutto confusa. Avrebbe voluto rimproverarlo per il linguaggio, ma ormai sembrava una cosa un po' sciocca, vista l'età.

Jackson fece un respiro profondo e cominciò il suo racconto. «Eravamo in campo come al solito, quando un gruppo di ragazzi è arrivato con le macchine nel parcheggio della scuola. Hanno mandato su di giri i motori e in sostanza si sono resi ridicoli. Poi sono scesi dalle auto ed entrati nel campo, rimanendo seduti sugli spalti per il resto dell'allenamento, a disturbarci. Sinceramente è stata una cosa fastidiosissima. L'allenatore ci ha detto di ignorarli. Finito di allenarci siamo andati alle nostre macchine e mentre ci stavamo preparando per partire sono usciti quelli del corso di teatro e quegli stronzi hanno deciso, dato che non avevano ottenuto alcuna reazione da noi, di cominciare a tormentare *loro*.»

Agitato, si passò una mano tra i capelli. Stava facendo saltellare la gamba su e giù e giocherellando con la bottiglia d'acqua davanti a lui.

«Cos'hanno fatto?» chiese Wendy.

«Hanno accerchiato tre ragazze del primo anno, e cominciato a dire ogni sorta di stronzate: quanto fossero carine e che scommettevano che erano fantastiche a letto... quel genere di cose. Io e un paio di altri ragazzi della squadra abbiamo deciso che fosse troppo e siamo andati lì. Due dei tizi più grossi stavano toccando le ragazze, facevano scorrere le mani su e giù per le braccia e cose così. Volevano che andassero a una festa. Erano spaventate a morte.»

«Bastardi» mormorò Aspen.

«Già. Comunque, io, David e Patrick abbiamo detto loro di smetterla e si sono subito rivoltati contro di noi, prendendoci in giro, chiedendoci se fossimo i fidanzati. Ci siamo messi tra loro e le ragazze e ho detto a Jenny di correre dentro a chiamare un insegnante. Così gli stronzi si sono scatenati ancora di più. Per sfotterci fingevano di piangere dicendoci che eravamo delle fighette e stronzate simili.»

«Oh mio Dio, Jackson» disse Wendy. «E quindi che è successo?»

Scrollò le spalle. «Sono usciti un paio di insegnanti, insieme all'allenatore, e i ragazzi se ne sono andati.»

«Così come niente fosse?»

«Sì» confermò.

«Chi erano?» chiese Aspen.

«Credo che si siano diplomati un paio d'anni fa. Penso che uno si chiami Charles, anche se i suoi amici lo chiamavano Chuck. Sono dei perdenti che non hanno niente di meglio da fare che spaventare un gruppo di matricole.»

«Le ragazze stanno bene?» si informò Wendy.

Lo sguardo sul viso di suo fratello cambiò. La rabbia si trasformò in preoccupazione. «Sì. Erano piuttosto scosse. Dopo che i genitori delle altre sono venuti a prenderle, era rimasta solo Jenny dato che sua madre era in ritardo, e temeva che Chuck e i suoi amici sarebbero tornati per farle del male. Così, io e Patrick siamo rimasti lì a parlare con lei per un po', assicurandoci che stesse bene. Poi finalmente è arrivata sua madre e ce ne siamo andati.»

«Cos'ha detto l'allenatore riguardo a quei tipi?»

Scrollò le spalle. «Non molto. Ci ha solo avvertiti che se

fossimo stati coinvolti in una rissa, anche se non l'avessimo iniziata noi, saremmo rimasti in panchina per almeno due partite.»

«Non è giusto» protestò Wendy. «Soprattutto se non la provochi tu e stai proteggendo gli altri.»

«Sono le regole» dichiarò Jackson.

«Hai dato a Jenny il tuo numero?» chiese Aspen. Era rimasto in silenzio durante tutto il racconto, quindi la sua domanda la sorprese.

«No.»

«Dovresti farlo.»

«Sul serio?»

Wendy fissò suo fratello. Pensava che avrebbe contestato il suggerimento e detto che non era interessato alla ragazza in quel modo. O che non fosse necessario. Invece, sembrò rifletterci.

«Certo» confermò Aspen. «Non mi piace ciò che è successo. Quei tizi stavano cercando qualcuno da molestare, e quando tu e i tuoi amici vi siete fatti avanti per proteggere le ragazze, hanno trovato i loro bersagli.»

«Che sarei io o loro?» chiese.

«Non ne sono sicuro, ma in ogni caso non è una buona cosa. Credo che tu non voglia che Jenny si ritrovi in una situazione del genere, in cui è vulnerabile. Se le dai il tuo numero, può chiamarti se dovesse vederli di nuovo o avesse paura.»

«Non voleva ammetterlo, ma ho visto quanto fosse spaventata quando uno dei ragazzi la stava toccando.»

«Nessuno ha il diritto di toccare una donna senza il suo permesso» replicò Aspen, il tono duro come l'acciaio. «Quegli stronzi probabilmente direbbero che non le stavano facendo del male, ma solo toccando il braccio, ma non è questo il punto.»

«Non mi piaceva lo sguardo nei loro occhi» ammise Jackson. «Era come se si divertissero a spaventarle. Che si eccitassero.»

«Probabilmente è così» concordò Aspen.

«Se li vedi di nuovo, devi farlo sapere al preside» ribatté Wendy.

«Lo so.»

«E al tuo allenatore.»

«Lo farò.»

«E a qualsiasi adulto ci sia in giro.»

«Lo *so*, sorella» ringhiò Jackson. «Non sono un idiota. Ma se si dovessero ripresentare, non scapperò via come un codardo per trovare un adulto. Non toccheranno più Jenny o le sue amiche, se posso impedirlo.»

Wendy si sentiva turbata come lo era stato suo fratello quando era tornato a casa. «Non fare nulla di pericoloso» lo avvertì. «Non potrei sopportarlo se ti succedesse qualcosa.»

«Non mi succederà niente» la rassicurò. «Però sono preoccupato per chi quegli stronzi decideranno di molestare la prossima volta, come Jenny e le altre. Non mi piace e non lo capisco. Chuck e i suoi amici sono più grandi; perché non sono al college o a lavorare? Perché devono venire a prendere di mira le persone più giovani e vulnerabili?»

«Perché possono» intervenne Aspen. «L'ho visto molte volte durante il servizio militare; tormentare chi non riesce a reagire, dà loro potere.»

«Allora, cosa posso fare al riguardo?» chiese Jackson.

Si strinse nelle spalle. «Non sto sostenendo di combatterli, ma se è ciò che vogliono, non si fermeranno finché non ci saranno riusciti.»

Wendy rimase a bocca aperta. «Aspen!»

Lui proseguì. «Se tutto va bene, erano solo annoiati e non li rivedrai più. Forse hanno ottenuto ciò che volevano questo pomeriggio ed è stato un caso unico.»

«Ma non la pensi così» ribatté Jackson.

«Purtroppo no. Uomini come loro provano piacere a spaventare gli altri. Ora che hanno trovato qualcuno su cui hanno potere, ne vorranno sempre di più. È come una droga.»

«Quindi... dovrei combatterli.»

«Jackson, no!» esclamò di nuovo Wendy.

Aspen allungò una mano e la appoggiò sulla sua. Gliela strinse, ma non la guardò. I suoi occhi rimasero incollati a quelli di Jackson. «No, se puoi evitarlo. Non combatteranno lealmente. Si coalizzeranno e non finirà bene per te. La cosa migliore che puoi fare è non dar loro la possibilità di far uso di quel potere. Probabilmente si sono presentati lì in quel momento perché sapevano che non ci sarebbero stati molti insegnanti, e forse sapevano anche che a quell'ora finivano dei corsi o degli allenamenti. Hai detto che erano più grandi di te e che pensi siano andati a scuola lì, quindi conoscono la routine. Fate in modo che gli studenti vadano insieme ai corsi, assicuratevi che nessuno si sposti da solo e che il preside sia consapevole di ciò che sta accadendo. Magari tutto questo non fermerà le loro molestie, anzi potrebbe renderli più subdoli, ma se togliamo loro la possibilità di avvicinarsi ai ragazzi, alla fine rinunceranno.»

Wendy spostò lo sguardo da suo fratello ad Aspen. Quello che stava dicendo aveva senso, ma non significava che le dovesse piacere. Però vide che Jackson sembrava pendere dalle sue labbra. Non per la prima volta, provò un profondo senso di tristezza. Aveva fatto del suo meglio per essere una madre, una sorella, un'amica e un'educatrice per suo fratello, ma sapeva che delle volte avrebbe desiderato ardentemente un'influenza maschile nella sua vita, e quella era l'unica cosa che non aveva potuto dargli, a prescindere da quanto ci avesse provato.

«Domani cercherò Jenny, le darò il mio numero e le parlerò della situazione. Spero che informi l'insegnante responsabile del corso di teatro. Non so se il preside potrà fare molto, ma almeno ne sarà a conoscenza.»

Blade annuì. «Ribadisco, non per spaventarvi, ma spero che così perderanno l'interesse a molestarvi.»

«Grazie» disse Jackson.

«Quando vuoi. Mi dispiace per quel che è successo.»

Scrollò le spalle. «Odio i bulli. Non capisco perché siano così stronzi. Perché la gente non può semplicemente vivere la propria vita e lasciare in pace gli altri?»

«Non lo so, amico. Proprio non lo so.»

Ci fu un attimo di silenzio intorno al tavolo, poi il ragazzo disse con un sorrisetto: «Allora... vi ho interrotti mentre stavate pomiciando, vero?»

«Jackson!» protestò Wendy, sapendo di star arrossendo intensamente.

Aspen si limitò a ridacchiare. «In realtà, no. È solo il nostro primo vero appuntamento e non mancherei mai di rispetto a tua sorella in quel modo... sapendo che saresti tornato a casa presto.»

«Ma lei ti piace, vero?»

Wendy alzò gli occhi al cielo e si allontanò dal tavolo. «Basta, vado a controllare la cena.»

Risero entrambi. Mentre era in cucina poteva ancora sentirli parlare dato che la stanza si trovava proprio accanto al tavolo da pranzo.

«Sì, Jack, mi piace tua sorella. Perché non dovrebbe?»

«Be', sta un'eternità sotto la doccia, è per quello che ha iniziato a farla di sera. Schiaccia il pulsante "snooze" della sveglia quattrocento volte di seguito, poi deve sbrigarsi a prepararsi per non arrivare in ritardo al lavoro. È un bene che io sia una persona mattiniera perché altrimenti sarei arrivato tardi a scuola ogni giorno della mia vita. Inoltre non le piace la fantascienza. Non so tu, ma per me sarebbe un grosso problema con qualsiasi ragazza con cui dovessi uscire. Inoltre, non le piacciono i poliziotti. Qualsiasi tipo di pubblico ufficiale. Quindi, guida come una nonna. È irritante.»

Wendy si sporse in avanti e appoggiò la testa sul bancone esasperata. «Uccidetemi subito» mormorò. Sentì una sedia spostarsi sul pavimento, ma non si raddrizzò per vedere chi si fosse mosso.

Una mano calda si posò dietro le sue spalle per accarezzargliele in piccoli cerchi. Aspen.

«Nessuna di queste cose mi fa perdere la voglia di conoscere meglio tua sorella... ma, Jack, la stai mettendo in imbarazzo, e non è bello.»

A quel rimprovero, sollevò la testa per difendere il fratello, ma Jack parlò prima che lei potesse farlo.

«Hai ragione. Scusa, Wen. Ho tempo per fare una doccia prima di cena? Puzzo dall'allenamento.»

Wendy si voltò a guardare Aspen che aveva spostato la mano più in basso sulla schiena quando si era alzata, e sentì il pollice accarezzarla dolcemente attraverso la maglia. «Ah... certo.»

«Ottimo.» Poi Jack si alzò e si diresse verso la sua stanza senza voltarsi indietro.

«Non capisco se sia andata bene o se dovrei preoccuparmi» disse.

«È andata bene» dichiarò Blade con fermezza.

«Sono comunque preoccupata per lui.»

«Mi sembra un bravo ragazzo. Non ha esitato a difendere quelle studentesse ed è preoccupato per loro.»

«Pensi che quei tipi torneranno?»

La osservò per un lungo momento prima di portare la mano sul suo viso e sistemarle una ciocca di capelli dietro l'orecchio. «Sì, tesoro. Penso di sì.»

Chiuse gli occhi per la frustrazione. «Maledizione.»

«È un bravo ragazzo» ripeté. «Può affrontare la situazione.»

«Lo spero.»

«Allora... guidi come una nonna?»

Gemette. «Lo ucciderò.»

Aspen ridacchiò.

«E no, non guido come una nonna. Sono solo prudente. C'è troppa gente che non si rende conto di andare in giro con qualcosa che potrebbe benissimo uccidere o ferire qualcun altro.»

«Devi sapere una cosa...»

Wendy aggrottò la fronte. Sembrava così serio, e il pollice sulla parte bassa della sua schiena non aveva mai smesso la sua ritmica carezza. «Cosa?»

La strinse a sé finché non fu appiattita contro di lui. Il suo respiro caldo le accarezzò la pelle vicino all'orecchio mentre sussurrava: «Mi piace che guidi come una nonna, non vorrei mai che venissi fermata per eccesso di velocità e che dovessi mostrare le tette per non prendere la multa. Nessuno deve vedere quei bei seni tranne me. E mi va benissimo che tu voglia restare a letto il più a lungo possibile. È il mio pezzo d'arredamento preferito.»

Quelle parole evocarono delle immagini erotiche nella sua mente: loro due avviluppati in un grande letto matrimoniale, lui che spingeva i fianchi mentre la fissava, con le mani su entrambi i lati della sua testa mentre facevano l'amore.

Lo guardò e si leccò le labbra.

«Dio, tesoro. Non guardarmi così» la supplicò. «Mi stai rendendo difficile ricordare, o preoccuparmi, che tuo fratello è proprio in fondo al corridoio e tornerà qui da un momento all'altro.»

Wendy si sentiva combattuta. Non l'aveva mai fatto, non si era mai gettata addosso agli uomini. Non aveva mai provato la sensazione che se non avesse sentito le sue labbra sulle proprie, avrebbe preso fuoco.

Ma d'altronde, Aspen non era un uomo qualunque. Era quello che aveva imparato a conoscere negli ultimi due mesi.

Che la faceva ridere quando si sentiva di merda, dopo che la gente le aveva urlato contro e riattaccato il telefono in faccia ottocentotrentadue volte di seguito. Era l'uomo a cui aveva mandato un messaggio solo per chiedergli come stesse andando la sua giornata. Che aveva fatto sentire meglio suo fratello per il brutto momento che aveva passato, con molta più facilità di quanto avrebbe potuto fare lei.

«Perché non ti piacciono i poliziotti?» le chiese.

Si leccò le labbra e distolse lo sguardo. Non gli avrebbe detto che temeva che le chiedessero un documento d'identità per poi cercarla in un database.

Lo sentì sospirare e capì di averlo deluso di nuovo. Odiava farlo, ma non aveva altra scelta.

«Baciami» gli sussurrò, guardandolo di nuovo e cercando di cambiare argomento.

Aspen ringhiò ma non esitò. Le prese il viso tra le mani e lo inclinò verso il suo. Non guardò in fondo al corridoio per vedere se Jackson stesse arrivando. Non si comportò come se avesse fretta. Il fuoco nel suo sguardo penetrò il suo mentre abbassava lentamente la testa.

Wendy chiuse gli occhi con trepidazione e si aggrappò ai suoi fianchi. Un secondo dopo, sentì le sue labbra calde sulle proprie.

Non la baciò esitante, né con lentezza. Passò la lingua lungo la sua bocca e lei la aprì subito.

Scivolò dentro come se l'avesse fatto per tutta la vita.

Lei gemette sommessamente e affondò le unghie nei suoi fianchi mentre Aspen le inclinava la testa per avere un'angolazione migliore. Non aveva mai provato niente del genere. Si sentì percorrere dai brividi dalla testa ai piedi, non ne aveva mai abbastanza di lui. Aprì di più la bocca, intrecciando la lingua con la sua.

Dopo l'assalto iniziale, il suo bacio si addolcì, e si prese il tempo per capire cosa le piacesse.

Si tirò indietro troppo presto e appoggiò la fronte sulla sua. Aveva il fiato corto anche lui, e ciò la fece sentire meno a disagio per il suo respiro irregolare.

Si leccò di nuovo le labbra, assaporandolo ancora una volta. «Wow» disse dopo un momento di silenzio.

Lui le scostò i capelli dal viso. «Wow, davvero» sussurrò. Si tirò indietro ma non la lasciò andare. «Stai bene, tesoro?»

«Sì.»

I suoi occhi la fissarono con un'intensità che l'avrebbe spaventata se non si fosse sentita così destabilizzata. Le sfiorò le labbra con il pollice; Wendy non riuscì a trattenersi e gli leccò il dito mentre la accarezzava.

Le pupille di Aspen si dilatarono, e fu una sensazione inebriante sapere di riuscire anche lei a provocargli quelle reazioni.

«Dio, questa bocca» disse con voce bassa e roca che andò dritta al suo clitoride.

Wendy si dimenò, sentendosi a disagio per il desiderio che provava dentro. Non era da lei. Le piaceva il sesso, ma non si era mai sentita come se le mancasse qualcosa quando non lo faceva. Ma con Aspen era bastato solo un bacio perché il suo corpo fosse pronto... per lui.

«Non guardarmi così, Wen.»

«Così come?» chiese un po' insicura. Aveva la sensazione di sapere esattamente come lo stesse guardando... come se volesse essere gettata a terra e scopata con forza.

Fece un sorrisetto. «Come se mi volessi duro e in profondità nel tuo bel corpo.»

Un lieve gemito di desiderio le sfuggì dalla gola.

A quel punto la cinse con le braccia e la strinse a sè. Wendy spostò le mani e si aggrappò alla sua schiena seppellendo il naso nella sua spalla. Rimasero così per diversi istanti, godendosi la sensazione, poi lui si scostò.

«Gesù, Wen. Era da tempo che non mi succedeva di essere

così vicino a perdere il controllo. Ti desidero» disse con sincerità.

«Ti desidero anch'io» replicò lei timidamente.

«Non fraintendermi» continuò. «Ti voglio nel mio letto, sotto di me, sopra di me e in qualsiasi altro modo possa averti. Ma voglio anche che tu stia seduta accanto a me quando mangiamo, mentre guardiamo la TV e sugli spalti a guardare Jackson giocare a lacrosse o competere con il suo club di robotica.»

Wendy spalancò gli occhi e rimase a fissarlo senza parole.

«Voglio una relazione. Esclusiva. Ho la sensazione di conoscerti meglio di qualsiasi donna con cui sia uscito. Ci sono dei vantaggi a conoscere qualcuno per telefono. Avevo capito che c'era una bella intesa tra di noi, ma non sapevo che sarebbe stata esplosiva di persona. So che mi sto muovendo un po' in fretta, ma non posso farci niente. E tu non stai dicendo nulla... ti sto spaventando?» le chiese.

Non poteva credere che fosse nervoso. «Mi piacerebbe... avere una relazione, intendo. È... è passato un po' di tempo per me.»

Le sue narici si allargarono a quelle parole e fece per parlare, quando Jackson chiese: «Vi sto di nuovo interrompendo sul più bello?»

Wendy chiuse gli occhi imbarazzata, ma Aspen non si staccò da lei.

«No, stai solo interrompendo le coccole dopo il bacio.»

Li riaprì di scatto e gli diede una pacca sulla spalla. «Aspen!»

«Che c'è?» chiese con un'aria poco innocente.

«Lasciami andare così posso tirare fuori la teglia dal forno» gli disse, arrossendo.

I due uomini ridacchiarono a sue spese, ma non riuscì ad arrabbiarsi con loro. A volte, quando suo fratello tornava a casa da scuola di cattivo umore, andava nella sua stanza e non usciva fino al mattino successivo. Il fatto che in quel momento fosse lì, a ridere e a prenderla in giro, era incredibile. Ed era grata ad Aspen perché era successo grazie al suo aiuto.

Non poteva mettersi a pensare al bacio che si erano scambiati o a cosa significasse veramente "frequentarsi in modo esclusivo". Doveva mettere la cena in tavola e voleva godersi la compagnia delle due persone che attualmente significavano tutto per lei. Avrebbe pensato al resto più tardi.

CAPITOLO SETTE

Una settimana dopo, mentre Blade era all'allenamento, Truck gli chiese della situazione con Wendy.

«Allora... come va con questa ragazza?»

«Si chiama Wendy. E ci stiamo frequentando» rispose. Non si vergognava di lei o di come si fossero conosciuti. Aveva raccontato tutto ai ragazzi della telefonata iniziale e che avesse cercato di vendergli un'assicurazione sulla vita. Avevano riso tutti.

Il fatto che lei vivesse proprio lì a Temple era un miracolo per lui, se non fosse stato così, probabilmente avrebbe continuato a essere suo amico, ma cercare di far funzionare una relazione a distanza non era qualcosa che gli interessava. In quanto soldato delle forze speciali era abbastanza complicato avere una ragazza; una relazione seria era quasi impossibile dato che non erano mai nello stesso posto, riuscivano solo a rimorchiare tipe per qualche sveltina.

Fino a quel momento, amava tutto di lei, tranne la crescente propensione a evitare le sue domande. Quella cosa stava iniziando davvero a infastidirlo. Aveva fatto di tutto per essere aperto e onesto con lei, sperando che si sentisse abbastanza a suo agio da ricambiare, ma non era successo spesso. Era evidente che le fosse capitato qualcosa di grave in passato, anche se non ne aveva la minima idea perché lei non gli offriva nessun indizio da cui partire. Avrebbe voluto tranquillizzarla, cancellare lo sguardo diffidente dai suoi occhi quando le chiedeva particolari insignificanti, tipo dove fosse cresciuta o quale laurea avesse ottenuto al college.

Avrebbe voluto stare con Wendy tutto il tempo, conoscere ogni piccola cosa di lei, ma la sua frustrazione stava aumentando come pure i sentimenti che provava, e con ogni domanda alla quale evitava di rispondere, l'impressione che non fosse coinvolta quanto lui aumentava.

«Quando possiamo conoscerla?» gli chiese Beatle.

Blade si scrollò di dosso i pensieri cupi e osservò i suoi amici. Avevano appena finito di correre i soliti otto chilometri e stavano andando nella sala pesi per la seconda parte dell'allenamento.

«Non lo so. Vi comporterete bene se ve la presento?»

Tutti ridacchiarono.

«Che c'è? Pensi che la spaventeremo o qualcosa del genere?» domandò Hollywood.

«No, non di proposito» rispose. «Ma vi conosco, ragazzi. Dirà qualcosa che vi diverte, inizierete a prenderla in giro e lei non capirà che state scherzando. Oppure le sguinzaglierete addosso le vostre donne.»

«È una brutta cosa?» si informò Ghost. «So che nel momento in cui dirò a Rayne che esci con qualcuno, vorrà incontrarla.»

«E se tua sorella dovesse venire a sapere da *me* che frequenti una ragazza ufficialmente, potrebbe non perdonarti mai» incalzò Beatle.

Blade sospirò. Sapeva che avrebbe dovuto introdurre Wendy al gruppo, ma si stava godendo il fatto di averla tutta per sé e di conoscerla meglio. «È presto, ragazzi» disse.

Fletch gli diede una pacca sulla spalla. «Non ascoltare questi stronzi. Prenditi il tuo tempo. Le ragazze la ameranno.»

«Come lo sai?»

«Perché è così per te» rispose subito.

«La conosco ufficialmente solo da una settimana» protestò. «È troppo presto per sapere se la amo.»

«Stronzate» sbottò Truck in tono serio. «Magari è amore misto a una sana dose di desiderio, ma ti ho visto al telefono con lei, hai quello sguardo intenso sul viso come se stessi usando tutti i sensi per ascoltarla. Blocchi fuori tutto e tutti. E la scorsa settimana? Che sei andato a trovarla dopo quel casino al bar? Eri diverso, amico. In senso positivo.»

«Sì» aggiunse Coach. «Quando siamo andati a quell'evento per le famiglie e abbiamo aiutato con il percorso a ostacoli, non hai nemmeno notato le soldatesse single che ti mangiavano con gli occhi... e di solito lo fai.»

«E l'ultima volta che hai visto Annie, l'hai guardata in modo diverso» rincarò Fletch. «Vuoi spiegarci perché?»

Blade sospirò. I suoi amici avevano ragione. Ma dire che era amore?

Non poteva negare che Wendy gli piacesse moltissimo e che pensasse a lei tutto il tempo, ma non era sicuro che fosse amore.

«Sta crescendo suo fratello. Lo fa da quando era piccolo... circa l'età di Annie. Stavo solo pensando a quanto doveva essere difficile per lei... per entrambi. Non riesco a immaginare cos'abbia passato. Ha rinunciato a un sacco di cose per prendersi quella responsabilità.»

Fletch fischiò. «Wow. Questa è pura devozione. Quanti anni aveva?»

Blade aggrottò la fronte, poi ammise: «Non lo so. Gliel'ho chiesto, ma non ha risposto. Jackson ha sedici anni, immagino che dovesse avere poco più di vent'anni quando lo ha preso con sé?»

«Allora, esci con una donna più vecchia, eh?» Lo prese in giro Hollywood. «Adesso non vedo *proprio* l'ora di incontrare questa tua *panterona.*»

Diede una spinta al suo amico e tutti risero. «Visto? Ecco perché non voglio che voi stronzi la incontriate. Direste cose del genere che la agiterebbero e la metterebbero a disagio.»

«Vuoi essere sicuro che sia interessata a te quanto lo sei tu di lei» concluse Truck. «Ha senso.»

«No, ho solo...» Si interruppe. Sì, era esattamente così. Voleva bene a quegli uomini, ma temeva davvero che qualcuno dicesse qualcosa che Wendy avrebbe potuto prendere nel modo sbagliato, tanto da farla scappare. Si era accorto della sua reticenza e che c'erano cose su cui non era stata del tutto sincera con lui. Voleva abbattere quelle barriere prima di farle incontrare i suoi amici casinisti e un po' rozzi.

«Nessun problema» disse Hollywood, dandogli una pacca sulla schiena. «Ma mi sa che devi darti da fare in fretta perché Fish e Bryn verranno in città tra un paio di mesi.»

«Ah sì?» chiese sorpreso. «Come mai?»

«Ha un appuntamento all'ospedale per Veterani. Bryn lo ha convinto a provare un braccio più sofisticato. Lui ha detto che potrebbe anche tornare qui, dai medici che lo hanno operato all'inizio, dato che lo conoscono già.»

«È fantastico» esclamò Blade. Non vedevano Fish o sua moglie dal loro matrimonio e alcuni da quando lei si era infilata in quel casino in Idaho. «Le ragazze lo sanno?»

«Sì» disse Fletch. «Faremo un barbecue a casa mia.»

Blade lo guardò. «Come stanno andando i lavori?» La sua casa era stata mezza distrutta di recente da un uomo che aveva usato una granata a propulsione a razzo per far uscire allo scoperto l'oggetto della sua ossessione. Il fratello di

Rayne aveva salvato Sadie e ora stavano insieme. Alla casa del povero Fletch non era andata bene.

«Proseguono» rispose. «L'appartamento sopra il garage è troppo piccolo per tutti noi, ma ce la stiamo cavando.»

C'era qualcosa nel suo tono che non riuscì a interpretare. «Em e il bambino stanno bene?» chiese.

«Sì. Alla grande. Il piccolo scatenato scalcia come un pazzo. Manca ancora qualche mese ma so che Emily sarebbe pronta a metterlo al mondo *oggi*.»

«Ancora non sai se è un maschio o una femmina?» chiese Truck.

«No. Ne abbiamo parlato con Annie e, sebbene lei desideri proprio un fratellino, ha ammesso che sarebbe stato divertente tenerlo segreto fino alla nascita» spiegò Fletch.

«Quindi, un barbecue da te tra un paio di mesi... la casa sarà pronta?» domandò Coach.

«Il costruttore dice di sì.»

Blade sorrise. Aveva la sensazione che il costruttore avrebbe visto Fletch trasformarsi nel letale soldato della Delta Force se non l'avesse terminata in tempo.

«Allora, porterai Wendy? È invitato anche suo fratello» gli disse. «Oh, e se ha una ragazza, può portarla, oppure un amico così magari si sentirà più a suo agio, dato che sarebbe l'unico adolescente. Più siamo, meglio è.»

Pensò a tutti i bei momenti che la squadra aveva trascorso a casa di Fletch. I barbecue, il suo matrimonio e innumerevoli altri ritrovi. Riusciva a vedersi nel cortile sul retro con Wendy sulle ginocchia, a ridere e divertirsi con tutti i suoi amici.

«La porterò» disse. «In questo momento Jackson non sta uscendo con nessuno, ma gli farò sapere che può portare un amico, se vuole.»

«Fantastico» ribatté Fletch.

«Se vuoi presentare Wendy alle ragazze una alla volta prima del barbecue, faccelo sapere» dichiarò Ghost. «Sai che a loro farebbe solo piacere incontrare la donna che finalmente ha attirato la tua attenzione.»

Alzò gli occhi al cielo all'ordine non troppo velato del suo amico, di presentare Wendy a Rayne e alle altre. «Sì, Signore» ribatté sfacciato.

Tutti risero.

Mentre passavano a fare sollevamento pesi e il circuito che avevano allestito nella sala attrezzi, Blade pensò a Wendy. Truck aveva ragione? L'amava già? Non ne era sicuro, ma pensava a lei tutto il tempo. Ricevere i suoi messaggi era come vincere alla lotteria. E quando pensava che suo fratello avrebbe potuto avere altri scontri con i teppisti che stavano ancora molestando lui e gli altri studenti, gli ribolliva il sangue.

Magari non conosceva tutto di loro, ma ciò che sapeva era che voleva fare tutto il possibile per migliorare la loro vita. Renderla più divertente, più facile e più sicura.

Era amore quello? Forse.

Le uniche altre persone per cui aveva provato quei sentimenti erano Casey e i suoi genitori. Aveva frequentato altre donne in passato, ma non aveva mai pensato a loro mentre correva, si allenava nel combattimento corpo a corpo o mentre si preparava la cena. Lo squillo del telefono o il suono della notifica di un messaggio gli facevano battere forte il cuore e rimescolare la pancia. Si comportava come un adolescente alla sua prima cotta, ma non gli importava.

Fu il pensiero che le potesse succedere qualcosa, che lo obbligò ad ammettere che Truck aveva ragione. Si stava innamorando di Wendy. Conoscerla per telefono aveva creato le fondamenta della loro relazione. Forti e solide. Non era un'avventura. Non la frequentava solo per spassarsela. La voleva nel suo letto *e* nella sua vita.

Si ripromise di fare tutto il possibile per convincerla ad aprirsi, a rispondere alle sue domande. Per dimostrarle che poteva fidarsi di lui con tutti i suoi segreti. Per inserire pian piano lei e Jackson nel suo mondo. Una volta incontrate le altre donne, e ovviamente la piccola Annie, non sarebbe riuscita di andarsene. Almeno lo sperava.

Giurò che per quando sarebbero arrivati Fish e Bryn e fossero stati tutti intorno al braciere nel cortile della casa ristrutturata di Fletch, Wendy avrebbe ricambiato il suo amore.

Blade era molto tenace, e una volta che si prefissava qualcosa, la realizzava sempre.

———

Wendy era di nuovo in ritardo.

Non era certo una sorpresa. Aveva schiacciato troppe volte il pulsante snooze quella mattina, ma non perché volesse dormire di più. Be', sì, più o meno. Stava sognando Aspen; erano sdraiati sul letto e lui faceva scorrere le mani su tutto il suo corpo. Era gentile e amorevole e lei sentiva formicolare ogni punto che aveva toccato con le labbra.

Era passato così tanto tempo da quando era stata con un uomo, che aveva quasi dimenticato come ci si sentisse. Il suo vibratore le procurava ottimi orgasmi, ma non era la stessa cosa che sentire le mani ruvide di un uomo sulla pelle o essere riempita da un bel cazzo duro. Era stata un po' turbolenta da matricola; i suoi poveri genitori avevano passato brutti momenti con lei, e Wendy ora si vergognava di essere stata così irresponsabile e insolente.

Era uscita di nascosto, aveva bevuto più del dovuto e dormito con troppi ragazzi. Quando Aspen le aveva chiesto perché pensasse che Jackson potesse sgattaiolare via, non aveva voluto ammettere che fosse perché lei, alla sua età, lo aveva sempre fatto. Era imbarazzante e aveva la sensazione che rispondergli con sincerità lo avrebbe portato a farle altre domande scomode.

Era ormai da un po' che le chiedeva cose a cui lei non poteva e non voleva rispondere. Wendy odiava non farlo e aveva la sensazione che Aspen si sentisse sempre più frustrato, ma non poteva proprio farlo. Doveva pensare a suo fratello.

Il sogno di quella mattina era stato inaspettato, ma decisamente piacevole. Era andata a letto solo con due uomini da quando si era presa la responsabilità di crescere Jackson, ed erano stati gentili ma non le avevano fatto esattamente vedere le stelle.

I sogni su Aspen la eccitavano più di quanto avessero mai fatto di persona quegli uomini; solo il pensiero di averlo nel suo letto e dentro il suo corpo, la bagnava ed eccitava più di quanto ricordasse di essere mai stata.

Riviveva in continuazione nella sua testa l'unico bacio che si erano scambiati. L'aveva divorata come se non ne avesse mai abbastanza. Nessuno l'aveva mai fatta sentire così. I baci erano sempre stati piacevoli e solo un preludio alla "parte più interessante", ma le labbra di Aspen sulle sue erano state quasi da orgasmo.

Quindi, quella mattina, aveva sognato di loro due nudi nel suo letto, con lui che la guardava con la stessa intensità con cui l'aveva baciata. Così Wendy aveva continuato a premere il tasto snooze per poter continuare a sognare.

Ma suo fratello la conosceva fin troppo bene. Quando aveva bussato la prima volta alla sua porta dicendole di alzarsi, e lei gli aveva detto che l'avrebbe fatto, giustamente non le aveva creduto.

Era tornato dieci minuti dopo, entrando in camera senza bussare, e l'aveva trascinata fuori dal letto fino in bagno.

In quel momento lo stava accompagnando a scuola e poi

sarebbe andata al Cottonwood Estates per iniziare il suo turno.

«Vuoi esercitarti a guidare stasera?» gli chiese, poi coprì un gran sbadiglio con la mano.

Jackson le sorrise. «Sarai in grado di rimanere sveglia fino a quando non tornerò a casa dall'incontro con il club di robotica?»

Gli diede uno schiaffo sul braccio. «Zitto. Allora, vuoi guidare?»

«Potresti finire nei guai se ci dovessero beccare.»

Lanciò un'occhiata al fratello e sorrise. «Non andremo a far corse per le strade di Temple. Andrà bene. Odio che tu non possa farti il foglio rosa o la patente. So che vorresti.»

Lui scrollò le spalle. «Non possiamo rischiare.»

Wendy sospirò. «Tra meno di un anno compirai diciotto anni. Arriverà in men che non si dica.»

«Sorella?»

«Sì, fratello?»

«Te ne sei pentita?»

Sapeva esattamente di cosa stesse parlando. «Mai. Nemmeno per un secondo.»

«Ma ogni volta che penso che eri più giovane di quanto sia io ora, quando mamma e papà sono morti, e a tutto ciò a cui hai rinunciato, non posso fare a meno di...»

«Fermati subito» lo interruppe con fermezza. «Non sono pentita di nessuna cosa che ho fatto. Mi dispiace solo che tu debba mentire sulla tua età, di non poter organizzare per il tuo *reale* diciottesimo compleanno, la festa più grande e cazzuta che questa città abbia mai visto. Mi dispiace di non essere stata in grado di darti tutto ciò che meritavi crescendo. Ci sono molte cose di cui mi rammarico, Jackson, ma ognuna ha a che fare con la vita che *hai* condotto, non con la mia situazione.»

Lui rimase in silenzio per un lungo momento poi disse: «Ti ho mai ringraziata?»

Gli occhi di Wendy si riempirono di lacrime, ma si rifiutò di versarle davanti a suo fratello. «Sì.»

«No, non credo di averlo fatto. È brutto dover fingere di essere più giovane di quanto sono, e non poter prendere la patente fino a quando non avrò compiuto i diciotto anni solo per essere sicuro di non venire rimandato in affido. Ma posso conviverci. Grazie per tutto ciò che hai fatto, Wen. Grazie per avermi portato via da quella casa.»

Non avevano parlato seriamente di ciò che era successo dieci anni prima, e lì non era il momento o il luogo, ma non aveva intenzione di chiudere il discorso. «Ti ricordi molto di allora?»

«Ricordo ogni secondo» rispose in tono duro. «Non sono mai stato così spaventato in vita mia. Hai preso la decisione giusta portandomi via da lì. Odio che da quel momento tu abbia dovuto tenere un basso profilo e non sia riuscita a prendere la laurea o finire il liceo, ma voglio che tu sappia che non farò mai nulla che ti possa far rimpiangere ciò che hai fatto. Prenderò il diploma, poi una borsa di studio e la laurea. Non lascerò che tutte quelle notti in cui hai sofferto la fame per far mangiare me, o che i soldi che hai speso per comprarmi da vestire e altra roba, siano stati vani.»

Cazzo. Come avrebbe potuto non piangere. Si asciugò le lacrime dal viso e si concentrò sulla strada per non rischiare di distruggere la macchina prima di arrivare a scuola.

«Per me è stato un enorme piacere» disse con dolcezza a suo fratello una volta che riprese il controllo delle proprie emozioni. «Avrei preferito morire piuttosto che lasciarti lì, soprattutto dopo aver scoperto cosa stesse succedendo. Sono così orgogliosa di te, Jack. Non ne hai idea. Ero certa che avrei combinato un gran casino con te. Che tutto ciò che avevano fatto mamma e papà per renderti quel meraviglioso bambino di sette anni che eri diventato, sarebbe stato buttato nel cesso. Grazie a *te* per essere così straordinario a diciassette anni come lo eri a sette. E se non dovessi prendere il diploma o la laurea, ti prenderò a calci in culo. Qualcuno dovrà occuparsi di me quando sarò vecchia e grigia, sai.»

E con ciò, l'atmosfera in auto si alleggerì.

«Non mi dispiacerebbe guidare un po' stasera» le disse, rispondendo alla sua domanda precedente.

«Grande. Rob potrà accompagnarti a casa dopo l'incontro di robotica?»

«Sono sicuro di sì. In caso contrario, chiederò un passaggio a qualcun altro o ti chiamerò.»

«Ottimo. Mangiamo, poi usciamo a farti guidare e magari puoi esercitarti a fare qualche parcheggio parallelo.»

Jackson gemette. «Li odio.»

«Ed è per quello che dobbiamo lavorarci ancora un po'» replicò con prontezza.

«Sorella?»

«Sì?»

«Quando tornerà a trovarci Aspen?»

Il cuore di Wendy batté più forte al semplice accenno del suo nome. «Non lo so. Perché?»

«Mi piace.»

«Anche a me.»

Si sorrisero.

«Ti meriti qualcuno come lui.»

«Cosa intendi?»

«Qualcuno che ti difenda quando tu non lo fai.»

Alzò gli occhi al cielo. «Sto bene così, Jackson.»

«Lo so. Penso solo che con lui intorno, la gente sarebbe meno propensa ad approfittarsi di te, come quella stronza al bar.»

Wendy si rifiutò di abboccare. Jackson si lamentava del fatto che avesse permesso all'altra donna di rubarle Aspen da sotto il naso, ma non le piaceva pensarci.

«Hai parlato con lui ogni sera, giusto?» le chiese.

Lei annuì. «Quasi.»

«Voglio il meglio per te, Wen. Non sei riuscita ad avere una vera relazione quando ero più piccolo; non era sicuro per nessuno di noi due. Ma ora ho quasi diciotto anni. È arrivato il momento. Non voglio che tu rimanga sola quando andrò al college.»

Le fastidiose lacrime minacciarono di nuovo di scendere. «Non ho intenzione di mettermi insieme al primo ragazzo che me lo chiede, solo per non dover stare da sola» disse a suo fratello. «È vero che non lo sono mai stata, ma riuscirei a vivere bene lo stesso.» Lo disse in tono allegro e vivace, quando in realtà temeva il giorno in cui se ne sarebbe andato. Non *voleva* stare da sola, ma non aveva intenzione di sposare il primo ragazzo che vedeva, solo per non esserlo. Avrebbe dovuto solo abituarsi.

«Non volevo dire che dovresti farlo. È solo che... mi preoccupo per te. Non hai mai avuto molti amici, perché temevi che qualcuno scoprisse di me.»

«Non è l'unica ragione» protestò.

«Già, anche a causa dei due lavori per far sì che avessimo abbastanza soldi per mangiare e un tetto sopra la testa» disse Jackson. «Ascolta, ti sono più grato di quanto riesca a dire per tutto ciò che hai fatto per me, ma dopo che Aspen se n'è andato l'altra sera, ho cominciato a riflettere.»

«Jackson...» iniziò lei, ma non la lasciò continuare.

«No, non dire *Jackson* in quel modo. Lasciami spiegare questa cosa.»

Wendy strinse le labbra e annuì.

«È esattamente il tipo d'uomo con cui mi piacerebbe vederti sposata. È nell'esercito, quindi ha uno stipendio fisso e un'assicurazione sanitaria. Non è un fannullone e sembra abbastanza forte da affrontare qualsiasi problema qualcuno ti possa creare. Mi hai detto che ha una cerchia di amici stretti che sono anche loro nell'esercito. Hanno tutti una fidanzata o una moglie, quindi potresti avere un gruppo già pronto di amici. È legato a sua sorella, il che è una nota positiva visto il tipo di rapporto che abbiamo noi. Se stessi con lui, potresti probabilmente lasciare quello stupido lavoro di telemarketing che odi. Potresti anche tornare a studiare e prendere la certificazione di esame equivalente GED e magari anche iniziare un percorso di laurea, così potresti ambire a fare di più nella casa di riposo. Sei giovane... non hai ancora ventisette anni. Hai tutta la vita davanti a te, e vorrei che tu uscissi e la *vivessi*.»

«E pensi che Aspen potrebbe aiutarmi a farlo?»

«Sì.»

Wendy cercò di trovare qualcosa da dire che avrebbe scoraggiato suo fratello dal cercare di farla sposare, ma non ci riuscì. Ogni parola che usciva dalla sua bocca era qualcosa che lei aveva già pensato. Per fortuna non aveva accennato al sesso regolare e al fatto di avere qualcuno con cui condividere le preoccupazioni riguardo alle conseguenze giuridiche se l'avessero trovata, ma non aveva intenzione di parlarne.

Accostò al marciapiede della scuola e si voltò verso suo fratello. «Alla fine, potrebbe non ricambiare i miei sentimenti. Inoltre, abbiamo appena iniziato a frequentarci.»

«Gli piaci» dichiarò Jackson, fissandola negli occhi.

«Lo so, ma non significa che ci sposeremo o altro.»

«Certo, non sono uno stupido, Wen, ma è passato molto tempo dall'ultima volta che ti ho vista così felice con qualcuno. Ho notato che non riusciva a toglierti le mani di dosso l'altra sera. Ogni volta che ne aveva la possibilità, ti toccava; la mano, il braccio. Anche quando non lo guardavi, non ti toglieva gli occhi di dosso. Per non parlare di come vi ho trovati quando vi ho interrotti... due volte: una sul divano, quando sono tornato a casa, e una in cucina.»

«Ammetto che abbiamo una buona intesa. Ma, come imparerai crescendo, a volte si tratta solo di sesso.»

«Non farlo» ribatté Jackson, con evidente delusione nella voce. «Non farlo passare come se volessi solo fare sesso con lui. Conosco la differenza tra provare desiderio e amare una persona. Volerla conoscere meglio, piacerle per ciò che sono. E ti piace, sorella. Lo so.»

Avrebbe voluto chiedergli chi gli piaceva e come facesse a conoscere la differenza, ma non era il momento. Wendy gli aveva fatto il *discorsetto* circa quattro anni prima. Gli aveva spiegato tutto sui preservativi e persino dimostrato come funzionavano. Erano stati entrambi imbarazzati, ma era qualcosa che doveva essere fatto. L'ultima cosa che avrebbe voluto, era che mettesse incinta una ragazza; lo avrebbe aiutato ogni volta che ne avesse avuto bisogno, ma un bambino avrebbe di certo cambiato la sua vita, le *loro* vite, enormemente.

«Sì, mi piace» ammise. «Moltissimo.»

Jackson sorrise e afferrò la maniglia della portiera. «Allora non trattenerti. Insegui ciò che desideri per una volta, Wen. E fatti presentare i suoi amici, lega con loro. Sarà più difficile che ti lasci.»

Alzò gli occhi al cielo, cercò qualcosa da lanciargli addosso, ma era già sceso prima che potesse trovarla. Jackson si chinò e infilò la testa nell'auto. «Scherzi a parte, mi sembra un brav'uomo. Per me non è un problema che tu passi del tempo con lui. Ho quasi diciotto anni, puoi lasciarmi a casa da solo senza paura che anneghi nella vasca da bagno o qualcosa del genere.»

«Shhhh, hai solo sedici anni, ricordi?» sussurrò Wendy guardandosi intorno in modo furtivo; le vecchie abitudini erano difficili da abbandonare.

«Lo so.» Fece per chiudere la portiera, poi ci ripensò. Si chinò di nuovo verso l'interno dell'auto e disse in fretta:

«Ho invitato Jenny a cena domani sera. Spero che vada bene.»

«Jenny? La matricola del corso di teatro?»

«Quella» rispose con un sorrisetto, poi sbatté la portiera e la salutò con la mano prima di correre verso le porte d'ingresso della scuola.

Wendy ridacchiò tra sé e sé. «Vai così, Jackson» mormorò, prima di allontanarsi dal marciapiede e avviarsi verso la casa di riposo.

CAPITOLO OTTO

«Sei sicura di voler venire a casa mia stasera?» chiese Blade a Wendy quattro giorni dopo mentre erano in auto.

«Sì» gli rispose, poi portò una mano sulla sua spalla. «Non vedo l'ora di incontrare tua sorella e il suo ragazzo.»

«Vorrei che si sposassero subito» borbottò.

«Sei ansioso che faccia di lei una donna onesta?» lo prese in giro.

«No. Voglio che lei faccia di *lui* un uomo onesto» ribatté. Le prese la mano e ne baciò il palmo, poi se la posò sulla coscia. «Casey non ha bisogno di un uomo che le completi la vita. Ha una carriera straordinaria e fa amicizie ovunque vada. Ma quei due insieme, funzionano e basta. Anche se Beatle odia gli insetti e Casey li ama, non ha importanza. Le loro differenze in qualche modo li avvicinano di più. So che si preoccupa per lei quando andiamo in missione. Si sentirebbe molto meglio se fossero già sposati, perché se gli succedesse qualcosa sarebbe protetta e assistita.»

«Ti senti così anche tu?»

Blade la guardò e sentì il cuore accelerare i battiti. Quella sera Wendy aveva i capelli sciolti e indossava una maglietta e un paio di jeans. Le aveva detto di vestirsi casual e gli piaceva che lo avesse preso in parola. Anche se stava per incontrare sua sorella e Beatle per la prima volta, era rimasta se stessa, non aveva cercato di darsi un tono. Aveva messo un po' più trucco del solito e gli piaceva il fatto che nonostante non si fosse vestita in modo elegante, si era comunque impegnata per avere un aspetto carino per quell'incontro.

«Non posso mentire, mi sento così anch'io. Ci sono cose che non ti ho detto riguardo al mio lavoro nell'esercito. Ciò che facciamo io e i miei amici è pericoloso. C'è sempre la possibilità di rimanere feriti o uccisi quando siamo in missione. Il denaro non risolve i problemi del mondo, ma di certo aiuta. Avere un'assicurazione sanitaria, il risarcimento di quella sulla vita e, cosa più importante, qualcuno dell'esercito che assiste coloro che sono rimasti nelle settimane successive alla morte di una persona cara, è confortante. Per me, per Beatle e per il resto dei miei compagni.»

«È un po' morboso» osservò Wendy.

«No. È un dato di fatto. È brutto, non c'è dubbio, ma se Beatle dovesse morire senza aver sposato mia sorella, lei soffrirà allo stesso modo, ma non beneficerà di alcun vantaggio.»

«Credo di capire il tuo punto di vista.»

Blade le strinse la mano. «Mi rendo conto che troppi soldati si sposano per le ragioni sbagliate, ma dal momento che Casey e Beatle si amano e non hanno intenzione di stare con nessun altro, perché non farlo?»

«Quando la metti in questo modo, non saprei.»

«Non parliamo poi di Rayne e Ghost» mormorò.

«Che hanno?»

«Nemmeno loro sono sposati. Ghost smania per metterle l'anello al dito più di chiunque abbia incontrato... tranne forse Truck con Mary.»

«Rayne non vuole sposarsi?»

«Oh, lo vuole, ma sta aspettando Mary. È la sua migliore amica e credo che in passato abbiano deciso di fare un doppio matrimonio. Quindi ora si rifiuta di sposarsi senza di lei.»

Vide la fronte di Wendy incresparsi per la confusione. «Ma pensavo che Truck e Mary stessero insieme.»

«Sì e no. Lui la adora, ed è abbastanza ovvio che lei ricambi, ma è testarda. Per qualche ragione, sta ostacolando la loro relazione.»

«Wow, è pazzesco. Cioè, e se Mary non volesse stare con Truck? Rayne dovrebbe aspettare un'eternità per sposarsi? Non è affatto giusto per lei o per Ghost.»

«Sono d'accordo. Anche a me sembra una cosa stupida. Ma in realtà non credo che Rayne aspetterebbe se non ci fosse in gioco Truck. Credo che speri che ricordarle del loro patto, la possa spronare a dargli una possibilità.»

«Mmmm. Mi sembra comunque assurdo» replicò Wendy.

«Non immagini quanto» concordò Blade. Poi, cambiando argomento, le chiese: «Come sta Jackson? È successo altro con quegli stronzi che lo avevano infastidito?»

Sospirò. «Le solite cose. Girano ancora lì intorno. Si sono trasferiti nell'enorme parcheggio di quel centro commerciale dall'altra parte della strada, dopo che un giorno il preside ha chiamato la polizia perché gironzolavano nella proprietà della scuola. Continuano a spaventare le studentesse, ma Jackson ha cercato di fare in modo che ogni ragazza che lascia l'edificio dopo l'orario scolastico, sia accompagnata almeno da un ragazzo.»

«Bene.»

«Sì, solo che ora quei tizi ce l'hanno con lui.»

«Che cosa?» chiese in tono duro.

«Credo che ora sia diventato il loro bersaglio.»

«Non va bene.»

«No, ma dice che se la sta cavando. Sostiene che non

gliene frega niente di ciò che gli dicono. Li ignora» disse, stringendogli la mano più forte del normale.

«Potrebbe sempre presentare una denuncia alla polizia. Sarebbe d'aiuto.»

«No!» protestò subito con foga. «Niente poliziotti.»

La sua immediata reazione gli dimostrò che nella reticenza di Wendy c'era qualcosa di più che una semplice avversione per gli agenti di polizia, ma ormai sapeva che se avesse insistito, lei avrebbe deviato il discorso senza comunque rispondere alla sua domanda.

Più tempo trascorrevano insieme, più lei si rifiutava di aprirsi, e più lui si sentiva scoraggiato. Avrebbe voluto non essere alla guida per prenderla tra le braccia e confortarla, spiegarle che non doveva aver paura di dirgli niente.

«Oh, ma ho altre novità su di lui.»

«Quali?» Digrignò i denti al pensiero che Jackson venisse preso di mira dai bulli. Odiava ciò che stava passando, ma era anche impressionato dalla maturità che dimostrava nell'affrontare il problema. Negli ultimi giorni si erano scambiati brevi saluti al telefono, ma non l'aveva più visto.

«Jenny è venuta a cena da noi l'altra sera.»

Girò di scatto la testa verso di lei e la fissò sorpreso. «Davvero? Non me l'hai detto ieri quando abbiamo parlato.»

Gli sorrise. «No. Ho pensato di raccontartelo oggi di persona.»

«Wow. È la Jenny del corso di teatro, giusto?»

«Buona memoria» si complimentò. «Sì. Quella Jenny. È molto più giovane di lui, ma sembra davvero preso.»

«È una matricola, giusto? Quindi, lui ha solo, cosa... più o meno un anno in più? Non è molto.»

Quando le lanciò un'occhiata, lei si stava mordendo il labbro e poi guardò fuori dal finestrino prima di rispondergli: «Sì, ma *sembra* molto più maturo di lei.»

Blade socchiuse gli occhi. Sapeva riconoscere una bugia a

un chilometro di distanza, malgrado quella sera al bar con la prostituta, e non era contento che Wendy gli stesse ancora mentendo su qualcosa. Sull'età di suo fratello? Non aveva senso. Il suo livello di frustrazione aumentò ancora e si passò una mano tra i capelli, agitato.

«E ti piace?» le chiese, tenendo d'occhio le sue reazioni.

Lei rilassò le spalle e si voltò a guardarlo. «Oh, sì. È educata e con i piedi per terra, e sembra davvero che Jackson le piaccia. Tutte cose positive per quanto mi riguarda. Non ero sicura che sarebbe dovuta venire nel nostro appartamento, dato che non è nella parte migliore della città e i suoi genitori sono ricchi, ma Jack è stato fantastico. Ha detto che sarebbe stata al sicuro con lui. Ti giuro, mi sono quasi sciolta.» Sorrise. «Quando sono uscita stasera, le stava parlando al telefono, aiutandola con i compiti di algebra. È così bravo in matematica. Io di certo non ho ereditato alcun gene scientifico dai nostri genitori. Ma è un bene che gli piaccia e che sia bravo in quella materia, anche perché la usa tutto il tempo nel club di robotica. Il loro progetto attuale è così complicato che nel momento in cui ha iniziato a parlarmene, mi si sono incrociati gli occhi.»

«Stanno ancora lavorando sul braccio robotico?»

«Sì.»

Mettendo per un secondo da parte un argomento su cui gli avrebbe potuto mentire, le disse: «Al nostro amico Fish, manca una parte del braccio.»

«Sul serio?»

«Sì. L'ha perso in una missione oltreoceano. Sarà in città tra un mese circa per vedere i medici e metterne uno nuovo.»

«Mi dispiace che gli sia successo.»

«Pensi che a Jackson farebbe piacere incontrarlo? Forse Fish potrebbe andare a una riunione del club e parlare con i ragazzi.»

«Oh mio Dio, sul serio? Pensi che lo farebbe?» chiese Wendy, saltellando su e giù per l'eccitazione.

Blade ridacchiò. «Non lo so. Ma sarei felice di chiederglielo.»

«Sarebbe fantastico. Oh, ma Jackson e i suoi amici gli faranno un milione di domande. Potrebbe non sentirsi a suo agio.»

Il sorriso di Blade si fece più ampio poi rise fino a grugnire.

«Cosa c'è di così divertente?»

«Aspetta di conoscere sua moglie Bryn. Fa un sacco di domande ed è la persona meno politicamente corretta che abbia mai incontrato. Ti garantisco che non c'è niente che tuo fratello e i suoi amici potrebbero chiedere, che lo farebbe sentire in imbarazzo o a disagio. Sua moglie lo ha abituato a talmente tanti tipi di domande insolite, che non farà nemmeno una piega a qualunque cosa dovesse chiedere un gruppo di liceali.»

«Be', non ne parlerò comunque a Jackson finché non avrai l'approvazione del tuo amico.»

«Va bene.» Entrò nel parcheggio e fermò l'auto. Vide Wendy osservare la sua casa a occhi spalancati.

«Sembra più lussuosa di quello che è» le disse.

«È davvero bella.»

Blade pensò di aver sentito una nota d'invidia nelle sue parole. Odiava che lei e suo fratello vivessero in quel posto schifoso, ma al momento non era in grado di fare nulla al riguardo. Gli sarebbe piaciuto proporle l'appartamento sopra il garage di Fletch, ma dal momento che lui e la sua famiglia ci stavano vivendo, non era possibile. In ogni caso, pensò che non sarebbe stata d'accordo anche se fosse stato disponibile.

«Sembra bella e accogliente all'esterno, ma come continua a dirmi mia sorella, è completamente noiosa e priva di qualsiasi tocco confortevole all'interno. Anche se mi rifiuto di lasciarle mettere le mani. Infilerebbe fiori e altra roba dappertutto. Andiamo» disse, dopo aver spento il motore. «Casey e Beatle sono già qui.»

Scesero dalla Jeep e Blade andò a incontrarla davanti al veicolo. Le prese subito la mano, apprezzando come si adattasse perfettamente alla sua e quanto fosse morbida. Ogni volta che la toccava, sembrava dimenticarsi del suo essere evasiva... e di quanto questo lo turbasse.

Camminarono mano nella mano verso la porta del suo appartamento e la aprì per lei.

———

«Sono tornato!» urlò Aspen non appena entrarono, facendo sussultare Wendy.

Una donna alta come lei con i capelli biondo scuro, apparve da dietro un angolo e sorrise; vide subito la somiglianza tra i due fratelli.

«Ciao!» disse con un sorriso caldo e luminoso. «Sono Casey, la sorella di questo dissoluto. È così bello conoscerti. Aspen non ha fatto altro che parlare di te ogni volta che ci siamo visti.» Tese la mano e Wendy gliela strinse.

Mentre si sorridevano un uomo si avvicinò a Casey e le mise una mano sul fianco porgendo l'altra a lei. «Sono Beatle. Piacere di conoscerti. Blade ti ha tenuta tutta per sé un po' troppo a lungo.»

«Oh, ma ci conosciamo da poco» gli disse dopo avergliela stretta.

«Come ho detto, ti ha tenuta per sé.»

Gli sorrise e sentì i brividi sulle braccia quando Aspen le circondò la vita proprio come il suo amico aveva fatto con Casey.

«Zitto, Beatle. Non metterla in imbarazzo.»

Wendy gli diede una spinta scherzosa. «Non mi mette in

imbarazzo. Ho un fratello adolescente, ricordi? Non ci sono molte cose che mi mettono a disagio.»

«Vedi, Blade? Non la sto mettendo in imbarazzo. Ora, aspetta che le racconti la storia di quella volta a Gibuti, quando ti scappava così tanto da pisciare che te la sei quasi fatta nei pantaloni e...»

Le sue parole furono interrotte da Aspen, che muovendosi più velocemente di quanto avesse mai visto, bloccò il suo amico tenendolo per il collo e lo trascinò indietro verso quella che pensava fosse la cucina. «Scusaci, tesoro. Io e Beatle dobbiamo dare un'occhiata alle bistecche sulla griglia. Sono sicuro che le ha bruciate mentre ero via...»

Wendy guardò Casey a occhi spalancati ma quando l'altra iniziò a ridacchiare, si rilassò.

«Giuro su Dio, a volte si comportano come se avessero dodici anni» disse con un gran sorriso. «Dai, puoi farmi compagnia mentre preparo il resto della cena.»

«Serve una mano?» le chiese.

«Oh no, ci penso io. Aspen mi ucciderebbe se entrasse e ti vedesse sgobbare in cucina.»

«Sul serio, lascia che ti aiuti. Non mi piace stare con le mani in mano» insistette.

Il sorriso di Casey si allargò. «Va bene, se insisti.»

Entrarono nella bellissima cucina degna di uno chef e Wendy si trattenne a malapena dallo sbavare. Non era il massimo come cuoca, anche se se la cavava, ma guardare quella stanza le fece venire voglia di aprire un libro di ricette e provare qualcosa di nuovo e diverso.

C'era un piano cottura a gas a sei fuochi che sembrava uscito da una rivista di mobili di design. Il frigorifero, la lavastoviglie e i fornelli erano tutti in acciaio inossidabile e ovviamente il top di gamma. C'erano due forni, un lusso per cui avrebbe ucciso, e un'enorme e splendido lavello.

«Impressionante, vero?» chiese Casey.

«Ehm, è l'eufemismo dell'anno» scherzò Wendy.

«Sì, un po' troppo snob per mio fratello, questo è certo» dichiarò «Ha comprato questo posto per una bazzecola e lo ha fatto ristrutturare da zero. Gli ho detto che se doveva fare il lavoro, tanto valeva farlo bene. Sa, che se mai vorrà vendere questo posto, la cucina e i bagni faranno la differenza. Hai visto quei programmi in TV in cui cercano casa, giusto? Capisco che sono totalmente falsi e la gente ha già comprato una delle case prima che venisse filmata la puntata, però la prima cosa che fanno è lamentarsi della cucina obsoleta o del fatto che non ci siano i ripiani in granito. E non farmi parlare dei bagni.»

Wendy sorrise e accettò il cespo di lattuga che le stava porgendo. «Se la cucina è così, non vedo l'ora di vedere i bagni.»

«Credimi, sono qualcosa di straordinario» disse Casey. «Anche se questo posto ha bisogno di un tocco femminile. È troppo... sobrio. Continuo a dirgli che deve dipingere una parete in modo particolare o di mettere dei cuscini qua e là, ma non mi ascolta.»

Le due donne continuarono a parlare del più e del meno fino a quando gli uomini tornarono dentro con un piatto di bistecche e qualche spiedino di verdure.

Aspen mise il piatto sul bancone, poi andò subito al suo fianco. Si chinò e la baciò sulla guancia. «Mia sorella ti ha già schiavizzata?»

Sconvolta dalla disinvoltura e tranquillità con cui l'aveva baciata di fronte al suo amico e alla sorella, disse: «Penso che potrei trasferirmi in questa cucina ed essere felice per il resto dei miei giorni.»

Lui ridacchiò. «Ho sempre pensato che fosse il mio bell'aspetto e la mia affascinante personalità a conquistare le ragazze. Chi sapeva che sarebbe bastata una bella cucina?»

Wendy gli sorrise. «Questa è più di una bella cucina, Aspen. È spettacolare.»

«Sono contento che ti piaccia, tesoro. Aspetta di vedere il bagno principale.»

Sentendosi rimescolare la pancia, si limitò a dire: «Non vedo l'ora.»

«Anch'io» sussurrò, poi le baciò la testa e si voltò verso gli altri. «Come vanno le lezioni, sorellina?»

I due fratelli parlarono del suo lavoro mentre tutti portavano il cibo sul tavolo di legno nella sala da pranzo e si sedevano.

«Sembra delizioso» disse Wendy, che nel frattempo aveva appreso che Casey insegnava alla Baylor University e che da non molto si era trasferita dalla Florida per andare a vivere con Beatle.

«Mi dispiace che Jackson non sia venuto» disse Aspen.

Cercò di non fare una smorfia. Lei e suo fratello si erano accordati sul fatto che per tutti, tranne che per loro, lui sarebbe stato "Jack". Era una misura puramente precauzionale, ed erano stati davvero bravi a portarla avanti per quasi dieci anni. Ma con Aspen si era sentita talmente a suo agio, che aveva dimenticato la cautela e aveva chiamato suo fratello con il suo vero nome da quando avevano iniziato a frequentarsi, e lui ovviamente usava quello.

«Sì, ma Jenny lo ha invitato a cena a casa sua e non se la sarebbe persa per niente al mondo.»

«Gli piace?» chiese.

Wendy annuì. «Sì, credo di sì. Sembra davvero una ragazza dolce. Non hanno lezioni insieme dato che è al primo anno e Jack al secondo, ma si trovano a pranzo e lui si assicura di aspettare sempre con lei che sua madre o suo padre vadano a prenderla dopo la scuola.»

«Hanno fatto in fretta» osservò Beatle. «Blade ha detto che si sono incontrati, quando, poco più di una settimana fa?»

Si strinse nelle spalle. «Sì, ma è sempre stato così preso dalla scuola e dalle attività, che sono davvero contenta che per una volta mostri interesse per una ragazza. Anche se non ho idea di come farà a incastrare le uscite con tutte le sue altre attività... ma suppongo che se è importante per lui, troverà il tempo.»

Tutti si trovarono d'accordo.

«Allora, Blade dice che lavori nell'ospizio a sud della città. Di cosa ti occupi?» chiese Beatle.

«Non è proprio un ospizio» lo rimproverò Wendy con gentilezza. «Ci sono molti residenti che non hanno bisogno di alcun tipo di assistenza medica. È una comunità di pensionati con una sezione per la riabilitazione e una di assistenza a tempo pieno. Molti di loro non hanno bisogno di aiuto, ma amano vivere lì perché possono stare con persone della loro età. Quindi, quando hanno bisogno di più cure, si trasferiscono negli appartamenti con l'assistenza sanitaria. Man mano che le loro esigenze di salute cambiano, passano a un'assistenza più a tempo pieno. È un posto meraviglioso in cui vivere. Non è come una casa di cura in cui la gente sta lì stesa ad aspettare di morire.»

«Non intendevo essere poco delicato» disse Beatle serio. «È evidente che hai passione per ciò che fai.»

«No, scusa» sussurrò imbarazzata. «Non volevo infervorarmi.»

Beatle rise. «Non l'hai fatto. Mi hai giustamente corretto sulle mie affermazioni errate. Se vuoi vedere qualcuno infervorato, dovresti esserci quando il nostro comandante ci grida che siamo dei fannulloni durante l'allenamento.»

Wendy sorrise in risposta, felice di non aver fatto subito un passo falso. L'ultima cosa che voleva era creare conflitti.

«Cosa fai lì?» chiese Casey.

«Sono un'assistente. Il che significa che sono una tuttofare. Faccio visita ai residenti, li aiuto a cambiare canale sui loro televisori se ne hanno bisogno, porto l'acqua e parlo con i parenti. Tengo la mano quando è necessario e mi siedo vicino alle persone quando si sentono sole durante i pasti, quel genere di cose.»

Un tempo, era imbarazzata del suo lavoro. Non era come essere un'infermiera che aiutava qualcuno a guarire. Era lì solo per assistere con le piccole cose. Era stato uno dei pochi lavori che era riuscita a ottenere senza un'istruzione. Ma ora le piaceva.

«Le vomitano anche addosso, la sgridano e la ignorano» aggiunse Aspen.

«Non sembra molto piacevole» ribatté Casey.

Scrollò le spalle. «Fa tutto parte del lavoro.»

«Quando ti sei trasferita qui?» chiese Beatle.

Wendy cercò di non irrigidirsi, ma non poté farne a meno. Non se la cavava bene con le domande sul suo passato. Da sempre. «Alcuni anni fa» rispose cercando di sorridere.

«Dove vivevi prima?»

«In un posto buio e freddo» disse in modo drammatico. «Il clima del Texas mi si addice molto di più.»

«Ti capisco, sorella» concordò Casey. «Amavo la Florida e ho giurato che non sarei mai andata a vivere in qualche posto con la neve. Per fortuna Beatle vive in Texas, altrimenti non avrei accettato di trasferirmi. C'è un limite a ciò che una ragazza può affrontare.»

«Ehi!» si lamentò lui.

Tutti ridacchiarono.

Wendy sentì la mano di Aspen spostarsi sulle sue gambe. Lo guardò. Non stava sorridendo, la fissava preoccupato.

«Tutto ok?» mormorò.

Lei annuì. Era un po' sconcertata che riuscisse a leggere così bene le sue emozioni. La maggior parte delle donne sarebbero state felicissime che l'uomo che frequentavano riuscisse a capire quando erano turbate, ma non lei. L'ultima cosa che voleva era che le chiedesse perché si sentisse a disagio a parlare del suo passato. Jackson sarebbe stato al sicuro una volta compiuti i diciotto anni, ma per lei non c'era quella possibilità. Era meglio che nessuno scoprisse ciò che era successo dieci anni prima. Ciò che aveva fatto.

«Vorresti diventare infermiera?» le chiese Casey. «Credo che fare l'assistente potrebbe essere un buon primo passo per arrivare a prendere la laurea.»

«Oh, ehm... veramente non ci ho pensato.» Invece lo aveva fatto. Le sarebbe piaciuto essere un'infermiera, ma non era destino. Nel momento in cui avesse provato a fare domanda in qualche college, avrebbe dovuto fornire loro il codice fiscale. Era già stato abbastanza tragico doverlo dare a quelli delle risorse umane per lo stipendio, ma meno riusciva a rendersi rintracciabile, meglio era.

«Se vuoi informazioni sul programma alla Baylor, fammelo sapere. Sarei felice di organizzare un incontro con un consulente accademico per farti parlare delle tue opzioni.»

Wendy si schiarì la gola due volte, cercando di trattenere le lacrime che minacciavano di diventare reali. «Grazie. Lo apprezzo.» Le sarebbe servita un'amica del genere dieci anni prima. Ma a quel tempo, tutti i suoi cosiddetti amici erano scomparsi quando aveva avuto più bisogno di loro.

«A *te* come vanno le cose, Casey?» chiese Aspen, spostando l'attenzione da lei a sua sorella.

Wendy non sapeva se lo avesse fatto di proposito o se avesse semplicemente spostato la conversazione su qualcosa di più interessante, ma quando il suo pollice iniziò ad accarezzarle la parte esterna della coscia, ebbe la sensazione che l'avesse deviata per darle un po' di tregua.

Cercò di calcolare quanto tempo fosse passato dalla fatidica sera in cui era andata a incontrarlo per la prima volta in quel bar, e fu sorpresa di rendersi conto che erano trascorse solo due settimane. Le sembrava di conoscerlo da sempre, anche se supponeva fosse a causa di tutte le telefonate e i messaggi scambiati prima di quell'episodio, e del fatto che si fossero parlati ogni sera al telefono da quando era stato a casa sua una settimana e mezza prima.

Aveva legato con lui come non era mai successo con nessuno in vita sua. Era strano e spaventoso... e giusto.

«Vedi ancora il dottor Martin?» Aspen domandò a Casey.

La sua attenzione tornò alle chiacchiere in corso intorno a lei.

«Sì, ma solo una volta ogni due settimane circa, adesso. Sto migliorando anche per quanto riguarda il buio, non è vero, Beatle?»

Wendy aggrottò la fronte.

Casey vide la sua espressione e le chiese: «Aspen non ti ha detto cosa mi è successo?»

«Non proprio. Cioè, so le cose essenziali, ma non tutto.»

«Sono stata rapita in Costa Rica e gettata in un buco nel terreno per oltre una settimana senza niente da mangiare, e solo un filo d'acqua che usciva da un tubo a tenermi in vita.»

La fissò sbalordita. Lo aveva detto come se stesse raccontando il viaggio fino al supermercato.

«Porca vacca.»

Casey guardò Beatle; lui non sembrava felice, ma era ovvio che stesse cercando di mantenere la calma. Poi si rivolse di nuovo a Wendy. «Si è scoperto che una donna con cui lavoravo all'università in Florida, voleva condurre una ricerca su quanto mantenere un atteggiamento positivo in una situazione traumatica potesse aiutare una persona a rimanere in vita. Ovviamente, quando sono stata salvata da Beatle, mio fratello e la loro squadra, è andata nel panico e non voleva che ricordassi nulla di ciò che avevo visto o sentito durante il mio calvario. Quando sono tornata negli Stati Uniti, mi ha drogata e sono quasi saltata fuori dalla finestra durante un tremendo trip.»

Wendy poté solo continuare a fissarla con orrore.

«Adesso sta bene, tesoro» le disse Aspen all'orecchio. Si era avvicinato e le aveva circondato le spalle con il braccio.

Si rese conto che stava tenendo la forchetta e il coltello a mezz'aria. Posò lentamente le posate e chiese: «Stai bene davvero?»

Casey fece un sorriso enorme e si indicò. «Come puoi vedere, sto bene. Adesso ho un po' paura del buio, ma ci sto lavorando.»

La sua mente era un turbinio di pensieri. «Ma... hanno catturato la persona che ti ha fatto tutto questo?»

«Sì» rispose allegramente. «Era in custodia cautelare, ma è morta.»

«Grazie, cazzo» borbottò Beatle mentre Aspen diceva: «Maledetta stronza.»

Il suo sguardo incontrò quello di Casey e all'improvviso si misero a ridere.

Quando riprese il controllo, Wendy disse: «Se qualcuno facesse qualcosa del genere a mio fratello, lo ucciderei io stessa.»

«Non pensare che non mi sia passato per la mente» ammise Aspen, poi fece una domanda a Beatle che riguardava il loro amico Fish, e si ritrovò coinvolta in una conversazione su quell'uomo e la moglie.

Venti minuti più tardi, dopo aver mangiato fino all'ultimo boccone nel piatto, ed essersi fatta venire il mal di pancia dalle risate ascoltando le storie sulla piccola Annie e il suo carro armato, Wendy si appoggiò indietro sulla sedia mentre i due uomini portavano i piatti sporchi in cucina e li mettevano nel lavello.

«Vuoi che me ne occupi io?» chiese, quando Aspen tornò in sala da pranzo.

Sembrò inorridito. «No. Ci penserò dopo che tutti se ne saranno andati.»

«Non è un problema» insistette.

Lui si chinò e la baciò, il calore delle sue labbra le fece venire voglia di aprirsi sotto di loro, per incoraggiarlo a baciarla come aveva fatto nella cucina di Wendy.

«Ho detto di *no*» rispose mentre incombeva su di lei. «Non ti permetterò di lavare i piatti la prima volta che vieni a casa mia. Non succederà.»

«Magari la seconda?» lo prese in giro.

Era ancora chinato su di lei, con una mano sul tavolo e l'altra sullo schienale della sedia. Essendo mezza girata lo aveva di fronte e si sentiva completamente circondata da lui.

«Forse.»

Lo guardò, e per un attimo dimenticò che non erano soli. Si leccò le labbra mentre fissava quelle di Aspen, desiderando che la baciasse di nuovo. Lui gemette piano e proprio quando Wendy sollevò il mento per fare la prima mossa, Casey disse: «Perché non le fai fare il tour della casa, fratello? Noi dobbiamo andarcene, comunque.»

«Ah, sì? Pensavo che...» iniziò Beatle.

Wendy sentì il suo grugnito come se fosse stato interrotto da una gomitata allo stomaco. Quando si voltò a guardare, si stava massaggiando la pancia, quindi capì di aver ragione.

Imbarazzata, e sapendo di essere arrossita, dato che il commento di Casey non era stato esattamente velato, aprì la bocca per protestare. Per dire che non le sarebbe dispiaciuto se fossero rimasti più a lungo, ma Aspen riuscì a batterla sul tempo.

«È un'ottima idea. È stato bello vedervi ragazzi. Ci vediamo domani, Beatle. E Casey, non sparire.» E con quello, le prese la mano e la fece alzare.

Wendy barcollò andandogli addosso e lui le circondò la vita per tenerla stabile. Sentì la sua erezione contro la pancia, ma non si allontanò. Era un sollievo sapere che anche lei gli faceva quell'effetto.

Con grande fatica, distolse lo sguardo da quello intenso di Aspen per guardare sua sorella e Beatle. «È stato meraviglioso conoscervi.»

«Anche per me» disse Casey. «Non vedo l'ora di incontrare tuo fratello. Sembra fantastico.»

«Lo è» rispose raggiante.

Beatle si fece avanti e, ignorando l'occhiataccia del suo amico, strappò Wendy dalle sue braccia e la strinse. «È stato un piacere conoscerti. Benvenuta in famiglia.»

«Oh, ehm. Grazie» balbettò, mentre gli dava una pacca sulla spalla, un po' impacciata.

Casey rise e tirò via il suo ragazzo. «Andiamo, Romeo, la stai spaventando.»

Nell'istante in cui la lasciò andare, Aspen la rivendicò di nuovo, attirandola contro il suo fianco. «Guidate con prudenza» disse alla coppia, mentre si avviavano verso la porta d'ingresso.

«Lo facciamo sempre» rispose Beatle.

Poi rimasero da soli. Senza dire una parola, la riportò di fronte a lui, poi si chinò.

Desiderosa di sentire le sue labbra, Wendy non protestò e si alzò in punta di piedi per andargli incontro.

Come nella sua cucina, il bacio fu subito intenso e carnale. Non si rese conto di quanto rimasero lì a baciarsi. Sapeva solo che, quando alla fine lui si tirò indietro, stavano entrambi ansimando.

Si leccò le labbra assaporandolo, e si premette a lui con più forza. Questa volta il rigonfiamento nei pantaloni era più lungo e più grosso di prima. Ma non si strusciò contro di lei. Non la prese in braccio per gettarla sul divano dall'aspetto confortevole nell'altra stanza. Le baciò semplicemente il palmo e fece un passo indietro, senza lasciarla andare.

«Vuoi fare il tour?»

Reprimendo la delusione, annuì.

Blade le sistemò una ciocca di capelli dietro l'orecchio. «Non guardarmi così, tesoro.»

«Così come?»

«Come se ti stessi chiedendo perché mi sono fermato. O se ti desidero davvero. Perché è così. Ti desidero moltissimo. Ma voglio qualcosa di più di un'avventura, Wendy. Voglio uccidere tutti quei draghi che vedo nei tuoi occhi. Voglio essere il tipo d'uomo che tuo fratello può essere orgoglioso di presentare ai suoi amici. Voglio che ti fidi di me con tutti i tuoi segreti e che tu creda che non ti tradirò mai.»

Lo guardò scioccata. Fino a quel momento credeva di essere riuscita a deviare le sue domande con successo, dato che non aveva mai insistito quando cambiava argomento se si avvicinavano a un terreno troppo pericoloso. Era ovvio che lo avesse enormemente sottovalutato.

Sorrise malinconico. «Sì, so che hai dei segreti, ma non farò pressioni. Ci stiamo ancora conoscendo, ma devi sapere che *ti* desidero. Che ti voglio sdraiata sul mio letto completamente nuda. Voglio sentirti dimenare sotto di me mentre scopro quanto sei deliziosa. Voglio che perdi il controllo mentre io mi perdo nel tuo corpo. Voglio *tutto* di te, Wendy. Il bello, il brutto e il cattivo. Non solo il tuo corpo. Finché non sarai disposta a darmelo, cercherò di controllarmi e di comportarmi bene.»

Le tornò in mente il sogno che aveva fatto l'altra mattina. Ma le sue parole la spaventavano. Non poteva raccontare a nessuno del suo passato. Di quello di Jackson. Non poteva rischiare.

«Gesù, Wen, non guardarmi così. Andrà tutto bene. Giuro.» Aspen la strinse tra le braccia e rimasero così nel mezzo della sua sala da pranzo per quasi un minuto, senza dire una parola, solo a godersi il momento.

Alla fine, si tirò indietro. «Dai. Lascia che ti mostri un

bagno così incredibile che piangerai di gioia... o almeno così dice Casey.»

Wendy gli rivolse un debole sorriso e lasciò che la trascinasse attraverso il suo appartamento.

Era un posto fantastico. Quattro camere da letto, un'ulteriore stanza in cui attualmente c'erano attrezzature da allenamento, tre bagni, più uno di servizio al primo piano, vicino alla cucina.

La camera da letto matrimoniale era al terzo piano e occupava l'intero spazio. Aveva il pavimento di parquet, ma era ricoperto da un enorme tappeto grigio che alleggeriva la stanza. Non c'era molto colore, come l'aveva avvertita Casey, ma le piaceva così com'era. Il letto king-size attirò la sua attenzione e Wendy avrebbe voluto rannicchiarsi al centro e dormire per giorni. Era disfatto, e vedere le lenzuola e la trapunta in disordine le fece venire voglia di trascinarci sopra Aspen e metterlo ancora più sottosopra. Riusciva a immaginarlo sdraiato lì a dormire, magari solo con un paio di boxer addosso o, meglio ancora, nudo.

Sentì i capezzoli inturgidirsi sotto la maglietta a quel pensiero erotico, e si guardò in fretta intorno alla stanza cercando di portare la sua attenzione su qualcosa di più sicuro dell'immagine del suo corpo nudo.

C'era un'enorme poltrona in pelle in un angolo vicino alla finestra, che sembrava comoda quanto il letto. Riusciva a immaginarsi seduta lì a leggere un libro mentre guardava Aspen dormire.

Scrollandosi quei pensieri dalla testa, lo seguì nel bagno adiacente.

Ansimò rimanendo a bocca aperta mentre osservava l'ambiente con occhi che sapeva essere grandi come piattini. Casey aveva ragione: quel bagno era straordinario.

«Casey mi ha aiutato a progettarlo. E con "aiutato", intendo dire che mi ha detto cosa dovevo fare.»

«Porca vacca, Aspen. È...» Non aveva parole.

Grande. Molto *grande*. C'era un box doccia sulla destra. Quando sbirciò dentro, vide che aveva due soffioni a pioggia incassati sul soffitto, uno di fronte all'altro, e altri due che uscivano dalle pareti laterali. Avrebbero potuto farsi benissimo la doccia tre persone senza toccarsi, forse anche quattro o cinque. Le piastrelle erano in varie sfumature grigio chiaro, e creavano uno spazio intimo e rilassante.

Anche la Jacuzzi era abbastanza grande da poter ospitare più persone. Era rotonda, con una finestra laterale che si affacciava su un piccolo pezzo di terreno alberato. Wendy sapeva senza dubbio che sarebbe stato meraviglioso guardare le stelle da quella vasca.

C'erano due lavandini incassati nel lungo ripiano di granito, e una porta che immaginò portasse a un gabinetto.

«Vieni a vedere questo» la incalzò Aspen, afferrandole la mano e trascinandola fuori dall'incredibile bagno e nella camera da letto. La condusse verso un'altra porta. Indicandola, si inchinò e disse: «Dopo di te, mia signora.»

Gli sorrise, girò la maniglia e la aprì. Ansimò di nuovo, sbalordita.

Entrò in un armadio... no, era una parola troppo banale per descrivere dove si trovasse. Era una stanza. Grande quanto la sua camera da letto nel suo brutto appartamento dall'altra parte della città. Aspen l'aveva chiaramente fatto progettare da un professionista perché c'erano scarpiere, scaffali per magliette e pantaloni e anche una zona dove appendere i vestiti. La roba di Aspen occupava solo un terzo dello spazio. C'erano diverse paia di scarpe sparse sul pavimento, non sistemate negli spazi appositi, ma ciò non sminuiva la magnificenza della stanza.

Wendy si voltò verso di lui. «Porca vacca» sussurrò.

«Un po' eccessivo, vero?»

Scosse subito la testa. «No, assolutamente no. È bellissimo. E meraviglioso. E sconvolgente. Vuoi sposarmi così che possa vivere in questo armadio, uscendo solo per passare del tempo nell'altrettanto fantastico bagno?»

Aspen rise così forte che cominciò a grugnire, di nuovo. Quando si riprese, disse: «Quindi presumo che ti piaccia.»

«No, Aspen. Lo adoro. Non avrai mai problemi a vendere questa casa. Tutto ciò che devi fare è mostrare a una donna questo posto e ti lancerà i soldi addosso.»

«Sono contento che ti piaccia, tesoro» disse con dolcezza.

E all'improvviso, l'atmosfera nella stanza passò da scherzosa a intensa.

La fissò negli occhi con uno sguardo penetrante, e Wendy fu certa che potesse vedere dentro il suo cuore. Che sapesse quanto avrebbe voluto confidarsi con lui.

«Andiamo» mormorò. «Vuoi guardare un po' la TV prima che debba portarti a casa?»

«Sì, mi piacerebbe» rispose, stringendogli la mano.

Scesero le due rampe di scale fino al soggiorno con la grande TV e il divano dall'aspetto confortevole. «Perché hai una casa così enorme se ci vivi solo tu?» gli chiese sedendosi mentre lui cercava tra i DVD.

Senza voltarsi, rispose: «Perché ho sempre desiderato una grande famiglia. Perché ho adorato questo posto non appena l'ho visto. Perché offre ai miei amici un posto dove dormire se lo vogliono.» Scrollò le spalle. «Mi piaceva tutto di questa casa.»

Mettendo un DVD nel lettore, prese il telecomando e si avvicinò al divano e, come se fosse la cosa più naturale del mondo, si sedette proprio accanto a lei e la attirò al suo fianco.

Wendy si sistemò meglio contro di lui e guardò lo schermo. Quando iniziò il film, rise. «*Deadpool?*»

«È una storia d'amore» dichiarò, anche se sapeva che l'attore sparava in faccia a qualcuno.

«Davvero?» chiese scettica.

«Sì. Ora taci e guarda.»

Sorrise e fece come ordinato. E quando arrivarono i titoli di coda, dovette ammettere che Aspen aveva ragione. *Era* una storia d'amore. Un film sanguinoso, cruento, violento e volgare, ma alla fine, i protagonisti ebbero il loro lieto fine, quindi pensò che, dopotutto, fosse una storia d'amore.

CAPITOLO NOVE

DUE SETTIMANE DOPO, Wendy era al piccolo tavolo nel suo appartamento quando sentì la porta aprirsi. Alzò lo sguardo, aprendo la bocca per chiedere a Jackson come fosse andata la sua giornata, ma invece ne uscì un verso inorridito.

Aveva la maglietta strappata e iniziavano a vedersi i segni di un occhio nero.

Balzando in piedi, ignorando la sedia che cadde sul pavimento, si precipitò da lui. «Oh mio Dio, cos'è successo?»

«Quei maledetti stronzi, ecco cos'è successo» rispose in tono scontroso, lasciando cadere lo zaino sul pavimento appena dentro la porta.

«Pensavo che non li vedessi da un po'» disse, girando intorno al fratello mentre entrava in cucina. Non sapeva dove toccarlo per assicurarsi che stesse bene.

«Infatti. Ma ovviamente non si sono stancati di fare i bulli» borbottò, aprendo il frigorifero per prendere una bottiglia d'acqua. Se la portò alla bocca e bevve.

Wendy cercò di non mostrarsi impaziente, ma era dura. «Parlami» gli ordinò. «Dobbiamo riferire anche questo caso al preside. Questa storia è durata anche troppo.»

Sospirando mentre richiudeva la bottiglia, Jackson si avvicinò al tavolo e raccolse la sedia dal pavimento, poi vi si lasciò cadere sopra. Puntò un gomito sul tavolo, si appoggiò contro la mano e iniziò a raccontare.

«Il preside non può fare niente, non è accaduto nella proprietà della scuola.»

«Smettila di tirarla per le lunghe e dimmi cos'è successo» insistette con severità.

Lui sorrise. «Vedo la tua espressione da "sorella severa" ma non credo che funzioni più come quando avevo dieci anni.»

«Jackson» lo avvertì.

Alzò le mani in segno di resa. «Ok, ok. Erano dall'altra parte della strada quando Jenny e le sue amiche sono uscite dalle prove di teatro. Hanno cominciato a fischiare e a suonare il clacson e io ho urlato loro di smetterla, che erano degli stronzetti immaturi che stavano cercando di compensare le dimensioni minuscole del loro pene molestando ragazzine più piccole di loro.»

Wendy rimase a bocca aperta. «Dimmi che non l'hai fatto.»

Suo fratello sospirò. «Invece sì. So che dici sempre di ignorare i bulli, che vogliono ottenere una reazione per valorizzarsi e sentirsi potenti ma, Wen, avresti dovuto vedere Jenny. Era troppo spaventata, anche se erano dall'altra parte della strada, e mi ha fatto incazzare da morire.»

«Lo so» lo tranquillizzò. «Come sono arrivati a te?»

«Io e Rob ci siamo assicurati che Jenny e le sue amiche avessero qualcuno che le accompagnasse a casa, e poi siamo andati dov'erano parcheggiati i bulli. Ci hanno insultato e noi abbiamo fatto altrettanto. Hanno detto che se eravamo davvero dei duri, avremmo dovuto incontrarci ai campi sportivi nel parco comunale.»

«Non ci sarai andato!» esclamò lei.

«Ovviamente no. Saremmo stati cinque contro due. Ci avrebbero massacrati di botte» disse Jackson.

Wendy tirò un sospiro di sollievo.

«Li abbiamo avvertiti di stare lontani dalla scuola, che avevamo i loro numeri di targa e avremmo scoperto dove vivevano. Sembra che quello abbia spaventato due di loro perché si sono fatti subito da parte. Ho sentito un tizio dire che se suo padre avesse scoperto che non stava frequentando il college di Temple, come avrebbe dovuto, gli avrebbe fatto il culo e buttato fuori di casa alla base.»

«Suo padre è nell'esercito?» si informò.

Scrollò le spalle. «Credo di sì. Comunque, il capo, Lars, ha detto loro di chiudere la bocca e mi ha lanciato un'occhiataccia. Giuro su Dio, che non ho visto un grammo di rimorso o umanità nei suoi occhi. Probabilmente gli altri ragazzi avrebbero smesso di molestarci da un po' se non fosse che è Lars al comando. Non ha detto nulla, mi ha semplicemente fissato a lungo. È stato davvero inquietante. Poi ha schioccato le dita, e tutti i suoi piccoli compari sono tornati nelle loro auto e se ne sono andati.»

«Aspetta, pensavo che fosse Chuck il leader?»

Jackson alzò gli occhi al cielo. «No. È un coglione, ed è stato lui a toccare Jenny la prima volta, ma Lars è sicuramente quello che comanda tutti quegli stronzi.»

«Allora, come ha fatto a picchiarti?» chiese Wendy con impazienza.

«Io e Rob ce ne siamo andati e stavamo venendo qui. Lars deve aver aspettato perché non appena siamo usciti dalla proprietà della scuola, ci è rimasto attaccato al culo. Ha persino dato un colpetto all'auto di Rob a un semaforo, cosa che lo ha mandato fuori di testa perché era quella di suo padre. Abbiamo accostato al Walmart per lasciarlo passare, ma ci ha seguiti.»

«Siamo scesi tutti dalla macchina, io e Rob, e Lars e il suo amico Tyrell. Ero incazzato ma sapevo comunque che sarebbe stato meglio non fare la prima mossa. Poi Lars ha ricominciato a parlare di Jenny. Dicendomi che pensava che sarebbe stata una bella scopata e non vedeva l'ora di infilarsi tra le sue gambe... che lei lo volesse o no.

Non ci ho più visto e sono andato dritto da lui. L'ho avvertito che se mai l'avesse sfiorata, mi sarei assicurato che non toccasse mai più un'altra ragazza senza il suo permesso. È stato allora che mi ha colpito. Lo giuro, Wen, non l'ho nemmeno visto arrivare. Mi ha fatto cadere per terra, ma mi sono subito rialzato e lanciato verso di lui. Gli ho dato due pugni in faccia prima che Tyrell mi afferrasse per la maglietta tirandomi via. È così che si è strappata.

La cosa strana è che Lars non ha nemmeno reagito. È rimasto lì a guardarmi con un sorrisetto in faccia. Dopodiché lui e Tyrell se ne sono andati, ma non mi è piaciuto lo sguardo nei suoi occhi. C'è davvero qualcosa non va in lui, sorella.»

«Dannazione, Jackson. Non mi piace» disse Wendy.

Lui ridacchiò, ma senza allegria. «Neanche a me.»

«Cosa dirai a Jenny?»

«Che non deve mai andare da nessuna parte da sola. Sul serio. Potrebbe provare ad avvicinarla al centro commerciale o qualcosa del genere. Che schifo! Nessuno dovrebbe sentirsi minacciato in quel modo. Io posso cavarmela da solo, ma Lars è forte. È un idiota, ma posso dire con certezza che sta anche aspettando il momento giusto. Non è andato fuori di testa quando l'ho colpito di nuovo, è rimasto lì a incassarlo. Ho la sensazione che stia pianificando qualcosa... e ciò mi terrorizza.»

Jackson si accasciò sulla sedia e la guardò con un'espressione così spaventata, che le fece ricordare quando aveva sette anni. «Non so cosa farei se succedesse qualcosa a Jenny. So che l'ha presa di mira a causa mia.»

Wendy si accovacciò davanti a suo fratello e gli mise una

mano sul ginocchio. «Non è colpa tua. Se non fosse lei, sarebbe qualcun altro. È brutto che sia la ragazza che ti piace, ma ti conosco. Farai tutto ciò che è in tuo potere per assicurarti che sia al sicuro.»

«Pensi che Aspen mi insegnerebbe qualche mossa di autodifesa? Voglio dire, so come tirare un pugno, ma se Tyrell decidesse di partecipare o altro, ho bisogno di sapere come combattere due persone contemporaneamente.»

Lei inspirò e pensò a una risposta; si ricordò di una conversazione avuta con Aspen qualche tempo prima, quando le aveva detto che faceva parte di un team specializzato e che non veniva trasferito da una base all'altra. Ricordò anche che lui e i suoi amici erano stati inviati in missione per salvare Casey in Costa Rica. Riusciva a pensare solo a una ragione che avesse senso... Aspen e i suoi amici erano nelle forze speciali.

Se così fosse, sarebbe stato sicuramente in grado di insegnare a Jackson come difendersi. Non le piaceva per niente. Non il fatto che volesse difendersi, ma che dovesse farlo. Non le piaceva che non potesse avere una normale relazione per la prima volta, e di sicuro non le piaceva che Aspen probabilmente si trovasse in un pericolo maggiore di quanto pensasse, ogni volta che lui e i suoi amici venivano mandati in missione.

«Penso che sia un'ottima idea» disse a suo fratello dopo un po'. «Ma... non puoi semplicemente sfidare quel ragazzo. Devi fare il possibile per non infrangere la legge. L'ultima cosa che vogliamo è che un poliziotto faccia una ricerca su di te e scopra il nostro passato.»

«Lo so. E non voglio fare rissa con Lars o i suoi compari. Voglio solo che se ne vadano. Ma forse, se gli mostrassi che non sono un avversario facile, troverà qualcun altro da prendere di mira.»

Wendy non poteva negare che la maggior parte dei bulli scegliesse vittime vulnerabili, che a loro non piacesse prendersela con chi si faceva valere. «Forse potresti dare ad Aspen le targhe dei veicoli. Se i loro genitori sono nell'esercito, magari si può fare qualcosa in tal senso. So che non ti piace fare la spia, ma potrebbe essere la cosa migliore in questo caso.»

Jackson non sembrava felice di quella prospettiva. Era accigliato mentre giocherellava con un filo sui jeans. «In una situazione normale ti direi assolutamente di no. Non sono il tipo che fa la spia, e mettere in mezzo i loro genitori mi sembra una cosa da bambini.» Poi guardò la sorella. «Ma adesso che hanno preso di mira Jenny, non posso, e non voglio, permettere che le accada qualcosa. Quindi sì, gli darò le targhe.»

«Lo chiamerò più tardi e ti farò parlare con lui.»

Scrollò le spalle. «Ho il suo numero. Lo chiamerò io.»

«Ah sì? Da quando?»

Jackson fece un sorrisetto. «Da quando me l'ha dato.»

Wendy aggrottò la fronte, confusa. «Oh.»

«Non fare quella faccia. Me l'ha dato l'ultima volta che abbiamo parlato. Gli stavo raccontando di Lars e del fatto che continuasse a stare nei paraggi. Ha detto che se fosse successo qualcosa, o se avessi avuto bisogno di un passaggio per andare da qualche parte, e non avessi potuto mettermi in contatto con te, voleva che avessi qualcun altro da chiamare. È tutto ok.»

Non sapeva cosa pensare. Era felice che suo fratello andasse d'accordo con Aspen, ma si sentiva in un certo senso usurpata.

«Non arrabbiarti con lui» disse suo fratello, comprendendo i suoi pensieri.

«Non sono arrabbiata» negò subito. «È solo che non so come mai non me l'abbia detto.»

«Perché non è niente di che» ribatté. «Davvero, le ragazze rendono tutto molto più complicato di quello che è. Mi ha dato il suo numero come supporto, non perché vuole essere mio padre o perché inizieremo a essere migliori amici e ci manderemo messaggi giorno e notte o qualcosa del genere. Accidenti.»

Le labbra di Wendy si curvarono verso l'alto. Sì, poteva dire con certezza che suo fratello fosse speciale. Si alzò con un'espressione esasperata. «Come vuoi. E ora che tu e Aspen vi siete scambiati i numeri... può venire all'esibizione di Jenny la prossima settimana?»

«Ovvio.»

«Vuoi invitarlo tu o devo farlo io?»

Jackson si alzò e si avvicinò alla sorella. La afferrò e la bloccò con una presa al collo prima che potesse divincolarsi.

«Ehi!» si lamentò. «Lasciami andare.»

Le strofinò la testa con le nocche. Wendy fece tutto ciò che le venne in mente per liberarsi o per farlo smettere, ma non poteva competere con lui.

«Di' "Jackson è il Tucker più forte e intelligente che vive in questo appartamento" e ti lascerò andare.»

«No!» ribatté lei ridacchiando.

«Dillo» la minacciò, premendo più forte le nocche sulla sua testa.

Wendy stava ridendo così forte da non riuscire quasi a parlare. «Va bene! Jackson è il Tucker più intelligente e forte che vive in questo appartamento, ma se non smette di scompigliarmi i capelli, sarà anche il più affamato!»

La lasciò andare così in fretta che la fece quasi cadere a terra. Nell'istante in cui tolse il braccio intorno a lei, Wendy si voltò e si lanciò per fargli il solletico sui fianchi. Suo fratello lo soffriva molto, e restava sempre inerme quando riusciva a raggiungerlo.

Jackson rise e cercò di respingerla, ma lei si abbassò e ci riprovò.

Alla fine, quando furono entrambi esausti dal ridere, crollarono sul divano.

Gli lanciò un'occhiata e trasalì alla vista del suo occhio che diventava sempre più nero. Non era contenta della situazione con Lars, ma era orgogliosa del fatto che avesse dimostrato di essere il migliore. «Ti voglio bene, Jackson.»

«Ti voglio bene anch'io, sorella. Devi lavorare a quello stupido telemarketing stasera, giusto?»

«Purtroppo, sì.»

«Perché non smetti?»

«Perché ti piace mangiare.»

«Dico sul serio.»

«Anch'io» ribatté lei. «Non è un grosso problema. Non è difficile e ci procura duecento dollari in più ogni mese.»

«Ma sono tutti così cattivi con te» protestò.

«Posso affrontarlo. Ho imparato a non prenderla sul personale.»

«Forse quando andrò al college potrai smettere. Farò domanda per ogni borsa di studio esistente sulla faccia della terra, così non dovrai pagare niente. Allora... cosa c'è per cena?»

Wendy ridacchiò e fu contenta che avesse cambiato argomento. Non voleva pensare alla sua partenza. «Hamburger. Ti va bene?»

«Solo se me ne fai tre. Muoio di fame.»

«L'avevo già in programma.»

«Ho tempo di chiamare Jenny prima che sia pronto?»

«Sì. Le racconterai cos'è successo oggi?»

«Sì. Deve sapere di dover stare molto attenta. Che Lars non scherza e che ce l'ha con lei.»

«Non spaventarla» l'avvertì.

Jackson alzò gli occhi al cielo. «Dammi un po' di credito, sorella.»

Wendy alzò le mani. «Scusa! Hai tutto sotto controllo.»

«Esatto. Dopo cena chiamerò Aspen e gli chiederò delle lezioni di autodifesa e gli darò i numeri di targa.»

«Digli che lavoro stasera. E che se va bene, lo chiamo quando torno a casa.»

«Quindi, ora sono il tuo messaggero?» le chiese con un sorriso, e poi si alzò dal divano e si diresse lungo il corridoio verso la sua stanza.

«Esatto» gli gridò dietro.

Chiuse gli occhi per un momento. Avrebbe voluto sapere quale consiglio dare a Jackson per aiutarlo ad affrontare quella storia di bullismo. Ma non aveva idea di cosa dire che lui non avesse già pensato. La situazione era decisamente orribile, e non poteva fare a meno di credere che suo fratello avesse ragione... che quel Lars stesse pianificando qualcosa.

Tuttavia, le piaceva che si stesse assumendo la responsabilità della sicurezza di Jenny. Aveva dimostrato di essere diventato il tipo d'uomo di cui i loro genitori sarebbero stati orgogliosi. Wendy non era sicura che fosse per merito di qualcosa che aveva fatto lei mentre lo cresceva, ma era più grata di quanto potesse esprimere che non fosse un delinquente come Lars e i suoi amici.

Non per la prima volta, rimpianse l'adolescente che era stata. A quei tempi, si era comportata come se il mondo le dovesse qualcosa e avesse avuto il diritto di ottenere tutto ciò che voleva... vestiti, apparecchi elettronici, ragazzi, alcol... qualsiasi cosa. «Perdonatemi, mamma e papà» sussurrò, prima di fare un profondo respiro e alzarsi.

Doveva preparare la cena. Poi sarebbe dovuta andare a quello schifo di lavoro che odiava tanto quanto lo odiava Jackson... anche se a lui non lo avrebbe mai detto.

Quando suo fratello fosse partito per il college, per lei sarebbe stata dura, ma avrebbe affrontato il problema al momento opportuno. Intanto, doveva dargli da mangiare, e poi aiutarlo a superare quella rogna del bullismo. Le piaceva guardarlo insieme a Jenny ed era entusiasta di andare a vederla recitare nella rappresentazione del liceo de *La Sire-*

netta. Avrebbe interpretato Ursula e Jackson aveva detto che il suo costume era "pazzesco".

Sorridendo, Wendy andò in cucina, per lo più felice della sua vita. Jackson stava prosperando, lei aveva un fidanzato da sballo e avevano cibo negli armadietti.

Era più di quanto avrebbe mai immaginato dieci anni prima, quando aveva rapito il suo fratellino dalla casa della famiglia a cui era stato dato in affidamento, e aveva fatto l'autostop insieme a lui per tutto il Paese.

CAPITOLO DIECI

PIÙ TARDI, quella sera, Wendy si rannicchiò nel suo letto. Era esausta, ma non così tanto da non aver voglia di parlare con Aspen. Gli aveva mandato un messaggio, chiedendo se fosse un momento opportuno per chiamare e lui le aveva risposto subito in modo positivo.

Così, dopo aver chiuso a chiave l'appartamento e controllato Jackson che dormiva profondamente, si mise il pigiama e si infilò sotto le coperte. Sprimacciò i cuscini dietro la testa e compose il suo numero.

Rispose prima del secondo squillo. «Ciao, tesoro.»

«Ciao, Aspen. Come stai?»

«Sto bene. Meglio ora che parlo con te.»

«Adulatore.»

«Con te? Sempre. Come sono andate le chiamate stasera? Cosa vendevi questa volta?»

«Lamette da barba.»

«Sul serio?»

«Sì. In realtà era un servizio in abbonamento, per ricevere una nuova confezione ogni tre settimane. Dovevo dire tutta una tiritera di quanto sia più economico e che sono più affilate di quelle che si trovano nei negozi.»

«Ne hai venduti?»

«Uno. A un ragazzo che sembrava un po' troppo eccitato di ricevere lamette molto affilate per posta.» Sospirò. «Probabilmente sarò quella che dovrà dire al telegiornale: "Sì, gli ho venduto le lamette, ma non avevo idea che le avrebbe usate per fare a pezzi le sue vittime dopo averle rapite... sembrava così gentile".»

Aspen ridacchiò. «Ti sento stanca.»

«Lo sono.»

«Odio che ti stia consumando di lavoro, tesoro.»

«Parli come Jackson. Vuole che mi licenzi.»

«Sapevo che mi piaceva tuo fratello» scherzò. «Ma so che ti servono i soldi di quel lavoro. Non mi piace che tu sia stanca, ma capisco che tu lo debba fare per assicurarti di avere ciò che vi serve per vivere.»

Wendy chiuse gli occhi e fece un profondo respiro. Significava molto che non insistesse per farla smettere, o che non cercasse di spingerla a fare qualcosa che semplicemente non poteva fare. «Grazie. Immagino che ci siano tante altre persone che fanno lavori molto peggiori per mettere il cibo in tavola. Io devo solo star seduta in una stanza a parlare al telefono, per alcune ore, un paio di volte alla settimana. Non devo togliermi i vestiti, lavorare fuori al caldo o fare qualcosa di pericoloso, come i turni di notte in una stazione di servizio.»

«È un bel modo di vederla. Anche se, devo dire... se ti togliessi i vestiti per lavoro, saresti sempre in prima fila.»

Si sentì arrossire. «Grazie... credo?»

Lui ridacchiò di nuovo. «Anche se probabilmente picchierei a morte chiunque osasse guardarti, quindi in realtà non credo ci guadagneresti a fare la spogliarellista.»

Adesso fu il suo turno di ridere. «Sei pazzo.»

«Naa, sono solo preoccupato per te. Stai bene dopo quello che è successo a Jackson?»

Quella domanda improvvisa la disorientò per un momento. «Intendi il fatto di essersi fatto coinvolgere in una rissa?»

«Sì, quello.»

«No. Ma non posso farci molto. È quasi un adulto e devo iniziare a trattarlo come tale.»

«Gli mancano ancora un paio d'anni prima di diventare adulto, Wen.»

Chiuse la mano libera a pugno e si rimproverò mentalmente. Più parlava e trascorreva tempo con lui e più abbassava la guardia. Non che pensasse che sarebbe corso dritto dalla polizia o dai servizi sociali se avesse saputo la verità; era solo difficile parlare del segreto che aveva tenuto nascosto bene per così tanto tempo. «In senso metaforico» replicò, sperando di avere un tono disinvolto.

«Mi ha chiesto se potevo insegnargli qualche mossa di autodifesa.»

«Lo so, mi ha detto che lo avrebbe fatto.»

«E?»

«E cosa?»

«Sei d'accordo? Gli ho detto che non avrei fatto niente senza la tua approvazione. L'ultima cosa che voglio è fare qualcosa che ti allontani e ti faccia incazzare con me.»

«Come dargli il tuo numero senza dirmelo?»

Ci fu silenzio dall'altra parte del telefono e Wendy scosse la testa esasperata.

«Scusa, fai finta che non abbia parlato.»

«Jackson ha detto che la cosa ti ha turbata.»

«No, davvero, non è così. È una buona idea e sono contenta che tu ci abbia pensato. Il pensiero che Lars o i suoi amici possano mettergli le mani addosso e che non sia in grado di contattarmi, se avesse bisogno di me, è orribile. Sono felice che tu l'abbia fatto.»

«Non volevo oltrepassare i limiti. So che ci conosciamo da poco e non voglio fare nulla senza il tuo permesso. Non ci ho pensato. Non succederà più.»

«Aspen, non è un problema» disse con foga. «È solo difficile per me passare dall'essere la persona a cui Jackson si rivolge per tutto a essere solo sua sorella.»

«Non sarai mai "solo" sua sorella, Wen. Ti ama, è evidente. Non è che diventeremo migliori amici e ci manderemo messaggi e cose del genere per tutto il tempo.»

«È esattamente ciò che ha detto lui» gli confessò.

«Bene. Quindi, sei d'accordo se gli insegno alcune mosse di difesa personale?»

«Sì. Penso che a questo punto sia la cosa più intelligente da fare. Non mi piace quel Lars.»

«Neanche a me» concordò Aspen. «Ho i numeri di targa e domani li darò al mio comandante. Non sono sicuro che si possa fare qualcosa perché, come ha detto Jackson, non hanno esattamente infranto la legge... per ora.»

«Ma Lars lo ha picchiato.»

«Sì, ma è la parola di Jackson contro la sua. Ho detto a tuo fratello che se Lars fosse risultato essere il figlio di qualcuno che presta servizio qui, sarei stato felice di parlare con suo padre, ma ovviamente ha posto il veto a quell'idea.»

«Non sono sorpresa. Volevo parlare con il preside ma non me lo ha permesso.»

«Mi ha anche invitato alla recita di Jenny della prossima settimana.»

Wendy si sentì rimescolare la pancia. Le sarebbe piaciuto che andasse con lei; odiava sedersi da sola a quegli eventi, ma le sembrava anche un grande passo. Soprattutto perché si erano solo scambiati dei baci. Andare a vedere la ragazza del fratello della tua ragazza, cantare e ballare in una recita scolastica, non era qualcosa che avrebbero fatto due persone che si frequentavano da poco più di un mese, giusto?

«Wendy?» la chiamò. «Sei ancora lì?»

«Scusa, sì, ci sono. Cosa gli hai detto?»

Aspen fece una pausa come se stesse considerando la sua risposta. Poi ammise: «Gli ho detto che ero entusiasta di essere stato invitato, ma se non mi vuoi lì...» Lasciò la frase in sospeso.

«No» disse subito. «Non è quello. È solo... sei sicuro di volerci andare? Ci saranno canti, balli e cose simili. Non esattamente il tuo genere di cose.»

«Tu ci sarai?» le chiese.

«Ovvio.»

«Allora è anche il mio genere di cose» concluse.

Si sentì sciogliere dentro a quella risposta.

«Mi piace tuo fratello. Penso che sia un bravo ragazzo, e il fatto che si senta abbastanza a suo agio da invitarmi a una cosa del genere, significa tanto per me. Te l'ho già detto e te lo dirò di nuovo, questa non è un'avventura per me. Voglio sapere tutto sulla tua vita. Voglio conoscere meglio Jackson. Voglio essere il tipo di persona da poter prendere come esempio e da cui poter andare, quando vuole o ha bisogno di chiedere qualcosa a un altro uomo. So che la nostra relazione si sta muovendo in fretta e mi sta bene. Ma ho bisogno di sapere se sta bene a *te*. In caso contrario, ci andrò più piano. Non verrò alla recita e mi farò da parte.»

«No!» esclamò. «Mi piace averti nella mia... nostra... vita. Mi sento come se ti conoscessi da sempre. Semmai, mi sembra quasi che ci stiamo muovendo troppo lentamente.»

«Quando posso rivederti?» chiese Aspen di punto in bianco.

«Ehm... domani io e Jackson andremo a comprare alcune parti di cui ha bisogno per i suoi progetti di robotica.»

«Venerdì?»

«Lavoro al call center. Che ne dici di sabato?»

Lui sospirò. «Non posso. Ho l'addestramento alla base per tutto il giorno e fino a tarda sera. Domenica?»

«Che cosa stiamo facendo?» gli chiese in tono sconsolato. «Nessuno di noi in realtà ha tempo per riuscire a frequentarci. Io lavoro o faccio sempre qualcosa con mio fratello.»

«Lo faremo funzionare» insistette Aspen. «La recita di Jenny è il prossimo martedì sera, giusto?»

«Sì.»

«Allora ci vedremo di sicuro. E il prossimo fine settimana?»

«Oh, ehm... be', è il mio compleanno e io e Jackson usciamo a festeggiare.»

«È il tuo compleanno? Me lo avresti detto?»

Odiava che sembrasse irritato. «Probabilmente no. Non ha niente a che fare con te. E poi non mi piace proprio festeggiarlo.» Non ci aveva mai dato tanto peso, anzi, odiava pensare alla sua età.

«Capisco.»

Non dava l'impressione che fosse così.

«Sei arrabbiato con me?» gli chiese.

Lui sospirò. «No, sono frustrato. Ti ho detto cose su di me, sulla mia vita, che non molte persone sanno. Vorrei portare la nostra relazione al livello successivo, ma mi sento come se tu stessi costantemente alzando un muro tra noi, e lo odio.»

«Aspen» protestò, incerta su cosa rispondere alla sua dichiarazione. Per molti versi aveva ragione, ma non poteva dirgli tutta la verità su di lei; la sua età; quella di Jackson; il suo vissuto. Non che non volesse. Era solo che aveva tenuto segreti i veri dettagli della sua vita per così tanto tempo, che ora non si sentiva a suo agio a condividerli. Nemmeno con lui.

«Per ora, posso sopportare che tu abbia dei segreti. Ma alla fine, voglio sapere tutto. Vedo che ti stai trattenendo, che non mi dici le cose, e tutto ciò che vorrei è che ti sentissi abbastanza al sicuro con me da poterti aprire. Non ti farò del male, Wen. Non farei mai niente per ferirti.»

«Anche se avessi fatto qualcosa di veramente orribile?» gli chiese.

Ci fu un lungo momento di silenzio e Wendy ebbe voglia di prendersi a calci per aver parlato.

«Non crederò mai che tu possa fare qualcosa di veramente brutto» disse infine Aspen. «La donna che conosco è troppo buona.»

Il suo cuore sprofondò a quelle parole. Non era sicura che avrebbe capito se glielo avesse detto. Avrebbe potuto addirittura pensare di doverla denunciare.

Lo sentì sospirare. «Non dobbiamo discuterne ora. Dove sei?» le chiese.

Era sicura che avesse cambiato argomento di proposito e gliene fu grata. Odiava deluderlo. «Ehm... a letto?»

«Cosa indossi?»

Sorrise e sospirò di sollievo, perché non sembrava più irritato o deluso. «Perché? E *tu* dove sei e cosa indossi?»

«Sono a letto, nudo. Stavo pensando a te prima che mi chiamassi e mi interrompessi.»

Wendy deglutì a fatica. Stava dicendo quello che pensava?

«Mi stavo masturbando quando hai chiamato» confermò, come se potesse leggerle nel pensiero.

«Aspen» sussurrò.

«Ti ho messa in imbarazzo?» le chiese in tono divertito.

«Sì, direi di sì.»

«Non esserlo. Allora, cosa indossi?»

«Ehm... una canotta e un paio di pantaloncini.»

«Toglili» le ordinò.

Rabbrividendo a quel comando, protestò: «Ma Jackson è a casa. Se avesse bisogno di qualcosa, non voglio che mi trovi nuda se dovesse entrare.»

«Allora togli i pantaloncini e tieni su la canotta.»

Alzò gli occhi al cielo per i suoi modi autoritari, ma fece come le aveva ordinato, spingendo giù impacciata i pantaloncini con una mano. «Non posso credere che lo stia facendo»

«Lo *stiamo* facendo» la corresse. «E hai detto che pensavi che ci stessimo muovendo troppo lentamente. Sto solo spingendo la nostra relazione al livello successivo un po' più in fretta di quanto avessi pianificato. Tutto qui.»

Le piaceva. «Va bene. E adesso cosa?»

«Sdraiati e chiudi gli occhi. Ti dirò esattamente a cosa stavo pensando prima che chiamassi. Sentiti libera di toccarti come preferisci.»

Fece una risatina. «Be' grazie tante, Signore e Padrone.»

Ridacchiando, disse: «Mi è uscito un po' troppo arrogante. Scusa. Volevo solo dire che voglio che tu ti senta bene come me, mentre ti dico ciò che ho fantasticato di farti. Se questa cosa ti mette davvero a disagio, possiamo fermarci. Non mi offenderò.»

«No... anch'io ho avuto delle fantasie» ammise Wendy.

«Oh, tesoro. Non vedo l'ora di ascoltarle tutte. Sei comoda e hai gli occhi chiusi?»

«Sì, e sì.»

«Ero sdraiato qui a pensare a come saresti stata nella mia vasca, coperta di bolle fino al mento. Ho fantasticato di entrare e vederti lì e chiederti se potevo unirmi a te. Mi hai teso la mano. Mi sono tolto i vestiti e sono entrato in acqua. Era calda. Non appena mi sono sistemato, ti sei spostata per metterti a cavalcioni su di me. I tuoi bei seni erano davanti al mio viso. Ne hai sorretto uno offrendomelo e io l'ho succhiato forte. Hai buttato indietro la testa gemendo, appoggiandola sulle mie ginocchia piegate. Ho preso entrambi i seni in mano e mi sono alternato a succhiarli. Hai iniziato a strusciarti su di me, e giuro che ho potuto percepire la differenza tra il calore tra le tue gambe e quello dell'acqua intorno a noi, che ha cominciato ad agitarsi con i tuoi movimenti mentre ti eccitavi sempre di più.»

L'immagine che Aspen stava descrivendo era così vivida nella sua mente che non poté fare a meno di toccarsi.

«Quando ho pensato che sarei venuto prima di entrare nel tuo corpo caldo e bagnato, ti ho afferrata per i fianchi e ti ho costretta a fermarti. Ti ho spostata, mi sono alzato portandoti con me e sono uscito dalla vasca. Senza preoccuparmi di asciugarci ti ho presa in braccio e ti ho portata qui nel mio letto. Ho pensato a te sulle mie lenzuola da quando ti ho fatto fare il giro della casa. Già allora avrei voluto farti sdraiare lì, e adesso lo desidero ancora di più. Nella mia fantasia, inarchi la schiena e metti le braccia sopra la testa. Mi sorridi in modo così seducente e timido, che faccio fatica a non spalancarti le gambe e penetrarti. Ma poiché questa è la mia fantasia, ho il controllo che mi serve per aprirtele lentamente tenendole ferme con le mani sulle cosce. Sei lucida per l'acqua della vasca, ma anche per l'eccitazione. Sento le tue mani afferrarmi la testa mentre mi avvicino e ti assaggio per la prima volta; hai un sapore meravigliosamente delizioso.»

Wendy allora gemette, incapace di trattenersi. Le sue dita tra le gambe erano bagnate e più Aspen parlava, più si avvicinava all'orgasmo.

«Non sono un uomo paziente, devi saperlo. Quando voglio qualcosa, la perseguo con tutto me stesso. E quello che voglio da te è il tuo orgasmo. Voglio sentirti tremare nelle mie mani e sotto la mia lingua. Quindi, nella mia fantasia, mi attacco al tuo clitoride e succhio forte, muovendo la lingua avanti e indietro su quel piccolo punto sensibile finché non vieni per me. I tuoi fianchi si sollevano contro il mio viso, cercando qualcosa che ti riempia. Ma non lascio andare le tue cosce, ti tengo spalancata per la mia bocca. In meno di un minuto raggiungi l'orgasmo, dimenandoti e gemendo nella mia presa.

Sorrido e non mi arrendo, voglio sentirti e guardarti venire ancora una volta prima di scoparti a lungo e con forza.»

«Aspen» gemette mentre si strofinava freneticamente il clitoride, volendo provare la stessa estasi che stava provando la Wendy della sua fantasia.

«Così, tesoro. Fatti venire per me. Sei bagnata? Non vedo l'ora di sentire i tuoi umori su tutto il mio cazzo. Ti scoperò così bene, che ti chiederai dove sono stato per tutta la tua vita. Ho la sensazione che una volta che ti avrò nel mio letto, non ti lascerò mai più andare via.»

Le sue parole furono sufficienti per spingerla oltre il limite, e ogni muscolo del suo corpo si irrigidì mentre veniva in modo violento. Lo sentì parlare in sottofondo, ma non riuscì a concentrarsi sulle sue parole. Tutto quello che riuscì a fare fu sperimentare la totale beatitudine che momentaneamente si impadronì del suo corpo.

Quando tornò in sé, si rese conto di aver lasciato cadere il telefono e poteva ancora sentire Aspen parlare. Lo riprese in fretta e se lo portò di nuovo all'orecchio.

«... così intenso da molto tempo.»

«Scusa» sussurrò. «Ho lasciato cadere il telefono. Cos'hai detto?»

«Che non venivo in modo così intenso da molto tempo.»

«Sei venuto anche tu?»

«Cazzo, sì» rispose con voce bassa e roca che le fece inturgidire di nuovo i capezzoli. «Sentirti gemere nel mio orecchio e sapere che ti fidi di me tanto da lasciarti andare e farti venire mentre eravamo al telefono, è stato più che sufficiente a farmi esplodere di piacere insieme a te.»

«Aspen» mormorò, rannicchiandosi su un fianco e stringendo la trapunta intorno a sé.

«Vorrei essere lì per accoccolarmi con te.»

«Come fai a sapere che lo sto facendo?» gli chiese.

«Perché ho sentito il fruscio delle lenzuola, e perché se

fossi lì, è così che saremmo. Mi sarei messo dietro di te e ti avrei avvolta nelle mie braccia mentre ci riprendevamo dall'estasi dell'orgasmo.»

Wendy sospirò. «Che bello.»

«Già, vero?» Dopo un momento di silenzio, Aspen disse: «Ti lascio andare, tesoro. Devo ripulire qui e tu hai bisogno di dormire un po'. Hai impostato la sveglia?»

«Sì, ma tanto non mi alzo quando suona.»

Lui ridacchiò. «Le cose saranno interessanti per noi dato che sono una persona mattiniera.»

«Basta che tu non mi faccia alzare quando te ne vai e andremo d'accordo» ribatté lei.

«Perfetto. Dormi bene. Ci sentiamo domani. Di' a Jackson che non vedo l'ora di incontrare la sua ragazza e di vederla recitare.»

«Lo farò. Ciao.»

«Ciao, tesoro.»

Spense il telefono e pensò a ciò che avevano fatto. Avrebbe dovuto sentirsi imbarazzata, ma non poteva. Aspen era stato fantastico e aveva reso l'intera esperienza semplice ed eccitante allo stesso tempo. Odiava non poterlo vedere fino a martedì. Avrebbe dovuto solo accontentarsi di parlargli al telefono.

Le passò per la testa il pensiero che se avessero vissuto insieme, avrebbe potuto vederlo ogni sera, a prescindere dai loro programmi, ma lo respinse subito. Era troppo presto per pensare a quello. Lui non sapeva che probabilmente era ricercata dalla polizia della California, o che fosse più giovane di quanto pensasse.

Sospirò frustrata. Non che le avrebbe chiesto di trasferirsi da lui molto presto. Quale uomo vorrebbe ritrovarsi in casa una donna e suo fratello più piccolo?

Una vocina nella sua testa le disse che Aspen li avrebbe accolti tutti e due a braccia aperte, ma la ignorò.

«Un giorno alla volta» sussurrò nella sua stanza vuota. «Non mettere il carro davanti ai buoi.» Si scervellò per pensare ad altri modi di dire, ma non ci riuscì. «Potrebbe anche non voler stare con te una volta scoperto ciò che hai fatto.»

E con quel pensiero deprimente chiuse gli occhi, e il suo corpo esausto e appagato alla fine si addormentò.

CAPITOLO UNDICI

«GRAZIE PER ESSERE VENUTO STASERA» gli disse Jackson il martedì successivo, mentre Blade entrava nel parcheggio della scuola superiore. Quindici minuti prima era passato dal loro appartamento a prenderli annunciando che avrebbe guidato lui.

Per Wendy non era stato un problema, cosa di cui le era grato. Non che lei guidasse male, ma l'unica volta che aveva insistito per usare la sua auto e lui aveva ceduto, aveva trattenuto il fiato per tutto il viaggio, chiedendosi se sarebbero riusciti ad arrivare in qualunque posto fossero diretti, perché quel macinino era praticamente alla frutta.

«Figurati» gli disse. «Non vedo l'ora di incontrare Jenny, e il fatto di passare del tempo con te e tua sorella è un bonus.»

L'adolescente gli sorrise dal sedile posteriore. «E verrà anche uno dei tuoi amici?»

«Sì. Fletch, sua moglie Emily e Annie, la loro figlia di sette anni e mezzo. E se ti capita di accennare alla sua età, assicurati di aggiungere quei sei mesi, perché è molto pignola al riguardo.»

Guardò Wendy e vide che stava sorridendo. Da quando

erano venuti insieme mentre erano al telefono, si comportava con timidezza, come se non fosse sicura che ciò che avevano fatto fosse accettabile. Quando più tardi si fossero trovati da soli, si sarebbe assicurato che sapesse che lo era assolutamente e che non aveva nulla di cui vergognarsi, preoccuparsi o da temere.

«È la ragazzina del carro armato?» chiese Jackson.

«L'unica e sola. Abbiamo aiutato tutti Fletch a realizzarlo, e lei trascorre delle ore a scorrazzare nel loro cortile. Parla da sola per tutto il tempo, raccontando storie in cui i personaggi principali sono lei e il suo fidanzato, su qualunque scenario abbia immaginato. È super adorabile.»

«Il suo fidanzato?» chiese Wendy.

Blade annuì. «Sì. Si chiama Frankie e vive in California. Annie ha dichiarato che un giorno lo sposerà. Sarà sicuramente un'adolescente scatenata.»

«Speriamo non come Wen quando aveva quindici anni» disse Jackson ridendo.

Con la coda dell'occhio, la vide irrigidirsi sul sedile, ma non riuscì a dire niente perché il fratello continuò a prenderla in giro.

«Sorella, sei sgattaiolata fuori di casa così tante volte, che pensavo che mamma e papà avrebbero sigillato la tua finestra. Ricordi che una volta sei tornata a casa ubriaca alle due del mattino? Ero sveglio perché stavo male e tu sei entrata in casa barcollando e sei caduta. Pensavo che mamma avrebbe avuto un attacco di cuore. Hai fatto un sorrisetto e hai detto loro di rilassarsi; eri stata a casa di un ragazzo − non ricordo il suo nome adesso − per tutto il tempo. Saperlo non li aveva fatti sentire meglio» rise, ricordando quell'episodio.

«Ha, ha» ribatté lei, quasi senza inflessione nella voce. «Sei sempre stato un monello che mi spiava in ogni momento.»

Blade le prese la mano e se la posò sulla gamba. Percepiva

la sua agitazione e capì di dover cambiare argomento in fretta.

Stava per iniziare a raccontare ai fratelli un'altra storia su Annie... quando qualcosa attirò la sua attenzione dall'altra parte della strada.

C'erano tre pick-up parcheggiati con i fari accesi. Era abbastanza tardi e buio, e non riuscì a distinguere le targhe o a capire quante persone ci fossero all'interno di ogni veicolo.

Parcheggiò la Jeep e guardò Jackson. Indicò le auto con la testa e chiese: «Sono loro?»

Lui annuì mentre il suo viso perdeva ogni traccia di allegria. «Sì. È lì che si divertono a passare il tempo.»

«Voi due andate dentro, io vado a parlare con loro.»

«No!» disse Wendy, stringendogli la gamba dov'era appoggiata la sua mano. «Prima di tutto, è stupido affrontarli da solo. E secondo, andiamo dentro e pensiamo solo a goderci lo spettacolo.»

Blade strinse i denti. Sarebbe riuscito ad affrontare quei teppistelli, anche se fossero stati in superiorità numerica. Ma lei non lo sapeva, perché non le aveva detto cosa facesse nell'esercito. Non le aveva detto di aver ucciso persone a mani nude. Che era stato addestrato a combattere fino a cinque uomini contemporaneamente. Che era una delle macchine da guerra più letali e potenti che l'esercito avesse, con o senza i suoi coltelli.

Fece un respiro profondo e guardò Jackson nello specchietto retrovisore. Il ragazzo alternava lo sguardo tra i teppisti e la sorella. Si vedeva che era combattuto tra il voler affrontare i bulli insieme a lui e svignarsela.

Fu allora che Blade si rese conto che i ragazzi probabilmente avevano molestato Jackson molto più di quanto avesse detto a sua sorella.

Ripromettendosi di incontrarsi con lui e iniziare le lezioni di autodifesa il prima possibile, disse: «Va bene, tesoro. Andiamo dentro.»

«Grazie» disse calma. «So che vuoi dare loro una lezione, ma non ti vedo da parecchi giorni e preferirei non dover ripulire del sangue, poco prima di passare una bella serata rilassante a guardare la ragazza di mio fratello stupirci con la sua interpretazione di Ursula.»

Blade non poté fare a meno di sorridere. Le fece scorrere un dito sul naso in modo scherzoso. «D'accordo. Niente sangue. Andiamo, vediamo se Fletch e la sua famiglia sono già qui.»

Scesero dalla Jeep e si diressero in fretta verso le porte d'ingresso. Lanciò un'occhiata dietro le spalle, ma nessuno scese dai pick-up per andare verso la scuola.

Tirando un sospiro di sollievo e allo stesso tempo di frustrazione per non poterli affrontare, tenne la porta aperta per Wendy e fece un cenno rassicurante a Jackson mentre entrava nell'edificio.

«Blade!»

Si voltò e vide Fletch in un angolo con la moglie e la figlia. Emily era più bella che mai, teneva una mano appoggiata sulla pancia arrotondata e sorrideva ad Annie.

Quando la bambina li vide corse verso di loro. Gettò le braccia intorno alla vita di Blade e disse in modo drammatico: «Grazie al cielo sei qui! Stavamo aspettando da una vi-ta! Sono entrate centinaia di persone in teatro, ma papà Fletch ha detto che non potevamo muoverci finché non fossi arrivato tu. Scommetto che ormai tutti i posti migliori sono stati occupati!»

«Ciao, Annie» la salutò, sorridendo dei suoi modi teatrali. «Vuoi conoscere la mia amica e suo fratello?»

La piccola sollevò la testa di scatto e si voltò verso di loro. «Sì! Ogni amico tuo è amico mio.»

«Annie, questa è Wendy, e suo fratello...»

«Jack. Lui è Jack» lo interruppe Wendy.

Blade le fece un cenno con la testa quasi impercettibile. Aveva capito. Lo stava per presentare come Jackson. Aveva passato così tanto tempo con loro che si era abituato a chiamarlo con il nome intero.

Si ripromise di fare presto un discorso serio con lei, e continuò con le presentazioni.

«Jack, Wendy, questo piccolo folletto è Annie.»

Jackson, dimostrando che un giorno sarebbe stato un padre fantastico, si accovacciò e tese una mano. «Ciao, Annie. Ho sentito che hai sette anni e mezzo. Sei praticamente un'adulta.»

La piccola gli sorrise e gli strinse la mano con entusiasmo. «Sì! E sono in seconda elementare, ma so leggere al livello dei ragazzi di quinta. Sto imparando il linguaggio dei segni perché il mio fidanzato è sordo e sto diventando davvero brava. Ho provato a dire alla mamma che avrei dovuto saltare le altre classi, ma lei non me lo ha permesso perché devo imparare matematica, storia e scienze. Uff.»

«La matematica è divertente» le disse.

Lei arricciò il naso. «No, non lo è.»

«Prima o poi dovrò raccontarti cosa stiamo facendo al club di robotica. Usiamo la matematica perché tutto funzioni alla perfezione. Ma forse è una cosa troppo grande per te...» Lasciò la frase in sospeso e si alzò.

Annie gli strattonò la maglietta. «No, dimmelo! Non sono molto grande, ma posso arrivarci lo stesso. Dimmelodimmelodimmelodimmelo!»

Blade adorò il suono della risata di Wendy. Non aveva idea di come qualcuno potesse essere di cattivo umore vicino alla piccola o resistere alla sua simpatia.

«Va bene, ma devi tenerlo segreto» le disse, fingendo di guardarsi intorno per vedere se qualcuno stesse ascoltando.

Annie fece il gesto di chiudersi la bocca con la zip e gettare via la chiave.

«Stiamo realizzando un braccio robotico.»

Gli occhi della bambina si spalancarono. «Tipo per una persona?»

«Sì. E chi la indossa sarà in grado di muoverla semplicemente pensando di farlo. È incredibile.»

«Serve a Fish!» dichiarò lei. Poi si voltò e urlò ai suoi genitori: «Jack sta facendo un braccio per Fish!»

«Siamo proprio qui» la blandì la madre. «Non c'è bisogno di urlare.»

«Meno male che doveva tenerlo segreto» sussurrò Wendy a Blade.

Lui sorrise.

«Oh!» disse Annie sorpresa, non avendo visto i suoi genitori avvicinarsi. «Papà, Jack sta costruendo un braccio nella sua classe di robot e a Fish ne serve uno. Devono conoscersi. Fa in modo che succeda!»

Fu il turno di Blade di chinarsi verso Wendy e sussurrare: «È un po' esigente.»

Gli sorrise. «Tutti i bambini di sette anni lo sono.»

«Sette e mezzo» le ricordò.

Gli piaceva vedere nei suoi occhi quello sguardo felice e divertito. Si rivolse al suo amico. «Fletch, vorrei presentarti Wendy Tucker e suo fratello Jack. Tesoro, questi sono Fletch e sua moglie, Emily.»

«È un piacere conoscerti» disse Emily, stringendole la mano.

«Anche per me» rispose lei.

Fletch strinse le mani a entrambi i fratelli e sorrise loro. «Abbiamo sentito molto parlare di voi» disse.

«Fletch» lo avvertì Blade.

L'altro uomo alzò le mani in segno di resa. «Mi comporterò bene.»

«Ehm, grazie» rispose Wendy.

«Allora, stasera la tua ragazza interpreterà Ursula?» chiese Emily a Jack.

Blade vide il petto dell'adolescente gonfiarsi d'orgoglio. «Sì. Ed è veramente molto brava. È solo una matricola, ma non ho dubbi che se volesse fare l'attrice quando sarà più grande, potrebbe farlo tranquillamente. Anche se dice che vuole laurearsi in chimica e non specializzarsi in recitazione. Quindi, vedremo.»

«Ursula!» gridò Annie eccitata. Poi iniziò a cantare "La canzone di Ursula" a squarciagola.

Il padre le mise una mano sulla bocca, ridacchiando. «Che ne dici se lo lasciamo fare agli attori sul palco, eh, scricciolo?»

La piccola rise e annuì. Lui tolse la mano e gliela mise sulla spalla.

«Possiamo entrare adesso e prendere posto?» chiese la bambina. «Possiamopossiamopossiamo?»

«Voi siete pronti?» domandò Fletch.

«Che ne dici di lasciare entrare le ragazze così intanto ci trovano dei posti» disse Blade, catturando lo sguardo del suo compagno di squadra e facendogli un cenno con la testa.

Lui capì che voleva parlargli di qualcosa e acconsentì. «Mi pare un'ottima idea. Dai, Annie, trova i posti migliori e saremo lì tra un secondo.»

«Aspen?» lo fermò Wendy con una mano sul braccio.

«Va tutto bene, tesoro. Voglio solo parlare con il mio amico per un secondo. Vai dentro.»

Lei si acciglio un po', ma annuì.

Blade si chinò e la baciò lievemente sulle labbra. «Grazie» sussurrò.

Gli strinse il braccio in risposta, poi seguì una Annie tutta eccitata e sua madre verso l'ingresso del teatro.

«Che succede?» gli chiese il suo compagno di squadra non appena si allontanarono.

Indicò Jackson. «Sai i ragazzi di cui vi ho parlato e che stanno molestando Jack e gli altri qui a scuola?»

«Sì?»

«In questo momento sono nel parcheggio dall'altra parte della strada.»

Fletch serrò la mascella e guardò le porte d'ingresso. «I pick-up con i fari accesi» concluse. Dopo che gli altri due annuirono, disse: «Andiamo laggiù ad affrontarli?»

Le labbra di Blade guizzarono. «Ho detto a Wendy che non l'avrei fatto.»

«Le hai detto che non lo avresti fatto in quel momento» intervenne Jackson. «Ma se uscissimo durante l'intervallo?»

«Ragazzo sveglio» osservò Fletch. «Blade?»

Guardò Jackson. Sembrava stressato. Non solo aveva portato la sorella a vedere la sua nuova ragazza esibirsi, ma ora doveva preoccuparsi dei bulli che gli stavano addosso. Comprese che l'adolescente avrebbe fatto di tutto per far sì che quei teppistelli desistessero ma, per qualche motivo, Blade esitò. Alla fine, disse: «Penso che avere uno scontro nel bel mezzo della recita della tua ragazza non sia l'idea migliore.»

Jackson rilassò le spalle. «Sì, lo credo anch'io.»

«Mi dispiace che tu stia passando tutto questo» continuò. «Non è giusto, né accettabile. Stai sopportando molta pressione per proteggere Jenny, gli altri e anche te stesso. Mi dispiace di non averti chiamato prima per iniziare quelle lezioni di autodifesa. Lo faremo questo fine settimana, se hai tempo.»

«Sabato io e Wen festeggiamo il suo compleanno» lo informò.

«Giusto. E venerdì dopo la scuola? Tua sorella lavora al call center, vero? E se lo facessimo allora?»

«Dovrei farcela. Ho un incontro al club di robotica, ma per le quattro avremo finito» disse con entusiasmo.

«Grande. Credi che i ragazzi avranno voglia di darci una mano?» chiese a Fletch.

«Assolutamente.»

«Perfetto. Sentiamo tua sorella e vediamo se è d'accordo. Va bene?»

«Ok.»

«E stasera, finito lo spettacolo, usciremo tutti insieme nel caso in cui quegli stronzi avessero intenzione di fare qualcosa. Ok?»

Le spalle di Jackson si rilassarono ancora di più. «Grazie.»

«Quando vuoi. Ti ho dato il mio numero e ti ho detto di chiamare se avessi bisogno di qualcosa. Dicevo sul serio. Quando. Vuoi. Capito?»

«Sì. Ti ringrazio. Wendy è fantastica, ma non può proprio fare niente in questa situazione. Lo sappiamo entrambi ed è seccante. Se puoi aiutarmi a capire cosa fare se decidono di aggredire me e i miei amici un giorno, lo apprezzerei.»

«La violenza non risolve i problemi» sottolineò Fletch. «Ma quando non hai scelta, può aiutarti a uscire da una situazione pericolosa abbastanza a lungo da riuscire a chiedere aiuto.»

Jackson annuì, poi si voltò di nuovo verso Blade. «Mia sorella è straordinaria. Ha rinunciato letteralmente a tutto per badare a me. Farei lo stesso per lei, senza se e senza ma. Mi piaci, Aspen. So che la tratti bene e voglio ringraziarti. Ha bisogno di qualcuno che si prenda cura di lei per una volta nella vita.»

C'erano molte cose riguardo alla situazione dei fratelli che ancora non sapeva, ma non aveva mai dubitato del loro stretto legame. «È complicato prendersi cura di lei, ma sto facendo del mio meglio» disse all'adolescente.

«Non arrenderti» ribatté. «Ha delle buone ragioni per tenere la bocca chiusa su molte cose.»

Blade annuì. Avere la conferma che le fosse successo qualcosa di importante era positivo. Desiderava solo che si fidasse di lui abbastanza da condividere quel qualcosa. Era sicuro di poterla aiutare, ma non senza sapere quale fosse il problema.

Jackson sembrò sollevato e guardò l'orologio. «È quasi ora dell'inizio dello spettacolo.»

«Va dentro» gli disse. «Ti seguiamo.»

L'attimo in cui si allontanò a sufficienza da non sentirli, Fletch chiese: «Quanti anni hai detto che ha quel ragazzo?»

«Sedici.»

Il suo amico scosse la testa. «Sembra più vecchio.»

Ci rifletté un attimo, poi concordò: «Sì, è vero. Guarda, non mi piace affatto la situazione con quegli stronzi dall'altra parte della strada. Sai se il comandante ha scoperto qualcosa sulle targhe che gli abbiamo dato?»

«Non che io sappia.»

Blade aggrottò la fronte. «Dovrò chiedergli di velocizzare la cosa. Se i genitori vivono alla base, voglio parlare con loro.»

«Verrò con te» concordò. «Ora, forza, andiamo dentro.»

«Sei pronto ad ascoltare Annie cantare le canzoni della *Sirenetta* per il prossimo mese o giù di lì?»

Fletch sorrise. «No. Ma non significa che non ne amerò ogni secondo.»

———

Tre ore dopo, erano tutti nel corridoio fuori dal teatro ad aspettare che Jenny uscisse dal backstage.

Era stata fantastica nell'interpretazione di Ursula. Aveva una voce incredibile ed era riuscita a mettere la giusta dose di malvagità nel suo personaggio. Annie aveva chiacchierato ininterrottamente da quando lo spettacolo era finito ed Emily, un po' stanca, si era appoggiata a Fletch.

«Stanno arrivando i genitori di Jenny» disse Jackson.

Vide una coppia di mezza età avvicinarsi al loro gruppetto. La madre indossava un tubino nero con gioielli del valore di diverse migliaia di dollari ai polsi, alle orecchie e intorno al collo. Portava delle scarpe col tacco alto e l'acconciatura e il trucco erano perfetti. Blade stimò che avesse circa quarantacinque anni e che li portasse molto bene. Il padre indossava giacca e cravatta ed era raggiante di orgoglio.

«Jack!» disse l'uomo, porgendogli la mano. «È così bello vederti stasera. Non pensi che Jenny sia stata fantastica?»

«Sì, signore» gli rispose subito. «Meravigliosa.» Si rivolse alla donna. «È un piacere rivederla, signora Stewart.»

«Anche per me, Jack. Hai già visto Jenny?»

«No, signora. Prima mi ha detto che potrebbe volerci un po', dato che doveva togliersi tutto il trucco viola dal viso e dalle braccia prima di andarsene.»

«Giusto» concordò lei.

Jack si voltò e fece un cenno a Wendy. «Questa è mia sorella, Wendy. Wen, questi sono i genitori di Jenny, Monroe ed Elizabeth Stewart.»

Lei tese la mano e disse timidamente: «Piacere di conoscervi.»

«Piacere nostro. Jack ci ha raccontato tutto di te quando è stato a cena a casa nostra l'altra sera. Hai cresciuto un bravo ragazzo.»

Blade la vide arrossire, poi sorridere e ringraziare il padre di Jenny.

«E questo è Aspen, il suo ragazzo» continuò, terminando le presentazioni.

Strinse le mani alla coppia e dovette ammettere che fu sollevato dal fatto che fossero così aperti e amichevoli. Wendy gli aveva detto che erano molto ricchi ed era preoccupata che avrebbero potuto disprezzare Jackson. Ma sembravano gentili e cordiali. Fu felice per i due fratelli.

«E io sono Annie Fletcher» disse la bambina accanto a loro. «Sono con mamma e papà Fletch. Mi piace giocare al soldato. Non canto bene, ma papà dice che non c'è niente di sbagliato a *primersi*, quando se ne sente il bisogno.»

«*Es*primersi» la corresse Fletch con un sorriso. Ci furono altre strette di mano.

«È quello che ho detto!» protestò, e tutti ridacchiarono.

«Mamma! Papà!»

Tutti si voltarono e videro Jenny andare verso di loro. Aveva un enorme sorriso e un lieve rossore sulle guance, probabilmente per essersi tolta il trucco.

La osservarono abbracciare i suoi genitori, poi voltarsi subito verso Jackson. «Ciao» disse timidamente, il rossore sul suo viso si intensificò.

Blade sorrise tra sé e sé. La ragazza così estroversa sul palco, non appena si era avvicinata a Jackson, si era trasformata in un'adolescente timida.

«Ehi» la salutò lui e, per nulla imbarazzato la attirò a sé e la strinse in un abbraccio. «Sei stata fantastica, come avevo previsto.»

Jenny si rilassò subito al suo tocco. Quando lui si tirò indietro, intrecciò le dita con le sue e rimasero lì in mezzo al gruppo di adulti, tenendosi per mano. Era evidente quanto avessero legato.

«Lascia che ti presenti a tutti» disse Jackson, e così iniziò un altro giro di presentazioni.

«Wow» disse Annie. «Non sei più grassa.»

Tutti risero, ed Emily spiegò che aveva indossato un costume per sembrare Ursula.

Mentre parlavano della performance e si complimentavano con Jenny, Blade circondò la vita di Wendy con un braccio, e si rese conto che era stanca perché si appoggiava sempre di più a lui a ogni minuto che passava.

«Si sta facendo tardi» disse il signor Stewart. «Domattina c'è scuola, ragazza. Saluta Jack e ci vediamo in macchina. Va bene?»

«Ok, papà» rispose lei.

Blade ne approfittò per far sapere alla giovane coppia che anche loro lo avrebbero aspettato in macchina. Voleva dare a Jackson il tempo e lo spazio per parlare da solo con la sua ragazza... e magari rubare un bacio o due per congratularsi con lei.

Intrecciando le dita con quelle di Wendy si avviò verso la porta con Fletch e la sua famiglia. Lui aveva parcheggiato sul lato opposto rispetto a loro e quando iniziarono a separarsi, chiese: «Vuoi che resti qui?» Fece un cenno con la testa verso il punto dall'altro lato della strada dove c'erano ancora i pick-up, questa volta con i fari spenti. Blade non aveva idea se i ragazzi fossero rimasti lì per tutta la durata dello spettacolo, o se si fossero allontanati per fare qualcos'altro per poi tornare, ma in ogni caso, sembrava un comportamento un po' ossessivo che fossero ancora lì a quell'ora tarda.

«Naa, è tutto ok. Grazie comunque. Ci vediamo domani all'allenamento.»

Si chinò e baciò una Annie assonnata, che aveva la testa appoggiata sulla spalla di suo padre. «Ci vediamo, scricciolo.»

«Ciao» mormorò.

«È stato un piacere conoscerti, Wendy», disse Emily. «Verrai al barbecue che faremo tra poche settimane, giusto?»

Guardò Blade e lui annuì incoraggiante.

«Se per voi non è un problema. Non ne ero sicura, dato che io e Aspen ci frequentiamo da poco.»

«Non importa se ci esci da un giorno o da dieci anni. Sei la benvenuta» incalzò Fletch.

«Allora direi che verrò» replicò con un sorriso.

«Bene. Ci vediamo.»

«Ciao.»

Blade era felicissimo di averla tutta per sé per la prima volta quella sera. Le mise un braccio intorno alla vita e la condusse alla Jeep. Quando raggiunse il lato del passeggero, non aprì la portiera, ma girò Wendy verso di lui appoggiandovela contro.

«Così... uscivi di nascosto per vedere i ragazzi, eh?»

Lei gemette e scosse la testa. «Immaginavo che non ci saresti passato sopra senza commentare.»

«Per niente al mondo. È per questo che hai messo quell'aggeggio sulla porta, per assicurarti che Jackson non sgattaiolasse fuori? Perché tu lo facevi?»

Per un secondo, pensò che avrebbe ignorato la domanda, come al solito. Se lo avesse fatto, Blade avrebbe insistito. Era stufo di quell'atteggiamento. Soprattutto quando suo fratello aveva già vuotato il sacco. Strinse i pugni per cercare di dominare l'impazienza. Non voleva spaventarla, ma desiderava *davvero* che lei gli parlasse.

«Sì. So quanto può essere facile e non volevo che se ne andasse di soppiatto rischiando di essere aggredito, visto il luogo in cui viviamo.»

Blade riaprì i pugni per il sollievo. Non gli aveva detto niente che non sapesse già, ma almeno non aveva mentito apertamente o rifiutato di rispondere. Cercò di alleggerire la conversazione e premiarla per essere stata onesta. «Anche se non posso negare di trarre vantaggio da tutta l'esperienza che ti sei fatta quando eri più giovane, penso di essere geloso.»

«Non hai nulla di cui essere geloso» disse con fermezza. «Sei mille volte meglio dei baci bavosi che pensavo fossero celestiali a quei tempi.»

«Ah sì, eh?» la provocò, strofinando il naso contro il suo.

«Sì.»

«È tutta la sera che aspetto di farlo» le disse con voce roca dal desiderio. Poi si chinò per baciarla.

Wendy lo abbracciò e si alzò in punta di piedi mentre accoglieva le sue labbra. Invece di divorarla come aveva fatto quasi tutte le altre volte in cui si erano baciati, si prese il suo tempo. Le mordicchiò il labbro inferiore, la stuzzicò con la lingua, succhiandole e accarezzandole le labbra con le proprie.

«Aspen» piagnucolò, protestando per quei piccoli tocchi che non facevano altro che eccitarla di più.

«Che c'è?» chiese, il suo respiro caldo le sfiorava la bocca.

«Baciami.»

«Lo sto facendo.»

«Intendo, baciami *davvero*. Jackson tornerà da un momento all'altro.»

Prendendo a cuore il suo avvertimento, fece ciò che aveva desiderato dall'istante in cui l'aveva vista quella sera, con addosso un paio di pantaloni neri e una maglia viola chiaro con dei brillantini. Era stata una boccata d'aria fresca e avrebbe voluto subito sedurla. Piegarla sul primo mobile disponibile e prenderla da dietro. Da quando avevano fatto sesso al telefono qualche sera prima, aveva avuto fantasie sempre più erotiche di fare l'amore con lei. Stava diventando un'ossessione. *Lei* stava diventando un'ossessione.

Blade si chinò di nuovo e questa volta non esitò a baciarla nel modo in cui entrambi avevano bisogno. Profondo e violento. La sentì avvicinarsi di più e la strinse a sé, amando il modo in cui si adattava bene a lui. Continuò il loro bacio carnale, inclinando la testa per avere un angolo migliore così da poter intrecciare meglio la lingua con la sua.

Furono interrotti un attimo dopo da parole dure provenienti da qualche parte nel parcheggio. Alzando la testa, Blade vide che Jackson e Jenny erano circondati da un gruppo di persone.

Imprecando sottovoce, lasciò subito andare Wendy e si precipitò verso suo fratello.

La sentì correre dietro di lui e desiderò che fosse rimasta accanto alla Jeep, ma sapeva che non sarebbe mai stata d'accordo. Non poteva biasimarla. Se fosse stato suo figlio, o Casey, nemmeno lui sarebbe rimasto a guardare.

L'area era perlopiù vuota. Aver aspettato che Jenny si cambiasse dopo lo spettacolo aveva dato il tempo alla maggior parte dei partecipanti all'evento di andarsene. Sapeva che il preside aveva già costretto quei tizi a parcheggiare fuori dalla proprietà della scuola e che non avrebbero dovuto essere lì in quel momento, ma era ovvio che a loro non interessasse rispettare la legge. Blade sentì la provocazione prima di raggiungere il gruppo.

«La tua ragazza è molto carina stasera, Jackie. Pensi che possiamo prenderla in prestito per un po'?» Il tipo stava toccando il braccio di Jenny mentre parlava.

Jackson la spostò per mettersela alle sue spalle, ma purtroppo, c'era un altro ragazzo dietro di lui che prese a molestarla.

«Sembra confusa. Non le hai insegnato come prendere il tuo cazzo, Jack?»

Jenny strillò terrorizzata quando il tipo più vicino a lei le toccò i capelli.

«Toglile le mani di dosso» ringhiò Jackson, voltandosi per affrontare la nuova minaccia.

Purtroppo però era circondato dai quattro teppisti; era impossibile per lui riuscire a proteggerla da tutti loro nello stesso momento.

Blade si avvicinò in modo furtivo, afferrò uno dei ragazzi per la maglietta e lo scagliò via dalla giovane coppia. «Perché non ve ne andate?» suggerì con voce bassa e letale.

I tre delinquenti arretrarono, dimostrando che in fondo erano veramente dei codardi. Quello che sembrava essere al comando alzò le mani in segno di resa. Ma Blade vide il bagliore di eccitazione nei suoi occhi, come se si stesse divertendo a terrorizzare Jenny e a far incazzare Jack.

«Calma, amico. Va tutto bene. Sono Lars e siamo amici di Jack. Stavamo solo scherzando.»

«Non siete miei amici» ribatté Jackson. «Non frequentate

nemmeno più questa scuola. Perché state qui a infastidire tutti? Il preside vi ha già detto di smetterla. Non avete una vita?»

Blade fece una smorfia, dato che pensava che provocare quei ragazzi non fosse il miglior modo di procedere; li avrebbe fatti solo incazzare di più.

«Vaffanculo» disse Lars, fissandolo.

«No, vaffanculo *tu*» ribatté lui, spingendo Jenny più indietro e allungando un braccio in avanti, come se così potesse proteggerla dalle parole e dalle azioni del bullo.

Blade vide le dita della ragazza penetrare nei fianchi di Jackson, ma lui non sembrava nemmeno accorgersene. Sentì, più che vedere, Wendy avvicinarsi. Gli mise una mano sulla schiena e percepì la sua tensione. Avrebbe voluto dirle di indietreggiare, di dargli spazio nel caso avesse avuto bisogno di mettere al tappeto quegli stronzi, o di prendere il coltello dalla fondina sulla schiena, ma voleva far credere a quei tizi di essere una persona qualunque... per ogni evenienza.

«Perché non andiamo tutti a casa?» disse allora in tono calmo.

«Sì, amico, è quello che faremo» ribatté Lars, indietreggiando con le mani ancora alzate. Si voltò a guardare Jackson. «Ci vediamo presto.»

Il modo in cui pronunciò quelle parole gli fece rizzare i peli sulla nuca. Si era trovato in molte situazioni orribili, aveva affrontato il peggio del peggio, e qualcosa nelle sue parole lo mise estremamente a disagio.

«Non fare niente di stupido, ragazzo» lo avvertì. «Non hai idea di chi sono e cosa posso fare.»

Lars rivolse il suo ghigno a Blade. «Non me ne frega un cazzo di chi sei. Non puoi farmi niente. Sono solo un ragazzino. Se te la prendi con me, una persona più giovane del tuo vecchio culo, sarai *tu* quello nei guai.»

«Non contarci. Hai più di diciotto anni, sei legalmente un

adulto. Ci sei dentro fino al collo. Vai a casa, trovati un lavoro e vai avanti con la tua vita. Smettila di bighellonare nei parcheggi del liceo.»

Lars socchiuse gli occhi. «Non puoi dirmi cosa fare. *Nessuno* mi dice cosa fare.»

«Vai a casa» ripeté, spostandosi in base ai movimenti dei ragazzi, assicurandosi che nessuno gli arrivasse da dietro.

Con un altro sorrisetto e un inchino irriverente, Lars voltò loro le spalle e si avviò verso i pick-up come se non avesse una preoccupazione al mondo.

Blade si girò subito verso Jackson. «Quel tipo è pericoloso.»

Lui annuì e attirò a sé Jenny. L'abbracciò e disse: «Stavano toccando la mia ragazza. Nessuno può permettersi di farlo senza il suo permesso. Grazie per l'aiuto.»

«Aspen?» Sentì la mano di Wendy sul braccio e si voltò circondandole le spalle. Era incazzato che il loro bacio fosse stato interrotto, che i teppisti pensassero che fosse giusto minacciare e toccare Jenny. Era incazzato che stessero tormentando Jackson. Si era affezionato a lui e odiava che avesse a che fare con quello schifo. E infine, era incazzato per il fatto che Lars sembrava fregarsene di aver appena minacciato un adulto.

«Sto bene» le rispose, anche se non era affatto così. «Jackson, vai avanti e accompagna Jenny alla macchina dei suoi genitori. Terrò gli occhi aperti e ci vediamo alla Jeep. Ok?»

«Sì, grazie.»

Blade gli fece un cenno con la testa e si voltò in tempo per vedere, e sentire, Lars e i suoi compari mandare su di giri i motori e uscire dal parcheggio.

Mentre andavano alla Jeep, Wendy chiese: «Jackson è in pericolo?»

«Onestamente? Non lo so. Mi piacerebbe poter dire di no, che quei bastardi sono tutte chiacchiere e niente fatti.»

«Ma non lo pensi.»

«Purtroppo no. Dovrai stare molto attenta ogni volta che vieni a prenderlo o lo accompagni da qualche parte. A quei ragazzi non importa a chi fanno del male, e l'ultima cosa che voglio è che ti ritrovi nel fuoco incrociato della loro rabbia verso tuo fratello.»

«Be', non voglio nemmeno che Jackson si trovi nel centro del mirino» ribatté. «Lascia solo che quegli stronzi ci provino con me intorno. Userò il Taser sui loro culi se faranno qualcosa.»

Non poté fare a meno di sorriderle. «Hai un Taser?»

«Sono una donna single. Ovvio che ce l'ho.»

«L'hai mai usato?»

Lo fissò. «No. Ma l'ho testato su un manichino prima di acquistarlo.»

«Non è la stessa cosa.»

Scrollò le spalle. «Non importa. Ciò che voglio dire è che non ho paura di quei ragazzi.»

Blade la fece voltare e le mise un dito sotto il mento, costringendola a guardarlo negli occhi. «Non sottovalutarli. Solo perché sono più giovani di te di una decina d'anni o giù di lì, non li rende meno pericolosi.»

Lei annuì, ma nel suo sguardo passò qualcosa che non riuscì a interpretare. «Lo so. Sono solo arrabbiata.»

«Anch'io dolcezza. Anch'io.»

Le circondò di nuovo le spalle e Wendy avvolse le braccia intorno a lui. Rimasero così, a guardare Jackson consolare Jenny, e poi accompagnarla dove la stavano aspettando i suoi genitori. Erano parcheggiati dall'altra lato della scuola e non avevano visto nulla di ciò che era successo.

«Sono preoccupata per lui» sussurrò mentre suo fratello si avvicinava alla Jeep.

«Andrà tutto bene» la rassicurò con convinzione. «Io e i ragazzi gli insegneremo a proteggersi.»

«Anche se si ritroverà di nuovo circondato come stasera?»

«Sì» giurò Blade.

In precedenza, aveva pianificato di andarci piano con Jackson. Di mostrargli semplici mosse e nulla di troppo intenso. Ma quella sera aveva cambiato tutto. Lo avrebbe messo a dura prova quel fine settimana. Gli avrebbe fatto indossare le imbottiture e detto agli altri di darci dentro. Se il ragazzo doveva imparare come proteggere se stesso e Jenny, avrebbe dovuto essere pronto a fare tutto il necessario.

Perché se c'era una cosa che Blade aveva imparato, era che i bulli come Lars non combattevano lealmente; avrebbe fatto tutto il possibile per sconfiggere Jackson, a prescindere da chi ci avrebbe rimesso.

CAPITOLO DODICI

«Come sta Jackson?» chiese Aspen dopo aver salutato Wendy. Lo aveva aspettato nel parcheggio del suo complesso di appartamenti. Era stata ansiosa di vederlo e troppo impaziente per restare dentro casa. Appena arrivato, l'aveva guardata accigliato e rimproverata per non avergli permesso di accompagnarla alla sua Jeep, ma lei aveva semplicemente alzato gli occhi al cielo.

«Lo abbiamo fatto lavorare duro venerdì sera.» Era domenica e avevano tutto il giorno per loro. Jackson stava trascorrendo la giornata con Jenny e la sua famiglia. Le cose tra i due adolescenti si erano fatte serie in fretta, ma Wendy non era preoccupata. Si fidava di lui e sapeva che sarebbe stato un fidanzato eccellente... lo aveva dimostrato la sera della recita di Jenny; aveva fatto il possibile per tenerla al sicuro.

Sabato, come previsto, aveva festeggiato il compleanno con suo fratello. Erano usciti a mangiare una pizza, ma invece di andare a giocare a minigolf come al solito, dato che Jackson era ancora molto dolorante, avevano scelto di andare al cinema a vedere l'ultimo film di supereroi.

Avevano festeggiato i suoi ventisette anni proprio come

ogni altro compleanno... fingendo che ne avesse cinque di più. Quando Jackson aveva otto anni, gli aveva spiegato quanto fosse importante che la gente credesse che Wendy ne avesse ventuno quando i loro genitori erano morti, così nessuno avrebbe cercato di separarli di nuovo perché era troppo giovane.

«Male» disse, rispondendo alla sua domanda. «Ma non si è lamentato. In effetti, è stato super entusiasta di mostrarmi i lividi sui fianchi e sulle gambe. Ti ho mai ringraziato per aver accettato di insegnargli difesa personale? Non mi piace il motivo per cui lo vuole fare, ma allo stesso tempo lo ammiro per questo.»

Aspen la avvolse in un caldo abbraccio. «È un piacere, tesoro. E non ti mentirò dicendo che probabilmente non dovrà mai usare ciò che gli stiamo insegnando, perché penso che tu sia abbastanza intelligente da capire. Eri lì la scorsa settimana. Hai visto quel Lars e i suoi amici. La maggior parte dei bulli fa marcia indietro quando le loro vittime non cedono alle provocazioni. Ma non lui.»

Wendy sospirò e si scostò un po'. «Lo so. Ecco perché non ti sto chiedendo di andarci piano con Jackson. Odio ciò che sta subendo, ma in realtà mi sento sollevata che tu sia qui ad aiutare.»

«Ci sarò sempre per lui, e se per qualche motivo le cose tra di noi non dovessero funzionare, rimarrò comunque suo amico. Spero che lo sappiate entrambi. Ma detto questo... farò tutto ciò che è in mio potere per assicurarmi che le cose *funzionino*.»

Gli sorrise. «Anch'io. Mi piaci, Aspen.»

«Anche tu mi piaci. Ora... cosa vuoi fare oggi per il tuo compleanno?»

Si morse il labbro. Era una domanda davvero complessa, ma in realtà sapeva ciò che avrebbe desiderato fare: voleva che Aspen facesse l'amore con lei e poi la scopasse così duro e a fondo, da non sapere dove finisse lui e iniziasse lei. Quando era più giovane le piaceva il sesso, ed era passato molto tempo dall'ultima volta che era stata con qualcuno, perché troppo impegnata con Jackson o stanca a causa dei due lavori, e anche perché aveva avuto paura di avvicinarsi troppo a un uomo.

«Wow, stai pensando proprio intensamente» commentò lui sorridendo.

«Quello che mi piacerebbe davvero fare, è passare del tempo con te a casa tua. Solo noi due. Jackson sarà da Jenny fino a dopo cena.»

Aspen guardò l'orologio, poi di nuovo lei, le sopracciglia inarcate in modo suggestivo. «Allora, abbiamo cinque ore tutte per noi?»

«Sì.»

«Sei sicura di voler andare a casa mia? Possiamo andare a mangiare fuori, oppure potrei portarti al cinema o a comprare qualcosa che hai sempre desiderato.»

«Ultimamente, tutto ciò che desidero sei tu.»

Blade si leccò le labbra e fece un respiro profondo prima di rispondere. «Sei sicura?»

«Sì. Assolutamente. Al cento per cento.»

Sorridendo, si chinò e la baciò con affetto e dolcezza. «La festeggiata deve sempre ottenere ciò che desidera.»

Poi si voltò, e la fece salire in fretta sulla Jeep. Il parcheggio era tranquillo, perché era domenica pomeriggio e la maggior parte delle persone discutibili che vivevano lì, probabilmente dormivano ancora. Si affrettò ad andare al lato del conducente.

Avviò l'auto e partì senza fare altri commenti. Wendy lo apprezzò. L'ultima cosa che voleva era che le chiedesse un milione di volte se fosse sicura. Certo che lo era. Era un'adulta. Non l'avrebbe suggerito dicendo che lo desiderava se così non fosse stato.

Aspen aveva l'abitudine di essere eccessivamente cauto, e un paio di sere prima si era resa conto che avrebbe dovuto fare lei la prima mossa per cambiare la loro relazione dai brevi baci o chiacchiere qua e là, a un livello più fisico.

Sì, c'era stata quella volta in cui avevano fatto sesso telefonico, ma invece di spingerli più in fretta verso l'atto vero e proprio, sembrava li avesse bloccati. Per il suo compleanno, per una volta, voleva prendersi ciò che desiderava. Era eccitata e Aspen era sexy. Non solo, ma era veramente un brav'uomo. Aveva bisogno di più persone come lui nella vita.

Era così persa nei suoi pensieri che non si accorse che erano arrivati a casa sua finché non spense il motore.

«Stai avendo dei ripensamenti?» le chiese con dolcezza.

«Assolutamente no. Tu?»

Ridacchiò. «Sei divertente.»

Wendy sorrise raggiante.

«Aspetta qui» le ordinò.

Obbedì e lo osservò girare intorno alla Jeep fino al suo lato. Aprì la portiera, la sollevò dal sedile e lei strillò aggrappandosi al suo collo per tenersi. Aspen usò il sedere per chiudere la portiera e si avviò a grandi passi verso casa. Dovette metterla giù per infilare la chiave nella serratura, ma poi la prese di nuovo in braccio.

Wendy ridacchiò mentre lui chiudeva la porta d'ingresso con il piede.

«Hai fame?»

«No.»

«Vuoi qualcosa da bere?»

«No.»

«Potremmo guardare la TV.»

Gli posò una mano sul viso. «Non voglio guardare la televisione. Non ho bisogno di usare il bagno. Non voglio fare un gioco da tavolo. Ti voglio dentro di me, Aspen, con così tanta forza e a fondo da non riuscire a ricordare nemmeno un momento in cui non eravamo insieme.»

Guardò le sue pupille dilatarsi a quelle parole passionali.

«Non so se riuscirò ad andarci piano la prima volta» le disse, con voce roca per l'emozione. «Ti voglio troppo.»

«Bene.»

Senza dire altro, Aspen si avviò verso le scale. Reggendola come se non pesasse più di un bambino, quando Wendy sapeva per certo che non fosse così, salì fino al terzo piano senza il minimo affanno ed entrò in camera. La vista del suo letto ancora una volta disfatto, la portò a leccarsi le labbra pregustando il momento. La posò sul bordo del materasso e si chinò su di lei.

Wendy si spinse indietro, si sdraiò tenendosi su sui gomiti e lo fissò. Il suo viso era intenso come non l'aveva mai visto. «Aspen» sussurrò, non sicura di cosa volesse esprimere con quella parola.

«È la tua ultima possibilità per tirarti indietro» praticamente ringhiò.

Invece di rispondergli, prese l'orlo della sua maglietta e la tirò su lentamente.

Nel momento in cui capì ciò che stava facendo, Blade si raddrizzò scacciandole via le mani. Afferrò la maglia e se la sfilò dalla testa.

«Spogliati» le ordinò mentre si slacciava i jeans.

Con una risatina, fece come le aveva chiesto. Si aprì la cerniera dei jeans e se li spinse sui fianchi. Si stava sbottonando la camicetta quando le mani di Aspen spostarono di nuovo le sue per prendere il controllo.

Sollevò lo sguardo e lo fissò. Incombeva su di lei, completamente nudo. Il suo cazzo era duro e sporgeva dalla peluria nera tra le sue gambe. Sobbalzava mentre lui si muoveva, e non riuscì a staccare gli occhi.

Le spinse la camicia giù per le braccia, e anche se lei stava ancora lottando per uscire dalle maniche, le sganciò il reggi-seno spingendo anche quello lungo le braccia. Poi portò le mani sui suoi fianchi e la tirò fino al bordo del materasso. Wendy cadde all'indietro con uno sbuffo e sorrise mentre le tirava giù le mutandine. Si scostò il tempo sufficiente da permetterle di calciarle via, poi tornò a incombere su di lei.

Sentì il suo cazzo sfiorarle la pancia e lasciare una goccia fredda e umida di liquido preseminale. Gli avvolse le gambe intorno ai fianchi e si sollevò nello stesso momento in cui lui abbassò la bocca sulla sua.

Se pensava che i baci che si erano scambiati in passato fossero eccitanti, questo superava tutti gli altri. Poteva sentire il suo cazzo pulsare tra i loro corpi. I suoi capezzoli erano turgidi per l'aria fresca nella stanza e per l'eccitazione. Ogni volta che sfioravano i peli sul petto di Aspen, era come se una scarica elettrica andasse dritta alla sua fica.

Era quasi osceno quanto fosse bagnata. Non ricordava di aver mai desiderato un uomo più di quanto desiderasse lui in quel momento.

Aspen si tirò indietro e fece scorrere lo sguardo dal suo viso fino ai seni. Poi si sollevò sulle mani per poterla vedere meglio. Quando tornò a guardarle il viso, lo sguardo intenso nei suoi occhi la fece sentire molto più bella... ed eccitata.

«Sei bellissima. Non posso credere che tu sia qui. Nel mio letto. Con me.»

«Meno parole e più azione» ansimò, avendo più bisogno di sentirlo dentro di lei che di respirare.

Lui portò una mano sulla sua clavicola e poi lentamente, molto lentamente, la fece scorrere lungo il suo corpo, i calli le graffiarono il capezzolo turgido mentre ci passava sopra. Wendy inspirò bruscamente mentre le copriva la pancia non proprio piatta. Ma fu quando le dita la arrivarono tra i peli corti che le coprivano la fica, che si dimenticò del tutto di respirare.

«Sei così bagnata» mormorò. «Mi vuoi.»

«Ovvio.»

Sorrise e si prese in mano il cazzo, stringendone la base e chiudendo gli occhi per un secondo. Poi disse: «Sarà violento e veloce, tesoro. Ti va bene?»

«Sì, dopo che avrai messo il preservativo.»

Aspen si bloccò, poi imprecò sottovoce e a lungo, anche mentre si chinava per prendere i pantaloni continuò a borbottare: «Merda. Cazzo. Datti una regolata, Carlisle.»

Wendy ridacchiò e si rilassò. Era pronta a spingerlo via se si fosse rifiutato di usarlo, ma avrebbe dovuto saperlo, lui non era quel genere di uomo. Non era uno stronzo. Le aveva dato molte possibilità di tirarsi indietro ed era stato anche troppo attento ad assicurarsi che lei volesse davvero farlo. Che volesse *lui*.

Aspen lasciò cadere i pantaloni sul pavimento e aprì la bustina con i denti. Guardarlo rotolarsi il preservativo sul suo cazzo duro come una roccia era eccitante quasi quanto qualsiasi altra cosa le avesse fatto.

Quando finì, si chinò di nuovo su di lei. «Scusa. Non ti avrei mai presa così, senza il tuo permesso. Ma devi sapere che sono pulito. Vengo testato ogni due mesi dall'esercito. Faccio un check-up completo.»

«Anch'io... ma non sto usando alcun tipo di anticoncezionale.»

Il luccichio nei suoi occhi a quell'ammissione la fece fremere dentro. «Molte donne della tua età usano qualche tipo di contraccettivo» incalzò.

Wendy gli diede ciò che stava cercando. «Non c'è bisogno che usi niente perché non faccio sesso da anni. Ho il ciclo regolare e relativamente privo di dolori.»

«Io non posso affermare che siano anni, ma è passato un bel po' di tempo anche per me. Da quando ho iniziato a parlare al telefono con questa donna affascinante che ha cercato di vendermi un'assicurazione sulla vita, non sono stato in grado di pensare a nessuno tranne che a lei.»

«Scopami, Aspen» sussurrò.

«Oh, lo farò» disse, chinandosi di nuovo su di lei. «Poi farò l'amore con te. E dopo, voglio metterti in quella vasca nel mio bagno e realizzare la fantasia che avevo di te lì dentro.»

Riuscì solo ad annuire mentre le passarono per la mente le immagini di loro due nella vasca... e di quello che avrebbero fatto dopo.

Muovendosi piano, Aspen posò la punta del suo cazzo sulla sua apertura. Poi, tracciando lenti cerchi sul clitoride con il pollice, si spinse lentamente dentro.

All'inizio Wendy si irrigidì, poi si rilassò quando si rese conto che non l'avrebbe penetrata con forza.

Come se potesse leggerle nel pensiero, le spiegò: «Hai detto che è passato un po' di tempo. Mi rifiuto di scoparti per bene finché non sarai pronta per me.»

Scivolò di un altro centimetro. Non interrompeva mai i movimenti del pollice mentre si spingeva sempre più in lei. Quando pensò che fosse completamente dentro, le mise una mano sotto il sedere, sollevandola un poco e, allo stesso tempo, si avvicinò di più al letto.

Wendy inspirò profondamente. Poteva sentire i peli delle sue gambe sfiorarle l'interno delle cosce. Le era mancato tutto questo; la sensazione di essere connessa a un altro essere umano, di essere un tutt'uno. Ma con lui era diverso. Era più straordinario.

I suoi muscoli interni si contrassero e rimase affascinata dal modo in cui lui gemette in reazione.

«Tutto bene?» le chiese.

«Più che bene.»

Provò a tirarsi indietro e poi spingersi di nuovo dentro di lei. «Sicura?»

«Scopami, Aspen. Ne ho bisogno. Ho bisogno di *te*.»

«Dimmi se ti faccio male» la avvertì.

Quando lei annuì, lui ci diede dentro. Si tirò fuori quasi completamente, poi si spinse con una forza che non aveva usato prima. Poi lo fece di nuovo. E di nuovo ancora. Teneva una mano sul suo fianco e con l'altra le strofinava con decisione il clitoride mentre la scopava.

Wendy sapeva che le sue tette rimbalzavano su e giù a ogni spinta, ma era un'aggiunta alla sensualità dell'esperienza. Aspen non era gentile, ma non le stava assolutamente facendo del male. Aveva bisogno dello sfregamento e della sensazione dei loro corpi che sbattevano per portarla all'orgasmo.

«Dio, Aspen. Sì!»

«Accarezzati il clitoride» le ordinò.

Persa nel desiderio, obbedì, spostando la mano lungo il busto per stimolarsi.

Ora che Blade aveva entrambe le mani libere, le afferrò il sedere e la tenne sollevata di un paio di centimetri dal materasso, attirandola contro di sé con ogni spinta dei fianchi.

La posizione era un po' scomoda per lei, ma non le importava. Era erotico, e lui la stava usando come ne aveva bisogno per venire. Continuò a strofinarsi freneticamente il clitoride tenendo gli occhi aperti e fissi sull'uomo tra le sue gambe.

Non voleva perdersi nemmeno un secondo. Non si sentiva così femminile da molto tempo.

«Cazzo, è bellissimo» mormorò Aspen, incontrando il suo sguardo. «È bellissimo *sentirti* così. L'ho sognato, ma la realtà è molto meglio della mia fantasia.»

Wendy usò la mano libera per pizzicarsi un capezzolo, mentre cercava di allargare di più le gambe per farlo andare più in profondità.

«Ti piace, vero. Ti piace essere scopata duro e veloce.»

«Sssì» ansimò. «È così bello sentirti dentro di me.»

«Devi farti venire» la avvertì. «Non durerò molto. Sei

troppo bagnata. Troppo stretta. Non ho *mai* avuto una fica come questa.»

Le sue parole la eccitarono ancora di più.

«Fallo, Wen. Vieni su tutto il mio cazzo. Fammi sentire.»

Chiudendo gli occhi per la prima volta, si concentrò sul suo piacere. Lo desiderava. Più di quanto potesse esprimere. Usando due dita, si strofinò il clitoride con più forza finché le sue gambe non iniziarono a tremare per l'imminente orgasmo.

«Ecco, così. Cazzo, sei bellissima. Sdraiata per me, aperta a tutto ciò che voglio darti. Così, tesoro. Ci penso io. Lasciati andare.»

E con le sue parole che le rimbombavano in testa, fece proprio così. Tutti i muscoli del suo corpo si irrigidirono e venne. A lungo e con intensità. Lo sentì vagamente gemere un apprezzamento mentre la scopava con più foga.

Poi, mentre si stava riprendendo dall'estasi, Aspen si spinse il più profondo possibile e gettò indietro la testa, e gemette, tremando nel proprio orgasmo.

Wendy non sapeva quanto fossero rimasti uniti in quel modo, ma quando finalmente lui aprì gli occhi e la guardò, rimase quasi senza fiato per l'intensità del suo sguardo.

Non le disse niente, le lasciò semplicemente andare il sedere e rimase sollevato sopra di lei, poi si chinò e la baciò. Non fu dolce, non fu amorevole; fu una rivendicazione. Le divorò la bocca come se non ne avesse mai abbastanza.

Si aprì di più per lui, lasciandogli prendere ciò che voleva. Quando alla fine Aspen si tirò indietro, stava respirando a fatica quanto lei.

«È stata l'esperienza più incredibile che abbia mai avuto in vita mia» le disse in tono sommesso e con così tanta intensità, che non poté fare a meno di credergli. «Grazie per avermi fatto questo regalo, anche se dato che è il tuo compleanno, avrei dovuto essere io a dare e non a prendere.»

«Oh, hai dato di sicuro» lo rassicurò. «E spero che me lo darai di nuovo, presto.»

Lui ridacchiò e Wendy sentì il suo cazzo scivolare fuori dalle sue pieghe bagnate.

«Dannazione» disse Aspen. «Che schifo.»

Gli sorrise, amando quanto lui si sentisse a suo agio da rendere quella parte del post coito per niente imbarazzante.

«Torno subito, vado a occuparmi di questo preservativo. Infilati sotto le coperte, tesoro.»

Però non si mosse; i suoi occhi le studiarono il viso, come se lo stessero memorizzando. Le scostò una ciocca di capelli dalla fronte sudata e le sue labbra si sollevarono in un sorriso misterioso.

«Pensavo volessi ripulirti.»

«Sì» ammise, ma ancora non si mosse.

Si rilassò sotto di lui e gli accarezzò i fianchi con le dita. Alla fine, dopo un altro minuto di tranquilla contemplazione, sospirò e si alzò.

Si voltò e andò in bagno, per nulla preoccupato della sua nudità. Wendy pensava che non sarebbe mai riuscita a essere disinvolta stando nuda di fronte a lui, ma d'altronde, non aveva un culo perfetto come quello.

Il sole del pomeriggio filtrava dalla finestra e non si sentiva affatto stanca, ma fece come le aveva ordinato e si infilò sotto le coperte. Portandosele al petto, sorrise nel sentirsi bagnata tra le gambe. Era un po' fastidioso, ma non le importava.

In meno di un minuto, Aspen riapparve nella stanza e andò dritto al letto. Non riuscì a guardarlo a lungo, dato che si muoveva velocemente, ma le piacque ciò che riuscì a vedere.

Aveva un po' di peli sul petto, ma dovette sforzarsi per vederli. Le sue braccia erano gonfie di muscoli e aveva anche quella deliziosa V. La pelle intorno ai suoi fianchi era più chiara del resto del corpo, dimostrando che si allenava un po' sotto il sole senza maglietta. L'ombra di barba sul mento lo faceva sembrare ancora più virile. Tutto sommato, non c'era una cosa del suo corpo che non le piacesse.

Accidenti, non c'era nemmeno molto di lui come persona che non le piacesse. Era quasi perfetto, e questo la spaventava a morte. Perché lei non lo era. Nemmeno lontanamente.

Scivolò sotto le coperte prima che potesse aprire la bocca per complimentarsi del suo aspetto. Le mise un braccio sotto le spalle e la strinse a sé. Quando lei si girò su un fianco, lui si chinò e le afferrò una gamba, tirandosela sopra le cosce.

«Accoccolati contro di me» le ordinò.

Wendy sorrise. «Pensavo che gli uomini non lo facessero.»

«Fanculo. Chi lo ha detto non ha mai avuto una donna calda e appagata come te nel suo letto.» Le baciò la fronte. «Fai un pisolino, tesoro.»

«Non sono poi così stanca» gli disse.

Prima ancora che le parole uscissero dalla sua bocca, si ritrovò sulla schiena con Aspen che incombeva su di lei. «Pensavo che tutte le donne fossero esauste dopo essere venute così intensamente.»

Lei socchiuse gli occhi e affondò le unghie sui suoi bicipiti. «Davveeeroo?»

Ebbe la decenza di sembrare un po' a disagio. «Anche se la mia esperienza non è poi così vasta. Ne vuoi ancora?»

Era imbarazzata per i suoi desideri. Scrollò le spalle e distolse lo sguardo. «Hai detto che mi avresti scopato e poi fatto l'amore con me. Non abbiamo molto tempo prima che debba andarmene.»

«Guardami» le ordinò.

Riportò gli occhi sui suoi.

«Non aver mai paura o vergogna di dirmi cosa desideri o di cui hai bisogno. Vuoi di nuovo il mio cazzo?»

Wendy annuì.

«Che ne dici della mia bocca sulla tua fica?»

Annuì di nuovo, spostandosi trepidante sotto di lui. «Io... ehm... ho un appetito sessuale piuttosto elevato.»

Aspen sorrise. Fece un grande, ampio sorriso che gli illuminò il viso e lo fece sembrare allo stesso tempo un po' diabolico. «Allora siamo proprio fatti l'uno per l'altra, perché non ho ancora finito con te. Se hai bisogno di una pausa, di' qualcosa. Potrei scoparti tutto il pomeriggio ed essere ancora pronto per farlo tutta la notte. Però ho solo altri due preservativi... oggi dovremo essere creativi. Domani mi assicurerò di rifornirmi.»

Non le diede la possibilità di rispondere. Portò una mano tra le sue gambe e l'altra su uno dei capezzoli mentre si chinava per baciarla fino allo sfinimento.

———

Due ore dopo, erano stesi sul letto, e Blade si sentiva come se fosse stato centrifugato... in senso positivo. Loro due erano una coppia perfetta, sessualmente parlando. Wendy era quasi insaziabile e si era divertito un mondo a cercare di essere creativo, assicurandosi che fosse soddisfatta al massimo.

Era stato di parola. Aveva fatto l'amore con lei in modo lento e dolce fino a quando non lo aveva supplicato di muoversi più velocemente e con più forza. Si era divertito a stuzzicarla, portandola sull'orlo dell'orgasmo per poi fermarsi. Ma era stato più bello girarla e scoparla da dietro, con spinte dure e veloci, mentre si contorceva e gemeva sotto di lui.

Poi le aveva fatto fare un bagno come promesso. Ovviamente era entrato con lei, e avevano usato l'ultimo preservativo rimasto dopo nemmeno dieci minuti da quando si erano insaponati.

Era perfetta per lui in tutti i sensi. Dal seno prosperoso e i capezzoli turgidi, che sembravano implorare la sua bocca ogni volta che li guardava, ai fianchi larghi e le cosce tornite che poteva afferrare e mettere in posizione.

Non era magra, ma nemmeno grassa. Era giusta. I suoi occhi castani avevano scintillato di eccitazione e felicità mentre si scambiavano battute, e si erano scuriti di desiderio quando era dentro di lei.

Fece scorrere leggermente le dita tra i suoi capelli arruffati mentre stavano lì abbracciati nel suo letto. Non aveva idea di dove fossero finiti i cuscini, a parte quello sotto la sua testa. La trapunta a un certo punto era stata spinta fino ai piedi del materasso, e il lenzuolo sotto si era sfilato dagli angoli e si era ammassato sotto di loro.

Sembrava che in quel letto fosse stata combattuta una grande battaglia, in cui entrambi erano risultati vincitori.

Sorrise, amando la sensazione di intimità che li circondava. In quel momento si sentiva più vicino che mai a lei. Dopo quello che avevano appena condiviso, decise di aprirsi, di condividere chi fosse.

Era certo che se l'avesse lasciata entrare, questa volta lei avrebbe ricambiato.

«Sai che sono nell'esercito, ma quello che non sai è ciò che faccio.»

Wendy stava tracciando con il dito dei cerchi lenti e sensuali intorno al suo capezzolo, ma lo guardò. «Ho pensato che fosse qualcosa fuori dall'ordinario, se non devi trasferirti ogni due anni e lavori sempre con lo stesso gruppo di uomini. Non so molto sui militari, ma vivendo nella zona ho imparato almeno questo.»

Le baciò la fronte. «Hai ragione. La mia unità è nelle forze speciali. Siamo Delta Force.»

«Wow» disse buttando fuori il respiro.

«Quindi, ne hai sentito parlare?»

«Ovvio» sussurrò. «Chi non vi conosce?»

«Ne saresti sorpresa. Comunque, io e i ragazzi lavoriamo

insieme da alcuni anni. L'esercito ci invia quando c'è bisogno di segretezza. Non sarò in grado di dirti dove vado e nemmeno quando tornerò, ma voglio che tu sappia che stiamo sempre attenti. Abbiamo troppo da perdere per non curarci della nostra sicurezza. Ma non puoi dirlo a nessuno. Chi siamo e cosa facciamo è un'informazione riservata, e nessun altro deve saperlo.»

«Perché mi stai dicendo tutto questo? Voglio dire, se è un segreto e tutto il resto, perché dirmelo?»

«Sul serio? Hai bisogno di chiederlo dopo le ultime ore?»

Lei arrossì, ma annuì comunque.

«Questo non è stato solo sesso. È stato straordinario, qualcosa che ti cambia la vita e molto di più. È stato l'inizio di *noi*. Non ho mai voluto stare con nessuno quanto voglio stare con te. È scattato qualcosa quella sera in cui mi hai chiamato la prima volta e da allora ho sentito il nostro legame crescere ogni giorno. Voglio svegliarmi con te al mio fianco e addormentarmi con il mio cazzo nel profondo del tuo corpo ogni notte. Voglio vedere Jackson attraversare il palco tra un paio d'anni e accettare il suo diploma, e voglio vederlo crescere e diventare l'uomo straordinario che so sarà, grazie all'esempio che sua sorella è stata per lui. Voglio tornare a casa da una missione sapendo che sarai qui ad aspettarmi. Il pensiero di qualcuno che si preoccupi se sono vivo o morto mentre mi trovo in qualche schifo di Paese, mi fa venir voglia di stare ancora più attento.»

«Oh» mormorò.

«Sì, oh» concordò con un piccolo sorriso. «Sono l'unico ad avere questi sentimenti?» si azzardò a chiedere.

«No» rispose lei con dolcezza.

Blade si rilassò. Non si era reso conto di essere diventato molto teso durante la conversazione. A parte la sua famiglia, non aveva mai detto a nessuno che lavoro facesse in realtà. Si era sentito nervoso, ma avrebbe dovuto sapere che Wendy non gli avrebbe fatto domande a cui non poteva rispondere. Finalmente erano sulla stessa lunghezza d'onda e ciò lo tranquillizzò.

Si assopirono e dopo qualche minuto lui mormorò assonnato: «Buon compleanno, tesoro.»

Era tardo pomeriggio e Blade sapeva che avrebbe dovuto alzarsi, fare una doccia e pensare di riportare Wendy nel suo appartamento, ma era così appagato e comodo che non voleva muoversi.

«Grazie.»

«Quanti sono, trentuno, trentadue?» le chiese tracciando dei cerchi sulla sua schiena con le dita.

Era una domanda innocente, ma lei si irrigidì come se le avesse chiesto qualcosa di estremamente personale e fuori luogo.

«Qualcosa del genere.»

In un istante, Blade passò dall'essere rilassato e pigro a estremamente vigile e sospettoso.

Gli era semplicemente sfuggita, ma mai, nemmeno in un milione di anni, avrebbe pensato che si sarebbe rifiutata di rispondere. Era una domanda così semplice, innocua... o almeno avrebbe dovuto esserlo se si fidava di lui.

E il pensiero che non lo facesse lo *uccideva*. Anche dopo tutto quello che avevano appena fatto, si stava ancora trattenendo.

«Che sarebbe?» le chiese teso.

Si sollevò su un gomito e lo guardò. «Ha importanza?»

«Perché non mi dici quanti anni hai?» le domandò a bruciapelo.

Wendy si stese di nuovo, appoggiando la testa sulla sua spalla, ma sembrava più una tecnica evasiva che amorevole. «Alle donne non piace che si chieda la loro età, Aspen. Lascia perdere.»

Ma non poteva. Non in quel momento. «Ho trentun anni.

Ti preoccupa essere più vecchia? A me non frega un cazzo e nemmeno ai miei amici. Perché a te importa?»

«Perché sì.»

All'improvviso gli venne da vomitare e si rizzò a sedere allontanandola dal suo petto. «Davvero non hai intenzione di dirmi quanti anni hai, dopo ciò che abbiamo appena condiviso?»

Scosse la testa con gli occhi spalancati.

Blade si passò la mano tra i capelli, frustrato. Non capiva quale fosse il problema. «Ti ho appena svelato cose che non ho mai detto a nessuno prima. Qualcosa che potrebbe procurarmi un serio richiamo da parte del mio comandante se lo venisse a sapere, e tu non vuoi nemmeno dirmi la tua *età*? *Dev'essere* uno scherzo. Sei più vecchia? Ne hai trentacinque?» Stava cercando di capire cosa stesse succedendo dietro la sua espressione ostinata.

Wendy scivolò fuori dal letto e afferrò il lenzuolo che pendeva dal lato del materasso per coprirsi il corpo. «C'è una ragione per cui sono evasiva.»

«Evasiva? Cazzo, ti stai praticamente rifiutando di dirmelo. Che ne dici di dove sei cresciuta? O dov'eri prima di trasferirti qui? Dove e in cosa ti sei laureata? Non so *nulla* di personale della tua vita a parte il fatto che i tuoi genitori sono morti e ti sei presa la responsabilità di crescere tuo fratello. *Parlami*, Wendy. Ho la sensazione di non conoscerti nemmeno.»

«Sì che mi conosci» protestò.

«Ogni volta che ti chiedo qualcosa, anche di insignificante mi ignori, e mi sto davvero stancando.»

«Forse è perché quello che chiedi non è insignificante!» replicò con forza.

«Sapere quanti anni non è chissà quale informazione.»

«Per me sì.»

«Perché?»

Strinse le labbra e lo fissò.

«Da quanto tempo vivi qui?»

Continuò a fissarlo.

«Dov'eri prima di trasferirti in Texas?»

Sbatté le palpebre, ma non disse niente.

«Perché non ti piacciono i poliziotti?»

Ancora una volta si rifiutò di rispondere. Rimase semplicemente lì avvolta nel suo lenzuolo, con l'aria di desiderare di trovarsi altrove. E questo faceva male. Davvero male.

«A quanti altri uomini hai fatto questo?»

Quella domanda la fece sussultare. Ma lui insistette. «Con quanti altri uomini sei stata, e ti sei rifiutata di dire loro qualcosa di diverso dall'essenziale? Quanti altri hai respinto perché non hai voluto svelare qualcosa di semplice come la tua maledetta età?»

«Vaffanculo, Aspen» disse infine. «Non sai niente.»

«Lo so!» gridò. «Perché non me lo *dici*! Per quanto ne so, ti trasferisci da un posto all'altro trascinandoti dietro tuo fratello, abbindolando gli uomini con la tua bellezza e vulnerabilità, poi quando si stancano di qualsiasi cosa tu nasconda, passi oltre.»

Non emise alcun suono, ma il dolore nei suoi occhi era evidente.

Blade si sentì frustrato e triste. Non aveva idea di come fossero passati dal fare l'amore un secondo prima, a litigare quello successivo.

Ma soprattutto, odiava non sapere nemmeno per cosa stessero litigando.

Sfogando le sue frustrazioni su Wendy, ringhiò: «Dimmi qualcosa, *qualsiasi cosa*, che possa far sparire la sensazione che tu mi stia usando solo per il sesso.»

«Solo perché abbiamo scopato non significa che devo raccontarti ogni piccola cosa della mia vita!» gridò Wendy, cercando di sembrare dura e tenace.

Ma a Blade sembrò semplicemente disperata.

E le sue parole lo fecero arrabbiare No, *infuriare*. Lui la stava implorando di lasciarlo avvicinare, e lei continuava a rifiutarsi nel modo più assoluto. Non solo eludendo quella stupida domanda sulla sua età, che non era nemmeno più la questione più importante, ma gettandogli in faccia il sesso incredibile che avevano avuto come se non avesse significato nulla.

Così parlò senza pensare. «Giusto. Ed è proprio quello che non ti rende migliore della puttana che ha cercato di adescarmi al bar. Tanto valeva che andassi a casa con *lei*; almeno era stata onesta sul fatto di volermi solo per scopare. Scommetto che mi avrebbe detto quanti anni aveva senza tutti i cazzo di giochetti che hai fatto tu.»

Si pentì di quelle parole non appena pronunciate.

Wendy impallidì e si strinse di più il lenzuolo intorno al corpo.

Blade aveva bisogno di aria. Aveva trascorso il miglior pomeriggio della sua vita e pensava di aver iniziato qualcosa di duraturo con lei. Cazzo, negli ultimi *mesi* aveva pensato che fosse ciò che stavano facendo. Ma sembrava che Wendy volesse solo fare sesso.

Disgustato con se stesso e con *lei*, scese dal letto. Si avvicinò al cassettone e prese dei vestiti. «Mi vesto nel bagno degli ospiti. Ti porterò a casa non appena sarai pronta.»

Non si voltò indietro quando uscì dalla sua stanza. Se lo avesse fatto, avrebbe potuto cambiare idea e tornare da lei, prenderla tra le braccia e dirle che sarebbe andato tutto bene, e che non intendeva dire nessuna delle parole orribili che le aveva urlato contro.

Ma non lo fece. Quindi, non vide la devastazione assoluta sul suo viso. Il rimorso e il rimpianto, o le lacrime copiose che le rigavano le guance.

CAPITOLO TREDICI

IL VIAGGIO fino al suo appartamento si svolse in totale silenzio; nessuno dei due pronunciò una parola. Wendy era riuscita a smettere di piangere abbastanza a lungo da trovare i suoi vestiti, che erano stati spinti sotto il letto durante la loro maratona di sesso pomeridiana.

Quando era scesa al piano di sotto, Aspen la stava aspettando vicino alla porta. L'aveva aperta senza dire una parola, facendole segno di precederlo. Non l'aveva aiutata a salire sulla Jeep, aspettando a malapena che si allacciasse la cintura prima di uscire dal parcheggio, come se non vedesse l'ora di riportarla a casa e sparire dalla sua vita.

E immaginava che fosse proprio ciò che volesse fare.

Non poteva dirgli quanti anni aveva. Se lo avesse fatto, avrebbe messo in pericolo Jackson. Tra dieci mesi, avrebbe potuto dire a chiunque che in realtà aveva solo ventisette anni, ma a quel punto sarebbe stato troppo tardi per lei e Aspen.

Avrebbe voluto dirglielo. L'aveva quasi fatto, più di una volta. Aveva quasi ceduto desiderando dirgli tutto, ma si era trattenuta... e ora era troppo tardi. Se ne sarebbe lavato le mani di lei.

Sentendosi depressa come non mai, Wendy si guardò le dita mentre Aspen guidava attraverso la città. Si fermò nel parcheggio del suo schifoso complesso di appartamenti e lei trovò il coraggio di dire: «Te lo direi se potessi.»

«Sì, ok. Ti ho dato molte possibilità di parlarmene, Wendy. Più del necessario. Ci si vede.»

Le sue parole furono laconiche e prive di emozione.

Era finita. Aveva trovato e perso l'uomo con cui voleva passare il resto della sua vita. Avrebbe voluto incazzarsi con lui per non averle dato la possibilità di spiegare, ma non poteva. Era stata colpa sua, perché *non poteva* spiegare. Aspen stava reagendo esattamente come immaginava avrebbe fatto una volta sentita la sua storia, il che era in parte il motivo per cui non aveva voluto raccontargliela.

Senza dire altro, scese dalla Jeep e si avviò verso le scale traballanti che portavano al secondo piano e al suo appartamento.

Quando Aspen se ne andò prima che fosse a metà della rampa, capì che era davvero finita. Non se n'era *mai* andato prima di assicurarsi che fosse dentro sana e salva. Mai.

Fino a quel momento.

Le decisioni che aveva preso quando era una giovane adolescente in preda agli ormoni non le erano mai pesate così tanto sulle spalle. Non aveva idea di come avrebbe detto a Jackson di aver rovinato le cose con Aspen. Sperava che continuasse a dare a suo fratello lezioni di difesa personale; Lars e la sua banda di stronzi non avrebbero comunque smesso di molestarlo.

Solo perché Aspen non era più nella loro vita, non significava che anche tutto il resto si sarebbe fermato.

Con dita tremanti, aprì la porta e scivolò dentro. Adesso tutto aveva un aspetto più opaco. I cuscini dai colori vivaci sul divano sembravano deriderla. Le squallide pareti grigie erano ancora più patetiche.

Sprofondando in una depressione che non provava da anni, Wendy lasciò cadere la borsetta sul tavolo della sala da pranzo e andò a farsi la doccia. Poteva ancora sentire l'odore di Aspen su di sé. Per quanto facesse male, doveva togliersi di dosso il suo profumo. Non aveva bisogno di ricordare quanto fosse meraviglioso. Di come lei avesse rovinato tutto.

Perché non aveva mentito dicendo di avere trentadue anni? Se lo avesse fatto, sarebbe ancora nel suo letto.

Ma non voleva mentirgli apertamente. Nemmeno sulla sua età. Ecco perché aveva semplicemente evitato di rispondere alle sue domande.

Sì, alcune persone avrebbero potuto affermare che non dirglielo era un po' come mentire, ma non per lei. Proteggere Jackson era diventata una seconda natura. Aveva imparato a eludere le risposte e a cambiare argomento come una professionista. Ma, ovviamente, Aspen vedeva dentro di lei. Probabilmente era addestrato nell'arte degli interrogatori.

Non solo, ma se la polizia l'avesse beccata, avrebbe potuto *danneggiare* anche lui. Qualsiasi cosa potesse attirare l'attenzione su un soldato delle forze speciali doveva portare solo guai. E se fosse stata arrestata, avrebbe potuto davvero creargli un sacco di problemi.

No, aveva fatto la cosa giusta. Proteggere gli uomini nella sua vita era la cosa più importante... anche se in quel modo, Aspen la odiava.

Le sue ultime parole si ripetevano nella sua testa.

Tanto valeva che andassi a casa con lei; almeno era stata onesta sul fatto di volermi solo per scopare. Scommetto che mi avrebbe detto quanti anni aveva senza tutti i cazzo di giochetti che hai fatto tu.

Non lo biasimava per essersi arrabbiato con lei, ma con quelle parole aveva dimostrato di essere più che arrabbiato. Era furioso... e ferito.

Avrebbe voluto chiamarlo e dirgli che il suo comportamento non aveva mai avuto a che fare con il sesso. Che amava passare del tempo con lui. Parlare con lui. Ma ormai era troppo tardi. Troppo, troppo tardi.

Si tolse i vestiti ed entrò sotto la doccia tiepida. Sollevò il viso verso il soffione, lasciando che lavasse via le lacrime che continuava a versare. Doveva riprendere il controllo prima che Jackson tornasse a casa; l'avrebbe guardata e capito subito che qualcosa non andava.

Mentre cercava di scuotersi dallo sconforto, Wendy scivolò sulle piastrelle fino al pavimento della doccia. Strinse le braccia intorno alle ginocchia piegate e pianse disperata.

Pianse per tutto ciò che aveva perso prima ancora che fosse suo.

Pianse per tutto ciò a cui aveva rinunciato nella sua vita.

Pianse per tutte le ingiustizie che aveva subito.

Più tardi, quella sera, Jackson era steso sul suo letto, arrabbiato.

Era successo qualcosa e Wendy non voleva dirgli cosa.

I suoi occhi erano gonfi come se avesse pianto, ma aveva fatto finta che tutto fosse normale, chiedendogli come fosse andato il suo pomeriggio a casa di Jenny.

Quando aveva cercato di indagare, lei gli aveva risposto bruscamente di lasciarla in pace, che stava bene.

Ma non stava bene.

Il suo telefono non aveva suonato e negli ultimi mesi lei e Aspen avevano parlato ogni sera. Aveva pensato che fosse un po' ridicolo, ma ora avrebbe dato qualsiasi cosa per sentire la voce sommessa di Wendy provenire dalla sua stanza mentre gli parlava.

Stringendo le mani a pugno, Jackson ribollì di rabbia.

Aveva pensato che Aspen fosse un brav'uomo. Li aveva presentati ai suoi amici. Aveva fatto di tutto per aiutarlo con l'autodifesa. Era sembrato persino turbato dalle condizioni del loro condominio e dalle persone pericolose che vivevano lì.

Perché avrebbe dovuto fare tutte quelle cose se voleva rompere con Wendy? Non aveva senso.

Jackson non era uno stupido; sapeva che quello che sua sorella aveva fatto dieci anni prima era illegale. Ne avevano parlato spesso nel corso degli anni. Ma comunque a lui non importava. Aveva fatto la cosa giusta. Se fosse rimasto con quell'ultima famiglia affidataria un'altra notte – accidenti, un'altra ora – oggi non sarebbe stato lo stesso, e lo sapeva. Gli aveva salvato la vita e aveva solo sedici anni. Non sapeva se a ruoli invertiti, sarebbe stato in grado di fare ciò che aveva fatto lei.

Prese il telefono pensando di chiamare Aspen e di strapazzarlo. In effetti portò il dito sul tasto, ma poi fece un respiro profondo e lo mise giù.

No. Doveva farlo da uomo a uomo. Voleva essere sicuro che lui sapesse cosa si sarebbe perso rinunciando a sua sorella. Jackson si rese conto che qualunque cosa fosse accaduta tra loro probabilmente non era tutta colpa di Aspen. Conosceva Wendy, sapeva che a volte era testarda e non molto aperta, ma aveva anche sperato che lui non fosse il tipo d'uomo da scappare al minimo accenno di un problema. Perché Dio sapeva, che lui e sua sorella ne avevano una buona dose.

Ma non avrebbe mai trovato una donna più leale, protettiva e amorevole di Wendy.

Decise di parlargli di persona, e iniziò subito a pensare a come e quando avrebbe potuto farlo. Lunedì e mercoledì aveva il club di robotica. Martedì e giovedì, allenamento di lacrosse. Jenny aveva le prove per tutta la settimana e lui doveva essere lì quando lei avrebbe finito, nel caso in cui Lars e i suoi amici avessero deciso di tornare.

Ma venerdì avrebbe potuto saltare lacrosse e andare a casa di Aspen. Be', avrebbe potuto chiedere a Rob di accompagnarlo. La famiglia di Jenny doveva andare fuori città per il fine settimana e sarebbero andati a prenderla subito dopo la scuola.

Avrebbe potuto usare quel paio d'ore dell'allenamento, tanto Wendy avrebbe pensato che fosse lì, per parlare con Aspen e farsi riportare a casa da Rob più tardi. Forse avrebbe suggerito a sua sorella di fare una delle loro famose serate tacos, venerdì. Le erano sempre piaciute perché erano facili da fare, relativamente poco costose e c'erano sempre molti avanzi.

Poi avrebbero potuto guardare un film. L'avrebbe anche lasciata scegliere. Odiava lo sguardo triste nei suoi occhi. Voleva aiutarla a dimenticare e a superare qualunque cosa le avesse fatto per renderla così infelice.

Con il suo piano ben fissato nella mente, Jackson iniziò a formulare ciò che avrebbe voluto dire ad Aspen.

Era tardi quando finalmente si addormentò, ma almeno aveva un piano. Sarebbe stato spiacevole e imbarazzante, ma per aiutare sua sorella, ne valeva la pena.

Quando avrebbe finito, Aspen si sarebbe pentito di qualunque cosa avesse detto o fatto.

Quando arrivò il venerdì, Blade era infelice e pentito di come si era comportato nei confronti di Wendy. Era stato uno stronzo. Perché avrebbe dovuto importargli quanti anni aveva? Non gli interessava affatto. Ma alla fine, non era quello il problema. Voleva che si fidasse di lui, ed era ovvio che gli stesse nascondendo qualcosa di enorme. E quello faceva male.

Il punto era che lui aveva reagito in modo eccessivo e l'aveva trattata come se fosse il nemico. Il giorno del suo compleanno, per giunta. Avrebbe dovuto fermarsi, darle un po' di spazio, poi riprovare a parlarle in seguito quando non fosse stata così arrabbiata. Ma no, le aveva gridato in faccia e fatto pressione.

In sua difesa, la frustrazione per il fatto che lei stesse evitando le sue domande e gli tenesse nascosto qualche grande segreto, era arrivata a un punto in cui lui non era più riuscito a trattenersi. Ma non era una buona scusa per dirle quelle cose. Gli dispiaceva soprattutto di averla paragonata alla donna del bar. *Quello* era stato un comportamento da coglione.

Aveva provato a chiamarla più di una volta ma lei, o lo ignorava o lo aveva bloccato.

Gli mancava. Era preoccupato per lei e Jackson. E non avrebbe potuto fare niente se non gli avesse parlato. Se non gli avesse permesso di chiederle scusa.

Gli mancavano i loro discorsi serali.

Gli mancava sentire le storie sui "suoi" residenti della casa di riposo.

Era preoccupato per la situazione con Lars e gli altri bulli.

Gli dispiaceva di non essere riuscito a presentarla a tutti i ragazzi della squadra. Emily e Casey la adoravano, volevano vederla di nuovo, e sapeva che sarebbe stato così anche per le altre. Ma a meno che non fosse riuscito ad aggiustare ciò che aveva distrutto, non avrebbero avuto quella possibilità.

Al lavoro c'era stata tensione, perché il team avrebbe dovuto essere inviato a Guantanamo Bay a Cuba. Non c'erano più molti detenuti lì, ma quelli rimasti erano la peggior feccia. C'era stata una rivolta nel centro di detenzione e, a causa del numero limitato di personale di stanza lì, i pezzi grossi avevano pensato di dover mandare rinforzi. Ma alla fine avevano inviato due squadre di SEAL dalla California invece dei Delta.

Blade era contento, perché per quanto amasse servire il suo Paese, non gli sembrava giusto partire per una missione senza prima sistemare le cose tra lui e Wendy.

Era a casa da una ventina di minuti e aveva praticamente fatto un solco sul pavimento camminando avanti e indietro, cercando di decidere se andare o meno a trovarla e chiederle di parlargli, quando suonò il campanello.

Pensando che potesse essere lei, corse verso la porta e l'aprì senza preoccuparsi di guardare attraverso lo spioncino.

«Ho bisogno di parlare con te.»

Era Jackson. E non sembrava felice.

«Wendy sta bene?» gli chiese. Quello fu il suo primo pensiero, che fosse lì perché era successo qualcosa a sua sorella.

«Non che t'importi, ma sì.»

Rimase spiazzato dall'ostilità nella sua risposta, ma domandò: «E Jenny? Lars ha dato ancora fastidio?»

La rabbia sul volto di Jackson si attenuò un po' e si trasformò in confusione. «Sta bene e ultimamente non ho visto molto Lars. Dobbiamo parlare» ripeté.

Blade guardò il parcheggio dietro di lui ma non vide l'auto di Wendy come sperava. Se fosse stata lì, sarebbe uscito e l'avrebbe supplicata di entrare e parlare con lui. «Come sei arrivato qui?»

«Mi ha portato il mio amico Rob. Sta aspettando nel parcheggio. Non ci vorrà molto.»

Aprì del tutto la porta e gli fece cenno di entrare.

Jackson fece qualche passo all'interno poi si voltò per affrontarlo.

«Cos'è successo?» chiese Blade

«Cos'hai detto o fatto a mia sorella?»

Studiò il giovane davanti a lui e decise di essere onesto.

«Le ho chiesto quanti anni avesse. Quando non mi ha risposto... non sono stato molto gentile.»

Quando il ragazzo fece una smorfia e distolse lo sguardo per la prima volta, fu ancora più certo che ci fosse molto di più in quella domanda innocente di quanto pensasse. «Ho fatto un casino. Lo so. Ho provato a chiamarla tutta la settimana, ma non risponde. Mi manca. La amo, Jackson. Amo tua sorella con tutto me stesso, e mi sta uccidendo non sapere nemmeno quale sia stato il motivo del nostro stupido litigio. Dimmelo. *Per favore*. Dimmi cosa mi sta sfuggendo così potrò scusarmi in modo adeguato e far sì che non succeda mai più.»

Senza dire nulla, il giovane andò nel soggiorno e si sedette sul divano. Lo seguì, si sistemò sul lato opposto, e attese. Odiava che non fosse stata Wendy la prima persona ad aver sentito che l'amava, ma non poteva farci niente. Aveva capito d'istinto di aver bisogno di conquistare suo fratello prima di poter concludere qualcosa con lei. Se Jackson non avesse voluto che lui stesse con sua sorella, non avrebbe insistito. Certo, era solo un adolescente, ma Blade sapeva quanto i due fossero legati.

Inoltre, il ragazzo gli piaceva. Voleva che lo rispettasse, non che lo guardasse come se non fosse migliore del fango sulle sue scarpe. Perché è così che gli era sembrato quando aveva aperto la porta, ed era spiacevole.

«Ha appena compiuto ventisette anni» disse in un tono basso e piatto. «E non ne ho sedici. Ne compirò diciotto tra dieci mesi.»

Blade fece due calcoli in fretta. «Quindi, avevi cosa... sei anni quando i tuoi sono morti?»

«Sì. E Wendy ne aveva appena compiuti sedici.»

«E ti hanno dato in custodia a lei a quell'età?»

Lo fissò negli occhi mentre diceva: «No.»

All'improvviso, tutti i pezzi combaciarono come se

Jackson avesse appena trascorso gli ultimi trenta minuti a raccontargli tutti i dettagli. «Ti sta proteggendo» rifletté.

«Sì. Fino ai diciotto anni. Poi potremo rilassarci un po'. Io più di lei, però.»

«Ti va di raccontarmi cos'è successo?»

«La ami davvero o lo dici solo per cercare di convincermi a parlare?»

«La amo» rispose subito. «Non me ne frega niente di quello che dirai, il mio amore per lei non cambierà. Non farò nulla che possa mettere in pericolo uno di voi.»

Quella risposta gli bastò. «Dopo la morte di mamma e papà, i servizi per la tutela dei minori ci hanno accolti entrambi, ma non ci hanno messi nella stessa casa affidataria. Sembrava che nel database non risultassero famiglie che volessero sia un adolescente, sia un bambino. Wendy non l'ha presa bene. Era brava a sgattaiolare via, lo faceva tutto il tempo quando i nostri genitori erano vivi. Così, ogni sera usciva di nascosto e veniva da me. Ma alla fine è stata beccata.»

«Non avevate parenti che avrebbero potuto accogliervi?» gli chiese, e già non gli piaceva quella storia.

Scosse la testa. «Non proprio. Penso che papà avesse una sorella, ma non andavano d'accordo e quando è stata contattata non ha voluto avere niente a che fare con noi.»

«Stronza» mormorò Blade.

Jackson non reagì. «Lo Stato non aveva altra scelta che tenerci separati, ma Wendy ha fatto tutto il possibile per vedermi ogni giorno. Ero spaventato. Mi mancavano mamma e papà e non capivo davvero cosa stesse succedendo. Sono stato trasferito in tre case diverse, ma in qualche modo lei è sempre riuscita a trovarmi. I suoi genitori affidatari erano stufi che uscisse di nascosto tutto il tempo e rubasse soldi per pagarsi i viaggi, quindi dissero alle autorità che non la volevano più.»

«Gesù, era solo una bambina. Non era una maglietta che qualcuno poteva restituire perché non gli stava bene» si lamentò Blade.

«Comunque, è stata mandata a vivere in una specie di casa-famiglia per adolescenti indisciplinati o qualcosa del genere. Ma sgattaiolava via anche da lì. Mi ha detto che avrebbero voluto metterla agli arresti domiciliari, ma dato che in realtà non infrangeva alcuna legge uscendo di casa, non hanno potuto farlo. E, sì, l'ultima in cui sono stato... non era un bel posto.»

Blade digrignò i denti per il modo in cui lo disse. Odiava che il giovane accanto a lui avesse vissuto qualcosa di evidentemente orribile.

«L'ultima notte in cui sono stato lì è stata la peggiore. Se Wendy non fosse arrivata, non so che tipo di persona sarei oggi... o se sarei ancora in circolazione.»

«Vuoi parlamene?» gli chiese con un tono calmo.

«I miei genitori affidatari, avevano un figlio biologico di sedici anni, bipolare. Quando i suoi non c'erano, se la prendeva con noi figli in affidamento. Ce n'erano altri tre in quella casa con me. Una volta, ha ucciso il gatto di famiglia e lo ha nascosto nel seminterrato, e in un momento in cui i suoi genitori non ci stavano controllando, ci ha costretti ad andare laggiù per mostrarci come l'aveva ucciso. È stato orribile e spaventoso.»

«Cos'è successo la tua ultima notte lì?»

«I genitori sono usciti per un appuntamento e hanno lasciato che fosse lui a occuparsi di tutti noi. Avevo sei anni, gli altri bambini quattro, cinque e otto. Eravamo due femmine e due maschi. Ronald, il figlio, ci ha portati tutti nel seminterrato. Laggiù c'erano gabbie di animali domestici che avevano avuto in precedenza, anche quelli misteriosamente scomparsi. Credo che i genitori fossero consapevoli che il loro figlio era malato, ma non sapessero cosa fare al riguardo.

Comunque, ci ha fatti entrare nelle gabbie, poi ha iniziato a tormentarci.»

«Tormentarvi come?» sibilò Blade.

«Ci ha colpiti con i bastoni. Ha detto che ci avrebbe lasciati lì tutta la notte senza dire ai suoi genitori dove eravamo. Non ci ha fatto mangiare niente e nemmeno uscire quando dovevamo fare la pipì. Alla fine ce la siamo fatta tutti addosso e ha riso di noi quando abbiamo pianto. Poi ha preso il povero John, il bambino di otto anni, e l'ha legato a una delle travi di sostegno con una corda. Gli ha spalmato su tutto il corpo il sangue del gatto che aveva messo da parte... e gli ha detto che lo avrebbe sventrato come aveva fatto con lui.»

Jackson si fermò e fece un profondo respiro. Blade avrebbe voluto avvicinarsi, mettergli una mano sulla spalla e fargli sapere che era tutto a posto, ma non era sicuro di come lo avrebbe accolto. Quindi, non fece nulla, rimase seduto sul bordo del cuscino sentendosi impotente.

Dopo un momento, Jackson continuò. «John stava piangendo così tanto che aveva il moccio che gli colava sul viso e le bambine erano isteriche. Stavo pensando a un modo di scappare per cercare aiuto, supponendo che a un certo punto Ronald mi avrebbe fatto uscire dalla gabbia per far fare qualcosa anche a me, ma è arrivata Wendy. Era uscita di nuovo di nascosto dalla casa-famiglia ed era venuta a trovarmi. Di solito lanciava sassolini alla finestra della stanza in cui alloggiavo, io strisciavo fuori sul tetto, scivolavo giù da un albero e ci sedevamo in giardino a parlare.

Ma quando non ho risposto dopo che aveva lanciato i sassi quella sera, ha detto di aver guardato in ogni finestra ma che dentro era completamente buio. Stava per tornare alla casa-famiglia, pensando che i genitori affidatari ci avessero portato tutti da qualche parte come premio, quando ha visto la luce provenire dalla finestra del seminterrato. Ha sbirciato dentro e ha visto ciò che stava facendo Ronald. È entrata ed è corsa giù per le scale come una posseduta. Aveva una mazza da baseball in mano. Immagino che Ronald sia stato così sorpreso di vederla che si è bloccato. Gli ha dato una bella botta sullo stomaco e lui è caduto come un sasso. Poi lo ha colpito un paio di volte e quando lo ha preso alle gambe ho sentito qualcosa rompersi.»

«Gesù» sussurrò Blade.

Jackson lo ignorò e continuò. «Ha slegato John e ci ha tirati fuori dalle gabbie. Ci ha portati di sopra e rinchiuso Ronald nel seminterrato. Stava urlando e piangendo, ma lei ci ha detto di ignorarlo. Ha mandato John e le bambine nelle loro stanze, dicendo loro di chiamare il 9-1-1, poi mi ha preso per mano e siamo usciti dalla porta d'ingresso.»

Sollevò la testa e lo guardò negli occhi. «Mi ha rapito, Aspen. Mi ha portato fuori da quella casa e non ci siamo più guardati indietro. Non avevamo niente. Nessun vestito. Niente cibo, né da bere. Mi ha riportato a casa nostra, quella in cui abitavamo quando i nostri genitori erano vivi. Immagino che le autorità stessero ancora cercando di sistemare le pratiche legali perché tutta la nostra roba era ancora lì. Avrei voluto restare, ma lei ha detto che non potevamo. Ricordo che ero seduto nella mia vecchia stanza a piangere perché non capivo il motivo per cui non potessimo vivere lì.

Wendy mi ha aiutato a preparare una borsa con le cose che volevo portare con me. Non si è nemmeno lamentata che le macchinine e i peluche con cui l'ho riempita non fossero pratici da trasportare. Ha messo i vestiti per entrambi nel suo zaino, ha usato la chiave nascosta per aprire la cassaforte che si trovava sotto il letto di mamma e papà e ha preso i nostri certificati di nascita e un po' di soldi che erano lì. Non so come mai gli avvocati o la polizia non l'avessero già trovata e portata via, credo che non lo saprò mai, ma grazie a Dio non l'hanno fatto. Poi ce ne siamo andati. Wendy ha comprato i biglietti dell'autobus e abbiamo viaggiato per tre giorni e tre notti su quell'affare puzzolente fino ad arrivare in Florida.

Abbiamo vissuto per strada per un mese, poi finalmente è riuscita a trovare un lavoro come cameriera; ha mentito sulla sua età e hanno accettato di pagarla in contanti. Abbiamo vissuto in un motel di merda per due anni. Alla fine, ha deciso che era ora di voltare pagina e siamo andati in Louisiana. Dato che non aveva nulla in mano che dimostrasse se avevo frequentato una scuola e in che classe avrei dovuto essere, è andata alla scuola elementare vicino a dove stavamo e ha detto che mi aveva istruito a casa. Aveva alcuni documenti falsificati sui miei presunti progressi e, per evitare che qualcuno facesse domande sulla mia età, ha detto che ero un anno più giovane di quanto in realtà fossi.

Mi hanno fatto fare dei test e sono stato inserito in seconda elementare, anche se tecnicamente avrei dovuto essere in terza. Wendy ha fatto del suo meglio per istruirmi mentre eravamo in fuga, ma lavorava molto ed eravamo davvero spaventati che qualcuno scoprisse che era minorenne e mi portasse via. Ripensandoci ora, sembra una cosa stupida preoccuparsi così tanto che qualcuno potesse chiedersi perché ho fatto i test per entrare in seconda elementare quando per la mia età avrei già dovuto padroneggiare quei concetti, ma Wendy era davvero preoccupata che qualsiasi piccolo dettaglio che sembrasse strano avrebbe portato le autorità a interrogarla, così ha detto loro che ero più giovane.

Da allora ci siamo spostati molto, ma quando ha ottenuto il lavoro qui alla casa di riposo, mi sono reso conto che le piaceva molto. Quindi, siamo rimasti. Compirò diciotto anni tra meno di un anno, e allora nessuno potrà portarmi via da lei e rispedirmi in affidamento. Ma il fatto è che... probabilmente è nei guai per quello che ha fatto. Se fosse stata solo lei, un'adolescente in fuga, non sarebbe importato a nessuno. Ma è entrata in quella casa, ha ferito Ronald e mi ha rapito. Io potrò anche essere libero quando compirò diciotto anni, ma lei dovrà sempre guardarsi alle spalle.

Quindi, questa è la lunga e brutta storia riguardo al motivo per cui non ti ha voluto dire quanti anni avesse. Ventisette. Si è presa cura di me da quando avevo sei anni e lei sedici. Non ha mai finito il liceo, non ha mai ottenuto il GED, e per me è stata una madre più di quanto lo sia stata la mia. Non ricordo molto di lei, ma farei qualsiasi cosa per Wendy. Anche venire qui e dirti che hai rovinato tutto. Alla grande. Non troverai mai nessun'altra leale e protettiva come lei. A volte le persone hanno una buona ragione per non voler parlare di loro stesse.»

Blade si alzò e si avvicinò a lui. Il ragazzo si irrigidì, ma fece finta di non notarlo. Si inginocchiò ai suoi piedi e lo guardò. «So di aver fatto un casino. Ho cercato da subito di contattarla per chiederle perdono.»

«La tua macchina è rotta?»

«Come scusa?»

«La tua Jeep. È rotta?»

«No.»

«Allora avresti dovuto andare da lei. Sai dove lavora. Sai dove vive. Non è che si stia nascondendo. So per certo che anche se dovesse aver bloccato il tuo numero, sperava comunque che ti presentassi. Ogni giorno che passava senza che tu ti facessi vedere, la luce nei suoi occhi si è spenta un po' di più. Sono incazzato con te, Aspen. Avevi reso mia sorella molto felice, poi hai ucciso quella felicità nel tempo di uno schiocco di dita.» Jackson fece quel gesto per esprimere il suo punto.

«Le cose sono state... tese... al lavoro» disse Blade, sapendo che ciò non migliorava il fatto che non fosse andato a cercarla. Avrebbe dovuto farlo.

«Non importa. Cosa mai avrebbe potuto esserci di così serio in una base militare?»

In quel momento, si rese conto che Wendy non aveva detto a suo fratello chi fosse e cosa facesse. Aveva mantenuto il segreto anche se lui le aveva fatto del male nel peggior modo possibile.

«Io e i miei amici siamo della Delta Force» spiegò a Jackson in tono piatto. Non si fece scrupoli a dargli quelle informazioni. Sarebbe diventato suo cognato, non aveva alcuna intenzione di lasciarsi scappare Wendy ora che aveva sentito i suoi oscuri segreti. Inoltre, era ovvio che anche lui sapesse mantenere un segreto. Lo aveva fatto per tutta la vita.

«Sul serio?»

«Sul serio.»

«Cazzo! Devi essere inviato da qualche parte adesso?»

Scosse la testa. «Fortunatamente no. Per un po' c'è stata quella possibilità, ma questo pomeriggio è stato annullato tutto.»

Jackson si alzò e lo fece anche Blade. «Ok. Be', io vado. Volevo solo mettere le cose in chiaro.»

«Sono contento che tu l'abbia fatto.»

Il ragazzo annuì e fece per andarsene.

«Mi dispiace per i tuoi genitori e per quello che hai passato. Ma devi sapere che sono anche molto orgoglioso di te.»

A quel punto, si voltò a guardarlo con un sopracciglio inarcato.

«Wendy ha bisogno di un eroe, sarai anche più giovane di lei e frequenterai ancora il liceo, ma sei un vero eroe. E hai ragione, sono stato uno stronzo. Ho fatto una cazzata ma sistemerò le cose. Per entrambi.»

Jackson lo fissò per così tanto tempo che Blade era sicuro che gli avrebbe detto di non disturbarsi, poi alla fine disse: «Mi piaci, Aspen. Ma non hai ferito solo mia sorella, anche me.»

«Mi dispiace. Non lo dirò mai abbastanza. Mi sono preoccupato per te tutta la settimana a proposito di quella situazione con Lars e i suoi amici. Finalmente ho saputo dal mio comandante che a quanto pare i loro genitori *erano* di stanza qui a Fort Hood, ma si sono trasferiti quasi tutti. Quelli di Chuck sono gli unici a lavorare ancora lì. Lars si era iscritto al college locale ma ha abbandonato all'inizio di quest'anno. I suoi probabilmente pensano che lo stia ancora frequentando. Vive in un appartamento vicino al college con due di quegli stronzi che vanno in giro con lui.»

«Falliti» mormorò.

«Esatto. Il comandante contatterà i genitori di Chuck, ma dato che gli altri non hanno nessuno che viva alla base, le autorità non possono fare molto.»

«Non li ho visti molto questa settimana, solo una volta e non si sono nemmeno avvicinati a me. Penso che tu li abbia spaventati.»

Blade non sapeva se essere d'accordo, ma tenne la bocca chiusa. «Continuerai a permettermi di aiutarti con le lezioni di autodifesa, vero?»

«Sistemerai le cose con mia sorella?»

«Assolutamente sì.»

«E se ti dicesse di andare a fanculo?»

Ridacchiò. «In realtà mi aspetto che lo faccia. Sono stato un coglione. Ma continuerò a provarci. Non mi arrenderò con lei. La amo.»

«E se dovesse venire arrestata per rapimento?»

«Ho la sensazione che non accadrà, ma se dovesse succedere ce ne occuperemo» ribatté.

Jackson scosse la testa. «Lei pensa che succederà. Che una volta che avrò compiuto diciotto anni e preso la patente, e quindi ci saranno più informazioni su di me nel cyberspazio, qualcuno dalla California la rintraccerà e la arresterà.»

«Ma lei ha la patente. E presumo che alla casa di riposo

non la paghino in contanti. Non sono già disponibili le *sue* informazioni? Paga le tasse?»

Aggrottò la fronte. «Sì, ma immagino che finora sia stata solo fortunata. Lo siamo stati entrambi.»

Blade scosse la testa. «Penso che sia qualcosa di più che solo fortuna. Era minorenne quando è successo. Ciò non significa che ne uscirà senza problemi, ma penso che ci fossero abbastanza circostanze attenuanti, e che se proprio dovessero farle qualcosa, sarà prendersi una ramanzina. Inoltre, se qualcuno dovesse scoprire dove si trova, ho degli amici che possono aiutarla.»

Jackson non sembrava convinto. «Davvero? Non stai solo dicendo che pensi che sarà fuori dai guai per cercare di guadagnarti il mio favore?»

«Non lo farei mai, né a te né a lei» lo rassicurò.

Annuendo, come se avesse preso una decisione, gli disse: «Stasera lavora al call center, ma domani ho una gara di robotica. Si svolge nella palestra della scuola e comincia alle undici. Lei ci sarà.»

«Ti dispiace se porto un paio di amici?»

«Non l'hai ancora presentata a tutti, vero?» chiese con un'inquietante intuizione.

Blade ridacchiò. «No. E potrei aver bisogno di rinforzi che mi aiutino a dire a tua sorella che a volte potrei fare qualche casino, ma non sono un cattivo ragazzo.»

«In bocca al lupo. Ne avrai bisogno.»

Gli tese la mano. «Grazie di essere venuto. E bada a tua sorella.»

Jackson gliela strinse: «Non devi ringraziarmi. E bado sempre a lei. Possiamo solo contare l'uno sull'altra»

«*Potevate*. Ora avete me, il mio team e le loro mogli e fidanzate. Non siete più soli.»

Sembrò sorpreso per un momento, poi annuì e lasciò cadere la mano. «Grazie.»

«Prego. Ci vediamo domani.»

«Assicurati di vestirti per strisciare» scherzò, mentre apriva la porta d'ingresso e gli sorrideva.

«Lo farò» replicò lui e vegliò sul ragazzo fino a quando non raggiunse una Honda Civic a quattro porte. Continuò a guardare finché l'auto scomparve dietro l'angolo dopo aver lasciato il parcheggio. Solo allora chiuse la porta e vi appoggiò la testa contro.

La storia raccontata da Jackson gli aveva spezzato il cuore. Poteva solo immaginare una Wendy adolescente, che usciva di nascosto dalla casa affidataria per poter stare con il fratello. Sapere che erano stati dei senzatetto e che aveva sacrificato così tanto per lui, gliel'aveva fatta solo amare di più. Ma era anche incazzato con se stesso per averla trattata male.

Ora avevano senso tutti i commenti che aveva fatto Jackson in passato, riguardo a sua sorella che lo proteggeva e faceva ciò che doveva fare. Blade non sapeva perché le autorità non avessero ancora bussato alla sua porta. Stava usando il suo codice fiscale per pagare le tasse e ovviamente lo aveva dato alle risorse umane al lavoro. E aveva la patente. Non si stava esattamente nascondendo.

Ma più ci pensava, più si rendeva conto che *Wendy* pensasse di farlo. Si comportava come se fosse il peggior criminale in circolazione. Non aveva nessun amico, teneva un basso profilo, mantenendo i dettagli su di lei e suo fratello al minimo.

Però sembrava non rendersi conto che forse non era stata catturata, perché nessuno la stava cercando. Migliaia di bambini scomparivano in tutto il Paese. Troppi perché uno Stato specifico potesse concentrarsi sulla ricerca di uno solo, senza una buona ragione. Tutta la loro crociata si era basata sull'errata supposizione da parte sua, che se qualcuno avesse saputo dove si trovava, sarebbe andato ad arrestarla e a portarle via Jackson.

Blade non sapeva come, ma avrebbe fatto tutto il possibile per risolvere quel problema per lei.

Ma prima doveva scusarsi. E poi scusarsi ancora. Avrebbe continuato a farlo per tutto il tempo necessario, fino a quando non avesse accettato che era sinceramente dispiaciuto per ciò che aveva detto e fatto. Non avrebbe avuto altra scelta che perdonarlo, perché non poteva vivere senza di lei. Non voleva. L'amava. Completamente e in modo totalizzante.

CAPITOLO QUATTORDICI

WENDY SALÌ con passo stanco sulle gradinate della palestra del liceo. Era esausta. I suoi turni non erano stati diversi dal solito, ma fare due lavori quella settimana l'aveva stesa.

Conosceva la causa: non aver parlato con Aspen. Si era talmente abituata a rilassarsi ogni sera con lui al telefono, che *non* averlo fatto la stava affliggendo più di quanto le piacesse ammettere.

Le mancava.

Si era comportato da stronzo ma, d'altronde, non era stata sincera con lui.

Capiva perché fosse così arrabbiato. Aveva corso un rischio parlandole del suo lavoro di soldato della Delta Force, e lei non gli aveva nemmeno detto la sua età. Ma lo stava nascondendo da così tanto tempo, che ormai era una seconda natura. Inoltre, l'ultima cosa che voleva era trascinarlo nel suo casino. Se le autorità avessero scoperto che conosceva i suoi segreti, avrebbero punito anche lui.

Era più triste per tutta quella situazione che per altro. Avrebbe voluto andare a casa sua e scusarsi, ma lui era *così* arrabbiato. Wendy non era nemmeno sicura che le avrebbe aperto la porta una volta scoperto che si trovava dall'altra parte.

Non era brava con i conflitti, Jackson glielo diceva sempre che aveva bisogno di lavorarci. Quando Aspen aveva iniziato ad arrabbiarsi con lei, si era solo paralizzata. Avrebbe voluto dirgli che stava proteggendo suo fratello e lui, ma non era riuscita a tirare fuori le parole. Poi era diventato freddo e aveva lasciato la stanza.

Sistemandosi sulla panca più alta delle gradinate, mise i gomiti sulle gambe e appoggiò il mento sulle mani, fissando l'allestimento per la dimostrazione di robotica; era più un'amichevole che una vera competizione. C'erano quattro squadre diverse e i loro robot avevano una decina di compiti da eseguire. Avrebbero iniziato con cose semplici per diventare progressivamente sempre più difficili. Jackson era convinto che il robot creato dalla sua squadra sarebbe stato in grado di fare qualsiasi cosa gli fosse stata assegnata. Stavano ancora lavorando al braccio artificiale, ma la competizione per quello si sarebbe svolta di lì a qualche mese.

Pensare al braccio protesico la intristì di nuovo, perché si rese conto che l'amico di Aspen, Fish, sarebbe arrivato presto in città. Non riusciva a ricordare esattamente quando, ma non sarebbe più andato a scuola per parlare con il club di robotica. Non quando lei e Aspen non si parlavano nemmeno più. Peccato, Jackson era così elettrizzato.

Wendy non stava prestando attenzione a ciò che la circondava e fu sorpresa quando qualcuno si sedette davanti a lei. All'inizio si irritò; c'erano molti posti vuoti, ma poi guardò chi si fosse seduto.

Era un uomo. Un uomo *enorme*.

Sussultò sorpresa quando un altro si accomodò accanto a lei.

Per un momento, si lasciò prendere dal panico, ma

quando nessuno dei due fece qualcosa di aggressivo o la minacciò in altro modo, li osservò meglio.

Quello davanti a lei si era girato, mettendosi a cavalcioni sulla panca. Era estremamente alto. Immaginò che probabilmente fosse circa trenta centimetri più di lei. Aveva i capelli scuri corti e anche la pelle era scura, come se avesse una sorta di discendenza esotica. Le rivolse un breve cenno del mento in segno di saluto e all'improvviso si rese conto che doveva essere uno degli amici di Aspen. Aveva lo stesso atteggiamento. Sembrava molto vigile, e non aveva dubbi che sapesse esattamente chi fosse seduto nella grande palestra.

Quello accanto a lei non era così alto, ma essudava lo stesso tipo di competenza dell'altro. Quando lo guardò, la stava fissando come se fosse l'unica persona in quel posto. Era un po' inquietante, ma aveva visto Aspen fare esattamente la stessa cosa. Era anche muscoloso e aveva i capelli castani e gli occhi neri.

Erano entrambi belli, ma di certo non era alla ricerca di un uomo, e quindi non le importava molto che aspetto avessero.

«Ehm... ciao?» disse timidamente.

L'uomo accanto a lei le tese la mano. «Ciao, Wendy. Sono Ghost. E lui e Coach. Siamo amici di Blade.»

«Sì, immaginavo.» E gli strinse la mano.

Quando lui non disse altro, chiese: «Cosa ci fate qui?»

«Siamo venuti a vedere l'evento di Jackson» rispose Coach.

Aggrottò la fronte. «Ma non lo conoscete.»

«Invece sì» replicò Ghost. «Abbiamo aiutato Blade mentre gli insegnava come difendere se stesso e la sua ragazza.»

«Oh.» Wendy non sapeva cosa rispondere. Aveva sentito Jackson parlare degli amici di Aspen che si erano presentati per allenarsi con loro, ma non aveva prestato molta attenzione.

Un pensiero le passò per la mente: anche questi ragazzi

dovevano essere soldati delle forze speciali e all'improvviso si sentì nervosa. Non sapeva cosa dire o fare. Non voleva spifferare nulla che non avrebbe dovuto, ma non voleva nemmeno essere scortese.

«Rilassati, Wendy» le disse Coach, girandosi di nuovo a guardare il circuito allestito sul pavimento della palestra e appoggiandosi indietro con i gomiti sulla panca di fianco a lei. «Non siamo qui per causare problemi.»

Avrebbe voluto chiedere il *vero* motivo per cui fossero lì, ma non era abbastanza coraggiosa. Forse non sapevano che si erano lasciati? Merda.

Dopo un momento di silenzio imbarazzante, Ghost si chinò in avanti, appoggiò i gomiti sulle ginocchia e disse: «Blade ha fatto un casino. Lo sa lui, lo sappiamo noi e lo sai tu. La domanda è: hai intenzione di far soffrire entrambi per questo, o gli parlerai di ciò che è successo?»

Wendy sussultò. Questo rispondeva alla domanda; sapevano del litigio. Era già abbastanza brutto che *lei* fosse consapevole di aver reagito in modo esagerato, ma ancora peggio che Aspen avesse parlato con i suoi amici di ciò che era successo.

«Non ci ha raccontato niente» la rassicurò, come se potesse leggerle nella mente. «Non è nel suo stile. Ha ammesso di aver detto delle stronzate che non intendeva e che avrebbe voluto rimangiarsi, e che tu eri incazzata con lui. Giustamente. Questo è tutto. Ma credimi, quando ti dico che è devastato al riguardo.»

Wendy lo guardò scioccata.

Ghost continuò. «Sono suo amico, ma sono anche il leader del team. Al lavoro non c'era con la testa questa settimana. Rimaneva indietro durante le corse, non scambiava battute con noi come al solito, e anche se eravamo in standby, pronti a partire per una missione, era distratto e non "presente" mentre discutevamo di possibili scenari su ciò che sarebbe potuto accadere.»

«Eravate in standby per una missione?» chiese sottovoce.

«Sì. Abbiamo saputo solo ieri che non saremmo partiti... questa volta. Ma d'altra parte, potremmo ricevere una chiamata tra dieci minuti perché la situazione è cambiata ed essere costretti a decollare entro un'ora.»

Ci rifletté e si sentì mortificata. Era chiaro che non avesse capito il vero significato dell'essere un soldato della Delta Force. Era *ovvio* che avrebbero potuto essere convocati all'ultimo momento; se qualcuno veniva rapito, se ci fosse una rivolta, o se un terrorista doveva essere eliminato... pensava che fosse quello il genere di cose che Aspen e i suoi amici facevano.

Era stata ingenua a pensare che fosse semplicemente nell'esercito. Aspen e gli uomini di fronte a lei mettevano le loro vite in pericolo ogni volta che venivano mandati in missione.

Il suo rifiuto di dirgli quanti anni avesse, ora sembrava insignificante.

«Il punto è questo» disse Coach con calma. «A Blade piaci. Molto direi. Vuole scusarsi, parlare con te. È tutto ciò che devi fare. Parlare. Se non riuscite a superare ciò che è successo, va bene. Ma come suo amico, uno che ha visto quanto ha sofferto questa settimana, ti chiedo se per favore vuoi dargli una possibilità di dirti quanto gli dispiace.»

Wendy deglutì. «Era davvero arrabbiato con me, e non posso biasimarlo. Ma non riesco ad affrontare i litigi. Si è infuriato ed è stato come se fossi letteralmente incapace di parlare. Se inizia a urlarmi contro, reagirò allo stesso modo.»

Ghost le mise una mano sul ginocchio.

«Non si arrabbierà. Gli piacerebbe parlare con te adesso. Qui. Se vuoi, possiamo sederci nelle vicinanze. Non tanto da sentire ciò che vi dite, ma da essere in grado di leggere il tuo linguaggio del corpo, così da poter intervenire se pensiamo che ci sia qualcosa che non va.»

Non era sicura di essere pronta per parlare con Aspen ma, forse, farlo lì e in quel momento era la soluzione migliore. Inoltre, dovevano entrambi andare avanti con la loro vita. Nel bene o nel male. Aveva bisogno di sapere se potevano salvare le cose tra di loro o se dovevano chiudere per sempre. «Va bene. Devo chiamarlo?»

«Non ce n'è bisogno» le disse indicando la porta della palestra.

Alzò lo sguardo e lo vide appena oltre la soglia. Stava fissando lei e i suoi amici. Aveva le mani in tasca e sembrava insicuro come non l'aveva mai visto.

«Pronta?» le chiese Coach con gentilezza.

Wendy osservò il campo da gioco. Non era ancora il turno del team di Jackson. Sarebbero stati gli ultimi. Avrebbe avuto il tempo di parlare con lui prima che toccasse a suo fratello. Annuì nervosa.

Ghost sollevò una mano e fece una specie di segnale ad Aspen e lui si allontanò subito dal muro e si diresse verso di loro sulle gradinate.

I due uomini si alzarono e si spostarono di lato.

In pochi istanti fu lì.

«Staremo laggiù» disse Ghost, indicando un punto alla sua destra.

Wendy fece un respiro profondo e annuì.

Aspen si sedette accanto a lei, lasciando almeno sessanta centimetri di spazio tra di loro. Apprezzava che non le stesse troppo addosso, ma allo stesso tempo odiava quella distanza. Dio, era messa male.

«Ciao, Wen» la salutò con dolcezza.

«Ehi.» Non aveva assolutamente idea da dove cominciare o cosa dire.

Ma non avrebbe dovuto preoccuparsi.

«Mi dispiace» iniziò subito lui. «Sono stato un coglione e non avrei dovuto farti tutta quella pressione. Avevamo trascorso il pomeriggio più incredibile di sempre, poi ho rovinato tutto.»

«Non è stata colpa tua. Avrei dovuto rispondere alla tua domanda.»

Scrollò le spalle. «Se ti consola, non è stato tanto perché non volevi dirmi la tua età, ma più che altro perché sapevo che mi stavi nascondendo qualcosa, e lo odiavo. Ogni volta che ti facevo una domanda tu glissavi, mi sentivo sempre più frustrato. Poi abbiamo fatto l'amore e avevo pensato di aver abbattuto quelle barriere. Mi ha ferito capire che non ci ero riuscito, e me la sono presa con te quando non avrei dovuto. Devi sapere che mi sento più legato a te che a chiunque altro nella mia vita, inclusa mia sorella. Quello che abbiamo fatto, quello che abbiamo condiviso, aveva abbattuto tutte le *mie* barriere. È per questo che ti ho svelato di essere un Delta. E che tu non abbia nemmeno voluto dire la tua età, mi ha distrutto. Così ti ho attaccata e ho detto cose che non mi perdonerò mai.»

«Ho ventisette anni» mormorò Wendy.

«Lo so.»

Girò la testa di scatto e lo fissò. Le passarono per la mente un milione di ipotesi su come avesse potuto scoprire la sua età. Il suo respiro accelerò e iniziò a farsi prendere dal panico. Se avesse fatto ricerche online o contattato qualcuno delle forze dell'ordine e loro avessero saputo dov'era e cos'aveva fatto, avrebbe potuto perdere di nuovo Jackson! Non poteva succedere. Lei...

«Rilassati, tesoro» disse Aspen, mettendole una mano dietro il collo e invitandola gentilmente a chinarsi. Si era avvicinato un po' mentre lei era in preda al panico e ora si trovava proprio al suo fianco. «Rallenta il respiro. È tutto ok. Jackson è venuto a parlare con me ieri. Ecco come lo so. Mi ha raccontato tutto.»

Wendy a quel punto si raddrizzò di scatto, notando che Aspen teneva ancora la mano sulla sua nuca. Quel tocco era piacevole. «Cosa?»

«A quanto pare, era incazzato con me ed è venuto a casa mia per rimproverarmi. Mi ha detto quanti anni hai, quanti ne ha *lui* e ciò che è successo dopo la morte dei vostri genitori. Mi dispiace così tanto. Mi dispiace che sia capitato a te, che ti sia ritrovata in quella situazione. Non è giusto e il sistema è stato decisamente una delusione per aver abbandonato te e tuo fratello a voi stessi.»

Non le importava che lui sapesse cos'aveva fatto. Al momento non era importante. «Ti ha parlato di quella notte?»

Aspen la fissò per un attimo, come se cercasse di leggerle nel pensiero. «Sì. Mi ha raccontato del ragazzo bipolare, di quello che ha fatto a lui e agli altri, e di come sei entrata lì come una valchiria e gli hai fatto il culo salvandoli tutti.»

Era scioccata. Non avrebbe potuto esserlo di più se Aspen le avesse detto di essere sposato, di avere dodici figli e che dopotutto non avrebbe potuto stare con lei. «Mi ha parlato di quella notte solo una volta» ammise sommessamente. «E anche allora, sapevo che stava tralasciando delle cose. Non ho voluto insistere. Ha avuto gli incubi per settimane. Mesi. Ha bagnato il letto per almeno un anno dopo che ce ne siamo andati. Ma sul *serio*? Ti ha detto cos'è successo in quel seminterrato?»

Vide la mascella di Aspen irrigidirsi e le narici allargarsi mentre comprendeva ciò che gli stava dicendo. «Ha mai parlato con uno psicologo?»

Wendy sbuffò. «No. Avevo paura che qualcuno scoprisse che non avevo diciotto anni, che lo avevo rapito, così mi sarebbe stato portato via di nuovo. Non sarebbe mai sopravvissuto se l'avessero mandato in un'altra famiglia affidataria, anche se fosse stata amorevole e meravigliosa. Si aggrappava a me e non mi ha perso d'occhio un attimo per settimane. Siamo andati insieme dappertutto per molto tempo. Non posso credere che te l'abbia detto» mormorò, scuotendo piano la testa.

Le dita di Aspen le sfiorarono la mascella. Si avvicinò un po' di più e le prese la mano tra le sue tenendola stretta sopra la propria coscia. «Me l'ha detto perché ti stava difendendo. Voleva essere sicuro che io capissi la gran cazzata che avevo fatto. Voleva che sapessi quanto sei leale e protettiva. E devo dire che ha fatto un ottimo lavoro. Ero già giunto alla conclusione che quel giorno avevo detto un sacco di cose sbagliate e parole offensive, che se potessi rimangiarmele lo farei. Ma non posso. Tutto ciò che posso fare è scusarmi e prometterti che non succederà più.»

Wendy scrollò le spalle.

«Guardami» la implorò.

Non avrebbe voluto, ma sollevò lo sguardo su di lui.

«Giuro su Dio che non succederà mai più. Non m'importa quanti anni hai. Non m'importa quanti anni ha Jackson. Non m'importa cos'hai fatto quando avevi sedici anni, tranne che per dire che sono infinitamente orgoglioso di te. Tutto ciò che m'importa è che tu riesca a perdonarmi e che possiamo voltare pagina.

Ti amo, Wendy Tucker. A prescindere dal fatto che tu abbia ventisette, trentuno o settantotto anni. Se il tuo passato tornerà a perseguitarti, muoverò cielo e terra per assicurarmi che Jackson sia al sicuro e che tu abbia la miglior rappresentanza legale possibile. Non sei più sola. Hai me e i miei amici a coprirti le spalle.»

«Aspen...» Wendy aveva un groppo in gola, e non sapeva cosa dire. Ma non le diede la possibilità di parlare, continuò semplicemente a sbalordirla.

«Ci saranno volte in cui non potrò esserci per te fisicamente, ma non significa che sarai sola. Hai conosciuto mia sorella ed Emily. Non hai ancora incontrato le altre donne, ma devi sapere che quando veniamo mandati in missione, si sostengono finché non torniamo a casa. So che è chiedere molto, ma ti prego di perdonarmi. Sono stato uno stronzo colossale e ho detto cose che non volevo dire. Scusami. Mi dispiace *davvero* tanto. Credi di potermi dare almeno una possibilità perché possa dimostrarti che non succederà mai più? Che non perderò mai più le staffe in quel modo in futuro? Riuscirai mai a fidarti di me?»

Stava dicendo cose bellissime, e Wendy sapeva che le avrebbe ripetute più e più volte nella sua testa negli anni a venire. Ma era ancora fissata su quelle due parole che aveva espresso tanto tranquillamente, come se le avesse già dette centinaia di volte. «Mi ami? Com'è possibile?»

«Come potrebbe *non* esserlo?» ribatté. «Dal momento in cui ho risposto al telefono mesi fa e ho sentito la tua voce, mi hai catturato. Poi ti ho incontrata, e hai superato di gran lunga tutte le mie aspettative. Sei gentile e più indulgente di quanto meriti uno stronzo come me. Mi hai già perdonato una volta, spero anche nella seconda, ma ti assicuro che non ci sarà bisogno di una terza. Oh, farò cose stupide come dimenticare di prendere qualcosa al supermercato o lasciare lattine di birra in giro dopo una serata con i ragazzi, ma ti giuro che non ti farò mai del male come ho fatto finora nella nostra relazione.

Non mi aspetto che me lo dica anche tu, non me lo sono ancora guadagnato, ma volevo che sapessi ciò che penso. Che non si tratta del mio ego o semplicemente di voler tornare nelle tue grazie così da poterti riavere nel mio letto. Ti amo, Wendy. La scorsa settimana è stata insopportabile. Mi sei mancata terribilmente. Le nostre chiacchiere a tarda sera sono diventate più importanti per me di qualsiasi altra cosa, e non averle fatte ha reso le mie notti deprimenti da morire. Credi di potermi perdonare? Di darmi un'altra possibilità?»

Come avrebbe potuto non farlo? Annuì. «Anche tu mi sei mancato.»

«Grazie, cazzo» disse Aspen buttando fuori il fiato e si chinò su di lei, abbracciandola e stringendola forte.

Wendy non sapeva quanto fossero rimasti aggrappati l'uno all'altra, ma dopo un po' sentì una voce lì vicino dire: «Il team di Jackson è pronto.»

Si tirò indietro e vide che Ghost e Coach si erano avvicinati e stavano guardando ciò che si svolgeva sul pavimento della palestra.

Aspen le prese la mano e la baciò con riverenza sul dorso prima di rimettersela sulla coscia, coprendola con la propria.

«È permesso fare il tifo in questo genere di cose?» chiese, con un luccichio negli occhi.

Gli sorrise. «Sì.»

Senza preavviso, Blade girò la testa e gridò: «Falli secchi, Jack!»

Jackson guardò raggiante verso gli spalti dove erano seduti. Sollevò il pollice, poi riportò la sua attenzione al controller davanti a lui.

Wendy inspirò profondamente e buttò fuori il fiato sollevata. Pensava di averlo perso per sempre. Ma non solo era lì, le aveva anche detto di amarla. E Jackson gli aveva raccontato quello che aveva passato per mano di quell'adolescente malato tanti anni prima. Non sapeva ancora cosa le sarebbe successo o se le autorità l'avrebbero beccata, ma per la prima volta da molto tempo non si sentì sola.

Ed era una sensazione meravigliosa.

CAPITOLO QUINDICI

«Non così» disse Wendy ridendo e tirando via il cucchiaio dalla mano di Blade. «Devi mescolarlo in questo modo.» E continuò a mostrargli il modo "giusto" per mescolare l'impasto.

A lui non importava niente di come si dovesse mescolare, ciò che gli *interessava* era averla nella sua cucina, a fare un macello. Era passato così tanto tempo dall'ultima volta che aveva cucinato qualcosa di più che un semplice pasto al microonde o grigliato una bistecca, che era felice di vedere farina sul bancone e sul pavimento, gusci d'uovo nel lavello e circa un migliaio di piatti da lavare.

Wendy continuò a ridere mentre lui si spostava dietro di lei e la attirava a sé portando le mani sulla sua pancia mentre mescolava l'impasto. Le mise il mento sulla spalla e la tenne semplicemente stretta mentre lavorava.

Le ultime tre settimane erano state un'esperienza di apprendimento per entrambi. Lui aveva imparato quando doveva evitare di far domande e lei ad aprirsi; stavano imparando ad avere di nuovo fiducia l'uno nell'altra. Blade cercava di non prenderla sul personale quando lei cambiava argomento o evitava di rispondere alle domande sulla sua vita negli ultimi dieci anni, e Wendy si stava lentamente rendendo conto che lui non lo chiedeva per deriderla o ottenere informazioni da usare contro di lei, ma perché stava davvero cercando di conoscerla.

Una sera, lei e Jackson erano andati a trovarlo e, mentre guardavano la televisione, Blade aveva chiesto all'adolescente cosa volesse fare della sua vita. Ne era seguita una vivace discussione sul vantaggio di fare i primi due anni al college locale piuttosto che andare subito in un'università per fare una laurea quadriennale. Wendy si era scusata e allontanata, e diversi minuti dopo quando non era ancora tornata, lui era andato a cercarla.

L'aveva trovata in camera sua seduta sul letto, con le lacrime che le rigavano il viso. Allarmato, le aveva chiesto subito quale fosse il problema, ma lei aveva solo scosso la testa. Invece di arrabbiarsi, l'aveva presa tra le braccia e cullata. Alla fine, le sue lacrime si erano fermate e gli aveva confidato di sentirsi una fallita per non avere nemmeno il diploma di scuola superiore. Che aveva paura persino di registrarsi per ottenere il GED, temendo che qualcuno scoprisse ciò che aveva fatto e la arrestasse.

Le aveva spiegato che le sue informazioni erano già in circolazione. Che se le autorità avessero voluto davvero trovarla, non sarebbe stato difficile. Soprattutto dato che pagava le tasse da anni. Ciò aveva innescato un altro attacco di panico. Lo aveva fissato con occhi spaventati, ma lui aveva continuato a tenerla tra le braccia dicendole che sarebbe stato sempre lì per lei. Alla fine, si era calmata e scusata per non avergli detto che era turbata ed erano tornati da Jackson.

Suo fratello aveva notato che era successo qualcosa, ma a suo merito, non ne aveva parlato, confidando che Blade facesse sempre la cosa giusta per quanto riguardava sua sorella.

Non avevano più fatto l'amore da quando erano tornati insieme, e a Blade andava bene. Sembrava non trovassero mai il momento giusto. Il loro litigio sembrava li avesse riportati al punto di partenza e lui si stava muovendo lentamente, assicurandosi che Wendy sapesse che era dalla sua parte e che lo sarebbe sempre stato. Erano riusciti a superare ciò che era successo quel terribile pomeriggio e Blade pensava che Wendy non stesse serbando ancora del rancore o provasse rabbia verso di lui, ma si era reso conto che il sesso non era esattamente una priorità nella sua mente.

E andava bene così.

Erano tornati alla routine che avevano prima. Parlavano al telefono e si mandavano messaggi. Avevano avuto appuntamenti con e senza Jackson. Stavano iniziando a conoscersi senza segreti tra loro. Blade le diceva ciò che poteva riguardo all'essere un soldato delle forze speciali e Wendy si apriva sempre di più su ciò che lei e suo fratello avevano vissuto negli ultimi dieci anni.

Era una donna fantastica.

Dura come la roccia e feroce come un leone che difende il suo cucciolo.

L'amore di Blade per lei era più forte che mai, ma da quel giorno in palestra non aveva più detto quelle parole.

«Com'è andato il lavoro oggi?» le chiese mentre Wendy mescolava la pastella.

«Piuttosto bene. Ho parlato con la mia responsabile come mi hai suggerito, ed è stata molto di supporto riguardo al fatto di candidarmi per la posizione di supervisore. Avrei dieci assistenti da coordinare. Dovrei pianificare e valutare le prestazioni e cose del genere. Significherebbe che passerei meno tempo con i residenti, ma potrei comunque lavorare con loro part-time.»

«E la paga?»

Gli sorrise. «È buona abbastanza da permettermi di lasciare il lavoro al call center.»

Blade era raggiante. «Quindi, avremmo più tempo da trascorrere insieme.»

Lei alzò gli occhi al cielo.

«Giusto?» insistette, spostando le mani sui fianchi per farle il solletico.

Wendy strillò e cercò di allontanarsi da lui. Aveva in mano il cucchiaio di legno quindi non poteva afferrargli le sue per staccarle dai fianchi.

«Dillo!» la stuzzicò.

«Va bene, va bene, avrei più tempo da trascorrere con te!»

Tenendola stretta a sé, affondò il naso nell'incavo del collo e lo strofinò. «Puoi giurarci che lo farai.»

Sospirando si appoggiò a lui con affetto.

«Sono orgoglioso di te» le disse con dolcezza.

«Grazie. Anch'io. Ho fatto molta strada da quella teppistella di adolescente che ero» scherzò.

«Non eri una teppistella. Te la stavi solo spassando.»

Wendy ridacchiò. «Dubito che i miei genitori sarebbero stati d'accordo. Non sapevano più che pesci pigliare con me.»

«Ti mancano?»

«Ogni maledetto giorno. Sono triste che non abbiano mai visto che magnifico uomo sia diventato Jackson. Vorrei che potessero vedere anche me. Spero che sarebbero orgogliosi.»

«Non ho dubbi» disse senza esitazione. «Come potrebbero non esserlo?»

Come al solito, quando le cose si facevano intense, Wendy cambiava argomento. «Hai notizie di Fish?»

Blade annuì. Il viaggio che aveva programmato non era avvenuto perché il suo nuovo braccio protesico non era ancora pronto. Jackson e i suoi amici erano rimasti delusi, ma un pomeriggio Fish aveva parlato con loro su Skype, e per i ragazzi era stata una cosa altrettanto positiva. Blade era rimasto sbalordito dalla profondità delle loro domande e da quanto avanzato fosse il braccio robotico che stavano costruendo.

«Non sa ancora quando potrà venire, ma quando lo farà, ha detto che vuole assolutamente incontrare tuo fratello e i suoi amici. È stato molto impressionato da ciò che stavano facendo.»

«Grande» disse con un sorriso orgoglioso.

«Quando devi andartene?» le chiese. Voleva che restasse anche la notte, ma non aveva insistito.

«La festa a cui è andato Jackson dovrebbe durare fino a mezzanotte circa. Gli ho detto che poteva restare fino alla fine purché fosse tornato a casa subito dopo.»

«C'è anche Jenny?»

Wendy ridacchiò. «Ci sono *tutti*.»

«Suppongo che questo non sia un evento organizzato dalla scuola» disse sarcastico Blade.

«No. Ma non sono preoccupata per lui. Sa come stare fuori dai guai. Te l'avevo detto che ho iniziato a fargli assaggiare birra, vino e cose del genere. Ha visto alcuni dei suoi amici ubriacarsi di brutto e di conseguenza comportarsi da stupidi. Lo hanno disgustato. Probabilmente berrà una birra o due, ma non si ubriacherà.»

«E questo è solo un'altra cosa che dimostra che hai fatto un ottimo lavoro con tuo fratello» le disse.

Posò il cucchiaio e si voltò nel suo abbraccio il cingendogli collo. «La maggior parte delle volte non ho idea di cosa sto facendo.»

Le sorrise. «Un'altra cosa di cui essere orgogliosa.»

«Comunque, puoi portarmi a casa verso le undici e mezza? Così sarò lì quando arriva.»

«Certo.» Guardò l'orologio e vide che erano le nove e mezzo. «Abbiamo tempo per guardare un film, se vuoi.»

Wendy lo guardò a lungo e Blade cercò di capire il suo stato d'animo, ma non riuscì a farlo.

«Vorrei fare l'amore... ma ho paura.»

«Di cosa?» Mantenne il tono calmo e rassicurante, anche se il suo cazzo diventò subito duro al pensiero di essere di nuovo dentro di lei.

«Di dire la cosa sbagliata. Di fare casino come l'ultima volta.»

«Oh, tesoro. Ne abbiamo parlato. Non è stata colpa tua, ma mia.»

Lei scosse la testa.

«Ci arriveremo» disse Blade. «Quando sembrerà giusto a entrambi. Che ne dici di mettere questa torta in forno, guardare un film e poi baciarci finché la torta non brucia ed è ora che ti accompagni a casa?»

Lei ridacchiò. «Mi sembra perfetto.»

Le baciò la punta del naso e l'abbracciò per un secondo. «Vado a scegliere il film, tu finisci qua. E non lavare i piatti. Me ne occuperò domani.»

«Ma saranno tutti incrostati e disgustosi» protestò.

«Lascia perdere, donna» disse con uno sguardo accigliato, anche se lo rovinò ridendo del cipiglio sul viso di Wendy.

«Va bene, come vuoi» brontolò.

Sorridendo, Blade andò nell'altra stanza per scegliere qualcosa di estremamente noioso così che potessero baciarsi senza distrazioni.

«E non scegliere un film sui militari!» gridò Wendy quando non fu più in vista.

Scelse *Patton, generale d'acciaio*. L'aveva visto un milione di volte e sapeva che lei non ne sarebbe stata minimamente interessata. Era il sottofondo perfetto per pomiciare come adolescenti

Jackson era in mezzo ai suoi amici con un braccio intorno a Jenny. Erano alla festa da un po' ormai. David e Patrick erano lì con le ragazze con cui uscivano e Rob era in giro. Lui e Jenny erano stati insieme ai suoi compagni della squadra di lacrosse per un po', ma nell'ultima mezz'ora si erano spostati da quelli del club di robotica.

Jenny aveva visto alcuni dei suoi amici qua e là, ma per la maggior parte i ragazzi alla festa erano del terzo e quarto anno. Jackson era un po' impressionato dal fatto che nessuno si stesse ubriacando, ma che tutti si stessero divertendo, rilassandosi e chiacchierando tranquillamente.

C'erano alcune persone che fumavano erba, ma erano per lo più ragazzini che non conosceva e con cui non usciva.

«Si sa niente su quando Fish sarà in città?» chiese Dan. Era il capitano del club di robotica, ed era stato fondamentale nel trovare dei miglioramenti per il braccio robotico, dopo che avevano parlato con il veterano dell'esercito tramite Skype.

«Purtroppo no» rispose Jackson. «Ma ha detto al ragazzo di mia sorella che era disposto a rispondere a qualsiasi ulteriore domanda avessimo per lui.»

Gli altri furono entusiasti della prospettiva e iniziarono a discutere di cos'altro avrebbero voluto chiedergli, e se i loro ultimi piani per il braccio avrebbero effettivamente funzionato.

Jackson sentì Jenny rabbrividire e si chinò verso di lei. «Hai freddo?»

«Un po'» gli rispose, guardandolo con i suoi grandi occhi verdi. Si era mezzo innamorato di lei nel momento in cui l'aveva vista. I suoi capelli rossi le ricadevano ondulati sulle spalle e la sua pelle chiara aveva lentiggini dappertutto. Non sapeva che gli piacessero tanto finché non l'aveva incontrata.

Era molto più giovane di lui, più di quanto lei o i suoi

genitori sapessero, ma Jackson ci andava piano. Era inesperta e un po' ingenua, ma adorava quei tratti. Non l'aveva spinta a fare qualcosa che avrebbe potuto farla sentire a disagio, ma quella sera si erano baciati dietro una delle macchine nel parcheggio, ed era stato fantastico. Aveva baciato delle ragazze in passato, aveva persino fatto sesso non molto tempo dopo che Wendy gli aveva fatto il discorsetto sui preservativi, ma niente lo aveva toccato profondamente come baciare Jenny. Era speciale, il fatto che stesse con lui lo rendeva orgoglioso da morire e allo stesso tempo gli faceva temere che avrebbe potuto deluderla in qualche modo.

Quando si erano baciati, lei gli aveva preso la mano e se l'era posata sul seno. Jackson era diventato duro nell'istante stesso in cui aveva sentito il suo piccolo capezzolo premere contro il palmo. Non aveva fatto altro che stringerle il seno sopra la maglietta, ma solo quello lo aveva fatto sentire come se stesse camminando a dieci metri da terra. Si era fidata che non le avrebbe fatto del male e non sarebbe andato oltre a ciò che desiderava lei.

«Vuoi andare a casa?» le chiese, strofinando affettuosamente il naso contro il suo.

Gli sorrise. «Pensi che potremmo solo andare in un posto tranquillo a parlare per un po'?»

Jackson le prese la mano, gliela strinse e disse: «Mi pare un'idea fantastica.» Aveva sperato che anche lei volesse passare un po' di tempo insieme, a baciarsi prima di farsi portare a casa.

Salutò i suoi amici e cercò Rob. Era quello che li avrebbe riaccompagnati. Lo vide in mezzo a un gruppo. Si avvicinarono e disse al suo amico che sarebbero andati a sedersi vicino all'ingresso del parcheggio. In realtà era solo un grande campo che era stato circoscritto, ma serviva allo scopo... cioè, tenere le auto lontane dai falò e dalle persone.

Rob annuì e disse che sarebbe stato pronto a partire entro una mezz'oretta. Jackson guardò l'orologio, e vedendo che erano le undici, fu d'accordo.

Condusse Jenny nell'area del parcheggio e indicò un grosso tronco su un lato. Ovviamente era stato posizionato lì come barriera, ma era un posto perfetto. Si mise a cavalcioni e la incoraggiò a fare altrettanto. Non appena si fu seduta di fronte a lui, Jackson le si avvicinò il più possibile, mettendo le sue gambe sopra le proprie. La posizione era intima e piacevole. Le circondò la vita con le braccia, dandole stabilità.

Erano lì a parlare e a baciarsi da circa quindici minuti, quando Jackson sentì un rumore dietro di loro. Si voltò per vedere cosa fosse, aspettandosi Rob, ma qualcosa lo colpì sul fianco buttandolo giù dal tronco.

Poiché Jenny era praticamente seduta sulle sue gambe, cadde anche lei. Jackson le finì sopra, sull'erba e la terra dura. Gemette di dolore ma si spostò subito per non schiacciarla.

Nel momento in cui si mosse, fu sollevato in piedi da qualcuno che lo aveva afferrato dietro la maglietta.

Il suo primo pensiero fu per Jenny. Doveva proteggerla.

Piegò la gamba d'istinto e diede un calcio alla persona che lo tratteneva. Chiunque fosse, cadde a terra con un gemito, ma fu afferrato subito da altre mani.

Jackson capì all'istante di non poter gestire la situazione. Provò a fare ciò che Aspen e i suoi amici gli avevano insegnato, ma c'erano troppe mani che lo colpivano. Troppi piedi che lo prendevano a calci.

Ma il problema grande era la mazza da baseball che qualcuno continuava a usare contro il suo fianco.

Cadde a terra e cercò di rialzarsi, ma non ci riuscì. Si raggomitolò per proteggersi i reni e la testa, ma il pestaggio non si fermava. I ragazzi che gli stavano facendo il culo erano implacabili nel loro assalto.

Jenny strillò, ma il suono fu subito interrotto.

Alzando lo sguardo, Jackson vide Lars che la teneva contro il suo petto. Le aveva messo la mano sulla bocca e gli stava sorridendo.

«Basta, ragazzi» ordinò, e i teppistelli che lo picchiavano si fermarono. Non si allontanarono, come se avessero paura che sarebbe balzato in piedi e avrebbe cercato di raggiungere Jenny e Lars. Jackson non riusciva a riprendere fiato e sapeva che muoversi sarebbe stato estremamente doloroso. Ma non poteva stare sdraiato a terra e lasciare che Lars facesse del male a Jenny.

«Guarda cos'ho trovato» lo provocò il bastardo. «Una piccola matricola carina con cui divertirsi.»

«Lasciala stare, stronzo» ringhiò, cercando di mettersi in ginocchio.

«Cosa vorresti fare?» gli chiese. «Non riesci nemmeno ad alzarti in piedi. Sei *proprio* un bravo protettore.» Guardò uno dei suoi amici e annuì.

Prima che Jackson potesse pensare a proteggersi, il ragazzo con la mazza – forse Chuck – lo colpì di nuovo.

Piegandosi in due per il dolore, cadde ancora una volta, ansimando, cercando di riprendere fiato. Avrebbe voluto piangere, ma faceva troppo male anche solo far uscire una lacrima.

Lars si chinò su di lui, tenendo ancora stretta Jenny. «Io e i ragazzi organizzeremo la nostra festa privata, dato che non siamo stati invitati a questa. Faremo divertire *sul serio* la tua ragazza.»

Jackson vide i bellissimi occhi verdi di Jenny, spalancati dal terrore, riempirsi di lacrime mentre lottava contro la presa del teppista. Ma con il suo metro e sessanta, non poteva competere con l'altezza e la forza dell'altro.

Si sentiva impotente. Doveva alzarsi. Aiutarla. Assicurarsi che i bastardi non le facessero del male.

Lars si raddrizzò e sollevò Jenny che cercò di prenderlo a calci, ma lui si limitò a ridere. «Andiamo ragazzi. Penso che sia ora di mostrarle com'è un vero uomo.» E senza lanciare un'altra occhiata a Jackson, si voltò con lei che lottava freneticamente. Si diresse verso un vecchio pick-up malconcio ai margini del parcheggio, non lontano da dove si erano baciati prima.

I quattro ragazzi lo presero a calci e pugni un altro paio di volte, poi corsero dietro a Lars ridendo.

Jackson, disperato e ansimante, rimase a terra per un momento. La sua vista era offuscata dal sangue che gli colava negli occhi da un taglio sul sopracciglio. Non riusciva a riprendere fiato, ma cercò di ignorare le fitte e i dolori. Guardò uno dei ragazzi salire sul pick-up di Lars mentre gli altri correvano verso un altro più lontano.

Poteva vedere il bastardo nell'abitacolo che cercava di baciare Jenny, e rideva mentre lei continuava a combatterlo.

Si sentì travolgere da un'ondata di odio e si mosse prima ancora di pensarci. Riuscì ad alzarsi in piedi, anche se poteva solo star piegato in due, e tenendo una mano sul rene zoppicò il più velocemente possibile verso l'auto di Lars. Jenny stava lottando con tutta se stessa contro i due delinquenti, e per quanto Jackson volesse aprire la portiera e salvarla, sapeva di essere in inferiorità numerica, e avrebbe solo peggiorato la situazione per entrambi.

Vedendo che il pick-up non aveva il portellone e che un grande telo copriva qualcosa nella parte posteriore, prese una decisione all'istante; cercò di essere il più silenzioso possibile – non che lo stronzo avrebbe potuto sentire qualcosa al di sopra delle sue risate malvagie e delle grida di terrore di Jenny – e trascinò il suo corpo dolorante sul pianale del veicolo, coprendosi con il telo puzzolente.

Avrebbe riso dell'ironia che Lars, il pezzo di merda, stesse trasportando un carico di merda in giro nel retro del suo pick-up, ma era troppo spaventato, preoccupato per Jenny e incazzato e dolorante anche solo per fare un sorriso.

Era salito giusto in tempo, perché pochi secondi dopo lo stronzo accese il motore e uscì dal parcheggio. Jackson si mosse piano in modo da poter sollevare un po' il telo e vedere dove stessero andando, poi infilò la mano nella tasca davanti dei pantaloni per prendere il telefono. Per una volta nella sua vita, era grato che Wendy non si fosse potuta permettere l'enorme e costoso smartphone che aveva desiderato. Non sarebbe entrato nella tasca e probabilmente sarebbe rimasto a terra là dov'era stato picchiato.

Assicurandosi di tenere il telefono sotto il telo così che la luce dello schermo non allertasse Lars o il suo amico se si fossero guardati alle spalle, toccò il nome di sua sorella.

Aveva bisogno di aiuto. Subito. E c'era solo una persona, o un gruppo di persone, che potevano aiutarli in quel momento.

———

Blade ignorò la sua violenta erezione e si concentrò ad assicurarsi che Wendy fosse appagata. Se l'era messa a cavalcioni sulle ginocchia e negli ultimi venti minuti circa si erano toccati e baciati. Avevano iniziato con qualche bacio, ma col passare del tempo, mentre lei si eccitava sempre di più, era passato a toglierle la maglietta e a spostare le labbra sui suoi seni.

Si stava strusciando contro di lui, gemendo soddisfatta, e Blade non si era mai sentito così sollevato come in quel momento. Aveva temuto che non sarebbe più riuscita a lasciarsi andare abbastanza da affidarsi a lui perché la facesse stare bene. Ma al momento, ovviamente, non stava pensando a nient'altro che al suo piacere.

Wendy si era afferrata ai suoi capelli, attirandolo a sé quando voleva che succhiasse con più forza e tirandoglieli quando la mordicchiava un po' troppo forte. Sorrise. Amava avere la bocca su di lei. Aveva saltato quel tipo di preliminari l'ultima e unica volta che erano stati insieme, concentrandosi maggiormente sulla sua fica e sul suo delizioso sapore. Rimproverandosi mentalmente per la sua superficialità, Blade chiuse gli occhi e fece del suo meglio per vedere di riuscire a farle raggiungere l'orgasmo solo con la bocca sui seni e lei che si strusciava su di lui.

Proprio quando pensava che stesse per venire, il suo telefono squillò, rovinando il momento.

Wendy sussultò tra le sue braccia e aprì gli occhi. Sembrava non essere presente e Blade sorrise. «Tranquilla, tesoro. È solo il telefono.»

Tenendola stretta, si allungò e prese il cellulare dal tavolo accanto al divano su cui erano seduti. Guardandolo, lo sollevò e disse: «È Jackson.»

«Risponderesti tu?» gli chiese, sembrando quasi assonnata, ma sapeva che era ancora l'eccitazione che scorreva nel suo corpo.

«Certo. Ehi, Jackson, è finita la festa?»

«Bisogno... aiuto.»

Blade si irrigidì. Si raddrizzò e invitò Wendy ad alzarsi.

La passione sparì dal suo viso in un istante.

«Che è successo?» gli chiese.

«Lars. Mi...hanno... picchiato. Hanno... preso Jenny.»

Le sue parole erano sconnesse e parlava come se avesse delle biglie in bocca. Sentiva anche molto rumore di vento.

«Dove sei?» incalzò, alzandosi per prendere il suo cellulare e mandare un messaggio ai ragazzi per chiedere aiuto.

«Cosa sta succedendo?» gli chiese Wendy.

«Nel retro del... suo pick-up. Nascosto. Non so dove» rispose Jackson. «Chiedi a Wendy. Mi rintraccerà.»

La guardò e disse: «Tuo fratello è nei guai. Devo trovarlo. Ha detto che puoi rintracciarlo? Cosa significa?»

Dovette darle credito per non aver perso testa; non aveva iniziato a urlargli contro di darle il telefono. Il sangue le defluì dal viso, ma disse subito: «"Trova il mio dispositivo". È un'app. Possiamo vedere entrambi dove si trova l'altro finché il telefono è acceso.»

Blade annuì e sospirò di sollievo. Riportandosi il cellulare all'orecchio, disse a Jackson: «Non spegnere il telefono, qualunque cosa succeda. Sto contattando gli altri. Stiamo arrivando.»

«Cinque ragazzi... due pick-up. Sbrigati, Aspen. Hanno Jenny. Vogliono farle del male.»

«Sto arrivando, amico» disse, sperando che il ragazzo potesse sentire la convinzione nel suo tono. «Rimani nascosto. Non farti ferire più di quanto non lo sia già.»

«Non m'importa di me. È per Jenny... che sono preoccupato» replicò.

Lo capiva. Non gli piaceva, ma capiva. «Devo riattaccare, ma sono sempre qui. Se qualcosa cambia, chiamami. Sto arrivando per entrambi, capito?»

«Sì. Di' a mia sorella che le voglio bene.»

Digrignò i denti. «Andrà tutto bene. Resisti, Jackson.» E con quello, chiuse la chiamata e porse il telefono alla donna spaventata davanti a lui. «Apri l'app» le disse.

Si era rimessa la maglietta e iniziò subito a trafficare sul cellulare. Lui inviò il messaggio che aveva scritto a Ghost e chiamò Truck.

Wendy gli porse il telefono e lui annuì come ringraziamento.

«Ehi, Blade, che succede? È tardi.»

«Ho bisogno del tuo aiuto. Il fratello di Wendy è stato picchiato e hanno rapito la sua ragazza.»

«Parto subito. Dove dobbiamo andare?» chiese senza esitazione.

Abbassò lo sguardo sul telefono e guardò l'app. «Sembra

che quegli stronzi la stiano portando sul lato nord-est della base.»

«Nella zona di addestramento riservata?»

«Pare di sì. Jack è strisciato nel pianale del pick-up e ho la sua posizione sul telefono di Wendy. Ha un'app.»

«"Trova il mio dispositivo"?»

«Sì, quella.»

«Ce l'ho anch'io. Dove ci incontriamo? Hai contattato gli altri?»

«Ho inviato un messaggio a Ghost.»

«Chiamo il comandante per avvisarlo e mi metterò in contatto con gli altri per strada. Passeremo dal cancello sul retro, supponendo che siano andati da quella parte. Ci incontriamo lì per raggrupparci ed entrare insieme?»

«Sì. Jackson ha detto che c'erano cinque ragazzi con Jenny.»

«Stronzi» ringhiò

«Già» concordò.

«Sto arrivando» disse di nuovo Truck, poi riattaccò.

Riportò la sua attenzione a Wendy. Non aveva molto tempo, ma doveva rassicurarla prima di andarsene. «Abbiamo tutto sotto controllo» le disse, prendendola per le spalle. La sentì tremare. «Vado a cercare tuo fratello per riportarlo a casa da te sano e salvo.»

Lei annuì e si portò le mani al viso. «È Lars?»

Blade annuì cupo.

«Maledizione. Sapevo che il fatto che non si facesse più vedere non fosse un buon segno. Avevo detto a Jackson che non avrebbe lasciato perdere. E ha preso Jenny?»

Annuì di nuovo. «Devo andare, ma mi faresti un favore?»

«Quale?»

«Mi lasci chiamare mia sorella e chiederle di venire qui. Non voglio che rimani da sola.»

«Sto bene.»

«Per favore, tesoro. Lasciamelo fare.»

«Ma è tardi.»

«È sveglia. Truck sta chiamando Beatle e gli altri adesso. Devo portare il tuo telefono con me, quindi non avrò modo di farti sapere che va tutto bene una volta arrivati a Jackson. Ma se Casey è qui, posso chiamare lei.»

«Oh... ha senso. Va bene.»

Si chinò e le diede un breve bacio. «Jackson ha detto che ti vuole bene, ma stai certa che ho tutto sotto controllo.»

Una lacrima scese rigandole il viso, ma non fece niente per asciugarla. «Lo so.»

Blade odiava quella lacrima. Odiava non poterla prendere tra le braccia e confortarla in quel momento. Le baciò la guancia, sentendo il sapore salato, poi indietreggiò. Le fece un cenno con la testa, si voltò e si diresse verso il parcheggio e la sua Jeep. Era contento di avere quell'auto; ne avrebbero avuto bisogno per spostarsi in mezzo agli infiniti terreni incolti di Fort Hood. Non c'erano molte strade là dietro e avrebbero avuto bisogno della trazione integrale.

L'altro pensiero che gli passò per la testa fu che se Lars stava portando Jenny lì, non aveva intenzione di riportarla indietro. Nessuno si aggirava in quella zona per sfizio.

C'erano migliaia di ettari di terra sulla base dell'esercito. Sarebbe stato facile violentare e uccidere la ragazza e nascondere il suo corpo dove non sarebbe mai stato trovato.

Grazie a Dio, Jackson era riuscito a salire sul retro del pick-up. Se erano fortunati, l'app avrebbe portato i Delta direttamente da loro e avrebbero fatto a Lars e alla sua banda la più brutta sorpresa della loro vita. Lui non lo sapeva, ma stava andando dritto in un'area che il team Delta Force conosceva come il palmo della mano. Lì avevano svolto gran parte del loro addestramento.

Il regno del terrore di Lars sarebbe terminato quella notte, una volta per tutte.

«Resisti, amico» mormorò Blade, pensando a Jackson mentre usciva dal complesso residenziale e si precipitava verso uno dei tanti ingressi posteriori della base. Alternava lo sguardo tra la strada davanti a lui e l'app sul telefono di Wendy. Il punto rosso lampeggiante era il suo unico conforto in quel momento.

CAPITOLO SEDICI

Wendy camminava avanti e indietro in preda all'ansia. Il tempo sembrava muoversi molto lentamente. Non sapere cosa stesse succedendo la uccideva. Se fosse capitato qualcosa a Jackson, non sapeva cos'avrebbe fatto. Sì, era suo fratello, ma in quel momento si sentiva davvero come se fosse suo figlio.

Il bussare alla porta la fece sobbalzare e andò ad aprire. Sulla soglia c'era la sorella di Aspen. Ma non era sola. C'erano altre cinque donne con lei. Wendy ne riconobbe un paio, ma non le altre.

Spalancò la porta un po' intontita.

Casey la avvolse subito in un abbraccio; era proprio ciò di cui aveva bisogno. Si aggrappò alla sorella di Aspen e si strinse a lei come se non volesse più lasciarla andare. Si sentì trascinata indietro, ma non si staccò.

«Andrà tutto bene» disse Casey in tono rassicurante. «I ragazzi se ne stanno occupando.»

Dopo aver fatto un respiro profondo e ripreso il controllo, Wendy si tirò indietro.

«Tieni» disse qualcuno accanto a lei.

Si voltò e vide una donna bruna alta come lei che le porgeva un fazzoletto.

«Grazie» mormorò, si asciugò le lacrime e si soffiò il naso.

«Forza» disse Casey, prendendola sotto braccio. «Andiamo a sederci e ti presenterò a tutte.»

Non avendo dubbi che le altre donne fossero le mogli e le fidanzate dei compagni di squadra di Aspen, la seguì docilmente in soggiorno. Si sedette al centro del divano mentre Casey le si metteva accanto intrecciando le dita con le sue ed Emily si sistemava sull'altro fianco appoggiandole una mano sulla coscia.

Si sentì circondata... e amata. Si era sentita sola da quando i suoi genitori erano morti, come se avesse avuto il peso del mondo sulle spalle. Ma quelle sei donne, la maggior parte delle quali non conosceva ancora, erano riuscite a sollevare un po' l'opprimente senso di sventura che aleggiava nella stanza, solo con la loro presenza.

«Conosci Emily» iniziò Casey, indicando la donna incinta accanto a lei.

«Ciao, di nuovo» disse Wendy.

«Ciao. Annie passerà la notte a casa di un'amica stasera, altrimenti sarebbe qui anche lei.»

Wendy annuì e la sorella di Aspen proseguì: «Allora, lei è Rayne, sta con Ghost. Sono quelli che stanno insieme da più tempo e diciamo che è la nostra matriarca.»

Ci furono risatine sommesse prima che continuasse: «Harley è quello schianto di ragazza alta davanti a te. È la più vecchia e la più intelligente di tutte noi. Sviluppa videogiochi e se le dai un computer si perderà per ore.»

«Blade mi ha parlato di te» disse Wendy. «A Jackson piacerebbe farti qualche domanda.»

E così le lacrime tornarono. Era bastato dire il nome di suo fratello per farle ricordare cosa stesse succedendo e perché le donne fossero lì.

«Tranquilla» disse Emily con dolcezza.

Cercò di controllarsi e annuì.

«Kassie è l'altra ragazza incinta. Sta con Hollywood e, quando lo incontrerai, capirai perché si chiama così. È bellissimo e potrebbe sicuramente dare filo da torcere a chiunque come "Uomo più sexy del mondo" per la rivista *People*.»

«Non capirò mai perché mi abbia degnato di una seconda occhiata» disse la donna con un sorriso. «Ma ora che è mio, farò una strage se qualcuno tenterà di portarmelo via.»

Non pensava di poterci riuscire, ma quell'affermazione la fece sorridere.

«E per ultima, ma di certo non meno importante, Mary. È la ragazza smilza.»

«Ehi, non sono poi tanto smilza» protestò lei.

Wendy non era d'accordo. Era piuttosto mingherlina, almeno rispetto a tutte quelle intorno a lei. Aveva i capelli corti con un ciuffo rosa, e anche se non era alta come le sue amiche, c'era qualcosa nel suo viso che la rendeva la più intimidatoria del gruppo.

«Ciao» le salutò. «Grazie per essere venute, anche se non sono sicura del motivo per cui siete tutte qui.»

«Siamo venute a supportarti» disse Rayne. «Per tenerti la mano mentre piangi, e aspettare con te finché non avremo più informazioni. È quello che facciamo noi mogli e fidanzate dei soldati.»

Wendy era sopraffatta. «Ma non mi conoscete.»

«Ma conosciamo Blade» replicò Kassie.

«E nel caso avessi qualche dubbio, ora fai sicuramente parte del nostro gruppo» aggiunse Casey. «Non ho mai visto mio fratello così innamorato. Ha frequentato qualche donna, ma non è mai stato serio con nessuna di loro.»

«Fletch ha detto che è stato un grosso rompipalle quando non vi parlavate più.»

«Oh, sì, Coach voleva strozzarlo» aggiunse Harley.

«Truck gli ha detto di portare il culo a casa tua e di scusarsi prima che dovessero prenderlo a botte per fargli entrare in zucca un po' di buon senso» concluse Mary.

Wendy fece un debole sorriso, ma all'improvviso non la stavano più guardando. Stavano fissando tutte Mary.

«Che c'è?» chiese la donna sulla difensiva.

«Ti vedi con Truck?» le chiese Rayne sorpresa, inarcando le sopracciglia.

L'altra scrollò le spalle. «No. Mi è capitato di vederlo di sfuggita l'altro giorno.»

Wendy si rese conto che Rayne non era l'unica a sembrare sorpresa di sentire che la loro amica avesse trascorso un po' di tempo con Truck, ma non conosceva abbastanza bene le dinamiche del gruppo per capirne il motivo.

«Puoi dirci cos'è successo?» chiese Kassie a Wendy, spezzando la tensione nella stanza.

Lei annuì, fece un respiro profondo e raccontò l'intera storia di Lars e degli atti di bullismo.

———

I sette operatori della Delta Force viaggiavano su due veicoli, diretti verso il piccolo punto rosso sulla mappa. Blade sapeva che senza l'app, non avrebbero mai trovato Jackson e gli altri tempestivamente. Erano molto all'interno dell'area di addestramento riservata della base. Lars e i suoi amici avevano scelto bene. Era buio pesto e nessuno si sarebbe imbattuto accidentalmente in loro mentre facevano alla povera Jenny quello che avevano programmato.

Premette un po' più forte sull'acceleratore. Il punto aveva smesso di muoversi da un paio di minuti, e ogni secondo che passava era vitale per evitare che venisse fatto del male alla ragazza, e forse anche a Jackson.

«Conoscete tutti il piano, vero?» chiese Ghost, la sua voce

era bassa e letale nel silenzio della Jeep di Blade, in cui si trovavano anche Truck e Beatle. Fletch li seguiva con l'Highlander insieme a Hollywood e Coach. Indossavano tutti gli occhiali per la visione notturna per potersi avvicinare di soppiatto al gruppo di bastardi in modo più efficace. Stavano sfrecciando lungo la strada sterrata con i fari spenti a una velocità estremamente pericolosa.

Ghost aveva messo il telefono in vivavoce e stava comunicando con Hollywood. Avevano discusso il modo migliore di cogliere di sorpresa e neutralizzare Lars e la sua banda.

«Affermativo» dissero praticamente all'unisono i soldati dell'altra auto.

«L'incognita più importante in questo scenario è Jackson. Ha detto che c'erano cinque uomini e due veicoli. Blade, noi ci occupiamo dei cinque, tu pensa a Jackson. Capito?»

Strinse le labbra e annuì. Voleva Lars, ma Ghost era abbastanza intelligente da sapere che non era il caso di lasciarlo avvicinare al teppista. Avrebbe ucciso quel bastardo senza provare alcun rimorso. Il suo compito era arrivare a Jackson e assicurarsi di portarlo al sicuro per far sì che il team potesse sconfiggere i rapitori.

Il compito di Truck era Jenny. Era il più grande e forte del gruppo, e se ci fosse stato bisogno di malmenare qualcuno per proteggere la ragazza, lo avrebbe fatto. Avrebbe fatto tutto il necessario per portarla sana e salva fuori dalla linea di fuoco.

«Stiamo arrivando alle coordinate. Circa ottocento metri più avanti» disse Blade mentre alzava il piede dall'acceleratore; dovevano avvicinarsi il più possibile al luogo senza farsi scoprire.

Quando furono a meno di quattrocento metri, fermò la Jeep in mezzo alla strada. Notò Fletch mettere la macchina di traverso dietro la sua, bloccando la carreggiata. Scese dal veicolo, consapevole che se Lars o uno dei suoi amici avessero cercato di scappare, avrebbero dovuto rallentare per girare intorno alle auto dando loro la possibilità di raggiungerli.

Con l'adrenalina che gli scorreva nelle vene, Blade riuscì solo a pensare di voler arrivare a Jackson, per assicurarsi che fosse al sicuro. Se fosse successo qualcosa a suo fratello, Wendy non sarebbe riuscita a sopportarlo. Avrebbe fatto in modo che tornasse da lei sano e salvo. Faceva affidamento su di lui e non l'avrebbe delusa.

In silenzio, il team si diresse verso gli obiettivi. Si mossero con rapidità attraverso le sterpaglie per cui quella parte del Texas era famosa. Non fecero il minimo rumore mentre si avvicinavano ai cinque stronzi che avevano osato rapire e aggredire due adolescenti che si facevano gli affari propri.

Blade pensò di nuovo che probabilmente quella non era la prima volta che quei tizi facevano quel genere di cose. Una persona non iniziava una vita criminale rapendo e stuprando una ragazza.

No, lo avevano di sicuro già fatto prima. Forse portando la loro ultima vittima indifesa esattamente nello stesso posto.

Ripromettendosi di chiedere al loro comandante di mettersi in contatto con la polizia locale riguardo alla scomparsa di adolescenti o adulte, Blade si sistemò gli occhiali per la visione notturna e si mosse il più in fretta possibile verso il punto in cui l'app aveva localizzato Jackson.

Era il momento di agire.

«Perché ci mettono così tanto?» borbottò Wendy. Aveva superato la fase del pianto; ora era ansiosa e arrabbiata di non aver ancora ricevuto notizie. Odiava non sapere cosa stesse succedendo. Non sapere se Jackson e Jenny stessero bene. Odiava non sapere se Blade fosse ferito o meno.

Era sciocco, la sua preoccupazione avrebbe dovuta essere

tutta per suo fratello, ma non poteva fare a meno di temere anche per lui.

Sì, era un soldato spietato della Delta Force, ma ai proiettili non importava. Avrebbe comunque potuto essere colpito, picchiato o ferito con un coltello. Non riusciva a smettere di pensare a tutto ciò che avrebbe potuto accadergli, e non poteva impedire a quegli scenari di ripetersi in continuazione nella sua mente.

«Smettila di preoccuparti» le ordinò Rayne. Harley aveva tirato fuori un computer portatile dalla borsa ed era al tavolo della sala da pranzo a pigiare sui tasti. Kassie ed Emily erano sedute su un lato del divano e parlavano di bambini e delle strane voglie della gravidanza. Casey stava preparando qualcosa in cucina.

Rimanevano Mary, che si trovava in piedi vicino a una parete e Rayne che era seduta a un'estremità del divano, mentre Wendy camminava su e giù per la stanza.

«Non posso farne a meno» disse. «Continuo a immaginare tutte le cose orribili che potrebbero accadere.»

«Sì, ero così anch'io le prime volte, quando Ghost e gli altri andavano in missione. Sapevo meglio della maggior parte delle persone cosa succede effettivamente in alcune delle loro operazioni.»

«Cosa intendi?» le chiese.

Rayne continuò spiegando che si era trovata nel mezzo di un colpo di stato egiziano, e che Ghost e il resto della squadra erano apparsi dal nulla per salvarla. «Ero lì, sanguinante tra le braccia di Truck, mentre scappavamo dall'edificio governativo, sapendo che probabilmente qualcuno ci avrebbe sparato da un momento all'altro. È stato terribile.»

Wendy aveva smesso di camminare e l'aveva fissata a occhi spalancati. «Sul serio?»

«Sì. Poi la missione successiva, Ghost è stato ferito e non si è preso la briga di dirmelo. Ero incazzata.»

Mary ridacchiò. «È un eufemismo, Raynie.»

Le due donne si sorrisero. «Mi sei mancata» disse alla sua amica. «Perché mi hai evitata?»

«Non l'ho fatto.»

«Stronzate. Quando eri malata stavamo insieme ogni giorno. Ti ho tenuta mentre vomitavi nel wc e sono persino entrata in doccia con te per assicurarmi che non collassassi. E ultimamente, credo di averti vista due volte in sei mesi.» La sua voce si abbassò. «È come se non ti conoscessi nemmeno più. Non so come stia andando il lavoro o come ti senti. Mi *manchi*. Viviamo nella stessa dannata città e mi manchi.»

«Mi dispiace» disse Mary a occhi bassi. «È stato un periodo particolare per me.»

«Dimmi solo che hai finito di tenermi a distanza» insistette. «Rivoglio la mia migliore amica.»

«Ho finito di tenerti a distanza» ripeté lei. «L'ultima cosa che voglio è ostacolare la vita meravigliosa che meriti di vivere.»

Per qualche motivo, la confessione di Mary sembrò turbarla. «Cosa dovrebbe significare?» le chiese.

«Significa che sei praticamente sposata adesso» replicò. «Hai una vita anche senza di me. Dopo che mi sono ammalata, ti ho ripetuto più volte che non avresti dovuto aspettarmi per sposarti. Era stata solo una cosa decisa una sera in cui eravamo ubriache e depresse. Adesso è ridicola. Hai Ghost e tutte le altre ragazze qui. Non siamo più solo noi due.»

Rayne sospirò. «Ricordo ciò che mi avevi detto, ma pensavo davvero che tu e Truck avreste fatto funzionare le cose. Ti ama, Mary. In realtà, non avevo intenzione di insistere riguardo a quel matrimonio doppio ma... dopo aver visto te e Truck insieme, pensavo davvero che se avessi aspettato abbastanza a lungo, vi sareste frequentati ufficialmente e avremmo *potuto* farlo sul serio.»

«Raynie» sussurrò, poi strinse le labbra come se stesse cercando di non piangere.

«Ti voglio bene, Mary. Siamo amiche da sempre, e credo di essermi finalmente resa conto che più insistevo, più ti allontanavi. È stato quello il mio errore. Mi dispiace.»

Wendy si sentiva un'intrusa. Non sapeva quale fosse la storia tra le due donne, ma provò una fitta di gelosia per il fatto che avessero un'amicizia così stretta. L'aveva sempre desiderato, ma non era mai stata nella posizione di averla. Si era trasferita troppe volte e aveva troppi segreti. Per non parlare dell'impegno a crescere suo fratello. Niente di tutto quello favoriva la creazione di amicizie strette e durature.

«Ti voglio bene anch'io» disse Mary sommessamente. «Prometto che non ti terrò più a distanza.»

Si sorrisero, poi Kassie all'improvviso disse: «Penso che dovremmo chiamare il comandante.»

«Non lo so» replicò Rayne. «Ghost ha detto che dovevamo chiamarlo solo in caso di emergenza.»

«Penso che questo costituisca un'emergenza. I nostri uomini sono via da parecchio, dovrebbero aver già trovato e sistemato quegli stronzi ormai. E anche se non fosse così, forse può darci un aggiornamento.»

«Ma almeno lo sa cosa sta succedendo?» chiese Harley dal tavolo.

«Non conosco questo comandante, ma Blade ha detto che Truck lo avrebbe chiamato» disse Wendy.

«Ecco. È deciso. Lo faccio io» dichiarò Kassie, tirando fuori il telefono. «Sono incinta e non mi fa bene subire questo stress.» Sorrise. «Inoltre, penso che il comandante abbia paura di me ed Emily. Non vuole che entriamo in travaglio prematuramente o altro.»

Ridacchiarono tutte.

Alcuni minuti dopo, Kassie spense il telefono con un sospiro. «Non sa ancora niente» annunciò. «Ha detto che si sarebbe assicurato di dire ai ragazzi di chiamare il prima possibile.»

Wendy sospirò e si lasciò cadere sul pavimento, avvolgendo le braccia attorno alle ginocchia piegate. «Ragazze, pensate che questo posto abbia bisogno di un po' di colore? Blade ha detto che non gli sarebbe dispiaciuto se lo avessi sistemato un po'. Potrei usare il vostro aiuto per capire cosa comprare. Mi terrà la mente lontana dal resto.»

«Alleluia!» urlò Casey entrando nel soggiorno, alzando le braccia con aria trionfante. «Gli sto addosso per ravvivare questo posto da quando lo ha comprato. Si è sempre rifiutato di lasciarmi aiutare. È ovviamente innamorato di te, Wendy. Non ti avrebbe mai invitato a decorare la sua preziosa casa, se non lo fosse.»

Arrossì. Aveva detto che l'amava, ma una parte di lei non ci aveva davvero creduto. Avere la conferma di sua sorella aiutò molto a scalfire la sua insicurezza che le faceva pensare di non essere all'altezza di Blade.

«Allora, mi aiuterete?»

«Ovvio. Harley, dobbiamo usare il tuo computer!» disse Casey all'altra donna.

Lei alzò gli occhi al cielo. «Vabbè. Fammi finire questa riga di codice dove i soldati prendono a calci in culo i terroristi di merda che hanno rapito un adolescente indifeso, poi potrete usarlo.»

«È un po' assetata di sangue» le sussurrò Emily.

Wendy non poté fare a meno di sorridere. Dio, non sarebbe riuscita a superare l'attesa se non fossero andate lì. Le piacevano, tutte. Le piaceva la dinamica tra loro e quanto sembrassero unite. Sperava solo di avere la possibilità di continuare a conoscerle meglio e di far parte di quel gruppo affiatato.

———

Blade si accovacciò dietro uno dei pick-up nella radura e si accigliò. C'erano quattro tizi intorno a un Jackson ferito e sanguinante. Il quinto teneva Jenny e le aveva messo una mano sulla bocca. Lei stava lottando e piangendo, ma non poteva competere con la forza dell'uomo.

Lars e i suoi amici stavano deridendo e prendendo a calci Jackson, dicendogli quanto si sarebbero divertiti con Jenny e che non c'era nulla che potesse fare al riguardo.

«Faremo a turno con lei proprio di fronte a te, bello. Non sarai in grado di fare niente. Ora... non sei contento di esserti nascosto nel mio pick-up? È davvero un peccato, non vedevamo l'ora di raccontarti tutto più tardi... ci hai rovinato il divertimento. Ma d'altronde, ora puoi guardarlo di persona.»

«Non... la passerete... liscia...» disse Jackson, parole spezzate e dolorose da sentire. Si teneva il fianco e il sangue gli colava dai tagli sul viso.

Lars rise. «Lo abbiamo già fatto.»

E con quello, iniziò a prendere a calci il debole e indifeso Jackson.

Lo vide tentare di usare alcune delle mosse di autodifesa che lui e gli altri gli avevano insegnato, ma niente di ciò che faceva era molto efficace contro i quattro uomini alleati contro di lui.

Blade si mosse prima di pensare di assicurarsi che gli altri fossero pronti. Non poteva star lì a guardare mentre veniva picchiato a morte. Non quando poteva fare qualcosa al riguardo. La sua missione era il fratello di Wendy, e ciò significava salvarlo dai bastardi, ma poteva sicuramente sferrare qualche pugno mentre raggiungeva il suo obiettivo.

Arrivò al cerchio di teppisti intorno a Jackson prima del resto del team. Ne mise a tappeto uno con un potente calcio dietro il ginocchio; il tizio cadde a terra con un tonfo. Si lanciò su un altro prima ancora che si rendessero conto che era lì; lo colpì con pugno sul rene, poi lo afferrò per le spalle e gli diede una forte ginocchiata in faccia mentre cadeva.

Prima che potesse passare a un altro, la sua squadra fu lì. Si scagliarono contro il resto degli uomini come angeli vendicatori.

«Blade... Jack» gli ordinò Ghost, anche se lui si voltò per abbattere un altro dei bulli che circondavano il fratello di Wendy. Avrebbe voluto massacrarli tutti, ma era troppo ben addestrato per disobbedire al suo leader. Andò da Jackson e si inginocchiò davanti a lui. Gli mise una mano sotto il mento e gli sollevò il viso per far sì che non avesse altra scelta che guardarlo.

«Siamo qui, Jackson. Ce l'hai fatta. Siamo qui.»

«Jenny» mormorò lui mentre i suoi occhi guizzavano a destra, cercando di trovare la ragazza.

Blade sollevò lo sguardo e si ritrovò davanti una situazione di stallo: Lars aveva una pistola puntata contro Jenny, il tizio che la tratteneva e Truck e Ghost.

«Metti giù la pistola» gli ordinò Ghost. «È finita, Lars.»

«Le sparo, cazzo» disse lui. «Allontanatevi e fatemi andare al mio pick-up.»

«Amico, non puoi spararle. Ci sono anch'io qui!» disse quello che teneva Jenny.

«Vaffanculo, mammoletta» ribatté al suo cosiddetto amico. «Tu eri quello che voleva farsela per primo, Chuck. Sei stato tu a implorare di trattenerla così da poterle toccare le tette mentre ci occupavamo del suo ragazzo.»

«Sì, ma non sapevo che avessi una pistola o che saresti andato fuori di testa!»

«Ascolta il tuo amico» lo interruppe Ghost. «Metti giù la pistola e parliamone.»

«Non sono stupido. Nel momento in cui lo farò, mi sarete addosso e mi ritroverò faccia a terra.»

«Vero, ma non sarai morto» ribatté con calma. «Non la passerai liscia, comunque.»

«Fanculo» disse Chuck, e lasciò andare Jenny, alzando le mani e allontanandosi da lei.

Fletch gli fu subito addosso, gli strattonò le braccia dietro la schiena con tanta forza che gridò di dolore.

Blade osservò impotente mentre gli eventi si svolgevano come al rallentatore. Vide Truck andare da Jenny per proteggerla, ora che non era prigioniera; Lars premere il grilletto e Ghost balzare su di lui in un placcaggio al volo.

Il rumore dello sparo fu forte nella tranquilla notte del Texas, ma l'urlo di Jenny di più.

Jackson gridò: «No!!!» E lottò per alzarsi, per raggiungere la sua ragazza mentre lei e Truck finivano a terra in un groviglio di gambe e braccia; il soldato delle forze speciali riuscì a non cadere sopra la minuscola adolescente e Blade lo sentì gemere mentre atterrava.

Lars imprecò con furia e gridò mentre Ghost e Hollywood lo sottomettevano. E "sottometterlo" includeva pestarlo a sangue e ficcargli la faccia a terra, proprio come aveva temuto. Blade avrebbe voluto potergli tirare un pugno per Jackson, ma i suoi compagni di squadra avevano domato facilmente il bullo e non avevano bisogno di alcuna assistenza.

«Rapporto situazione» gridò Ghost, anche se continuava a tenere la faccia di Lars a terra.

«Libero» dichiarò Coach. Aveva sotto controllo due dei teppisti che avevano picchiato Jackson.

«Libero» affermò Fletch mentre finiva di legare le mani di Chuck dietro la schiena.

«Libero» replicò Beatle accanto al terzo uomo privo di sensi che aveva preso a pugni il fratello di Wendy.

«Libero» confermò Blade mentre aiutava con cautela Jackson a sedersi.

«Libero» grugnì Hollywood mentre tirava un altro calcio a Lars prima di allontanarsi lentamente.

«Negativo» disse Truck con una voce che nessuno riconobbe. Invece del tono burbero e pratico a cui erano abituati, era debole e sofferente.

«Ah... penso che sia ferito» balbettò Jenny. Era inginocchiata accanto a lui, che era steso sulla schiena.

«Cazzo» esclamò Hollywood mentre correva verso il loro compagno. «Chiamate il comandante!» gridò quando si avvicinò. «Ci serve un elicottero. È stato colpito.»

Blade osservò incredulo mentre iniziava a formarsi una pozza di sangue sotto il suo corpo. «Non va bene» mormorò.

Il team fece del suo meglio per stabilizzarlo prima che arrivasse l'elicottero. Blade cercò di occuparsi di Jackson, ma l'adolescente respinse i suoi tentativi di dargli un'occhiata, dicendogli che stava bene e di aiutare Truck.

Jenny prese il suo posto dando una mano a Jackson a stare dritto, così lui aiutò Fletch e Coach ad occuparsi di Lars e i suoi amici. Dopo circa quindici minuti, sentirono il rumore di un elicottero avvicinarsi velocemente. Ghost si spostò di lato per indicare la zona di atterraggio.

Blade fu sorpreso di vedere il comandante correre verso di loro, insieme al medico.

«Rapporto situazione!» abbaiò.

Ghost lo aggiornò su quello che era successo e sul loro compagno di squadra. In pochi minuti, il medico e Hollywood lo avevano sistemato sulla barella pronto per essere trasportato sull'elicottero.

«Mia moglie» disse Truck con urgenza, afferrando il braccio del comandante.

Blade voltò la testa di scatto alle parole del suo amico.

Vide anche il resto della squadra fissarlo. Stava delirando?

«Sì?» gli chiese, chinandosi su di lui per sentirlo meglio.

«Dica a mia moglie che sto bene. Di non preoccuparsi. So che si preoccuperà» mormorò.

Il suo superiore gli diede un colpetto sulla spalla. «Mi occuperò io di Mary. La porterò in ospedale, non temere.»

Truck annuì e chiuse gli occhi.

Il comandante poi si rivolse al resto del team. «Portate questi rifiuti alla base. Ci vediamo lì, insieme alla polizia militare. Troveremo il maggior numero di imputazioni possibili per assicurarci che questa roba non si ripeta. Farò anche setacciare l'intera area, se questi stronzi l'hanno già fatto, troveremo le prove e li faremo rinchiudere dietro le sbarre, e butteremo via la chiave.»

Il medico e il comandante raccolsero la barella con Truck e la portarono di corsa verso l'elicottero.Il team osservò senza dire una parola mentre veniva caricato all'interno e il grande mezzo che si sollevava da terra per volare di nuovo verso la base.

«Porca puttana» disse Coach. «Ha detto ciò che penso abbia detto?»

«Truck e Mary sono sposati» confermò Hollywood.

«Che subdolo figlio di puttana» mormorò Fletch.

«Che pezzo di merda» sbottò Ghost, chiaramente più che incazzato.

Blade si voltò a guardarlo sorpreso. Sapevano tutti che Truck amava Mary, quindi non capiva la rabbia del suo leader.

«Rayne ne sarà devastata» disse, facendogli comprendere tutto.

Sì... lo sarebbe stata. Erano tutti consapevoli che avesse rimandato il suo matrimonio finché anche Mary non fosse stata pronta a sposarsi.

All'improvviso, il fatto che lo avessero fatto alle loro spalle non gli andò giù.

«Cazzo!» imprecò di nuovo Ghost. «*Non voglio* dover dire a Rayne che ha aspettato per niente. Mi chiedo da quanto.»

Nessuno disse nulla, dato che *nessuno* conosceva la risposta a quella domanda.

«Andiamo» disse Beatle in tono piatto, ma tutti sentirono la frustrazione dietro le sue parole. «Dobbiamo portare questi stronzi alla base e lasciare che se ne occupi la polizia militare.»

«Devo far controllare Jackson e portare Jenny a casa» li informò Blade.

«Dovranno parlare con la polizia» lo avvisò Ghost. Era ovvio che stesse cercando di controllare la sua collera.

«È tardi. Wendy sarà molto preoccupata, per non parlare della famiglia di Jenny. Posso portarli qui domani?» gli chiese.

Il suo amico si passò una mano tra i capelli. «Sì. Penso che non ci siano problemi. Non più tardi delle nove però, altrimenti il comandante mi romperà le palle.»

«Sì, Signore» disse Blade, mettendo un braccio intorno alla vita del ragazzo per aiutarlo a stare in piedi.

«Hollywood, tu e Coach prendete i veicoli degli stronzi. Io e Fletch, porteremo Lars e Chuck. Beatle, butta gli altri nel retro di quel pick-up con il carico di merda e tienili sotto controllo finché non arrivate alla stazione della polizia militare. Ok?» ordinò Ghost.

«Certo, Signore.»

Fecero tutti come il loro leader aveva richiesto. Nessuno pronunciò un'altra parola. La notte era stata intensa, tra la minaccia contro Jenny e Jackson, il fatto che avessero sparato a Truck e scoprire che si era sposato senza dire niente a nessuno di loro.

Era difficile da comprendere. Condividevano sempre tutto. La fiducia tra loro era enorme e indistruttibile. Non capiva perché Truck avesse voluto spezzarla, ma non lo avrebbero saputo finché non ne avessero parlato con lui.

Con il cuore pesante, Blade aiutò Jackson a salire sul sedile posteriore della Jeep e attese che lui e Jenny si allacciassero la cintura di sicurezza, prima di avviarsi verso Temple a una velocità un po' inferiore rispetto a quando era partito. Jenny si rifiutò di farsi accompagnare a casa, dicendo che sarebbe andata ovunque fosse andato Jackson, e dato che stava portando il ragazzo al pronto soccorso, è lì che sarebbe andata.

Blade prese il telefono per chiamare Wendy. Sapeva che l'intera banda di ragazze era a casa sua in attesa di informazioni. Una di loro l'avrebbe portata in ospedale, per essere sicuri che non facesse un incidente durante il viaggio fino a lì.

Pensò a Truck e Mary; non sapeva cosa le avrebbe detto quando l'avesse rivista. Era certo però, che avrebbe raccontato a Wendy che i due si erano sposati, perché aveva giurato di non nasconderle nulla se poteva evitarlo.

Sapeva, senza ombra di dubbio, che erano stati feriti i sentimenti di tanti. E lo odiava.

Dannato Truck. Ma cosa pensava?

CAPITOLO DICIASSETTE

WENDY ERA SDRAIATA A LETTO, accoccolata tra le braccia di Aspen. Lei e Jackson avevano trascorso a casa sua tutte le notti nell'ultima settimana e vi avevano trasferito anche molte delle loro cose. Dopo che suo fratello era stato aggredito e Jenny rapita, si sentiva più al sicuro con lui.

Ma era molto più di quello.

Si era resa conto che anche Aspen aveva bisogno di lei lì.

«Come sta Truck?» chiese dolcemente.

«Bene. Oggi è tornato a casa.»

«E Mary è lì che si prende cura di lui?»

«Mm-mm» mormorò, e il suo corpo si irrigidì.

Wendy sapeva che parlare di Truck e Mary era un tasto dolente. Non capiva davvero tutte le sfumature, ma ciò che sapeva era che quella cerchia di amici aveva decisamente subito un brutto colpo.

Quando Aspen aveva chiamato dall'ospedale, dicendo che Jackson e Jenny erano al sicuro, Wendy era stata felicissima, anche se le era sembrato teso. Avrebbe dovuto essere felice di aver trovato suo fratello e che Jenny stesse bene, ma era ovvio che qualcos'altro lo preoccupasse.

Mentre era ancora al telefono con lui aveva suonato anche quello di Mary. Quando aveva sentito che Truck era stato ferito il suo viso era sbiancato, aveva barcollato e quasi perso i sensi. Rayne le aveva preso il telefono prima che potesse protestare, e di conseguenza aveva sentito la fine di ciò che il comandante stava dicendo.

«Sei *sposata*?» aveva chiesto incredula, allontanandosi dalla sua migliore amica.

«Non è come pensi!» aveva risposto subito Mary.

«Sì o no.»

«Sì» aveva ammesso l'altra con un sospiro

Rayne aveva stretto le labbra, e sul suo viso era comparsa un'espressione così tradita, che Wendy era trasalita. Ma la donna aveva fatto un respiro profondo e si era rivolta alle altre. «Hanno sparato a Truck. Il comandante dice che sembra peggio di quello che è. È sotto i ferri in questo momento, ma i dottori hanno detto che il proiettile è passato da parte a parte e che starà bene.»

Avevano tirato tutte un sospiro di sollievo.

«Oh, e Mary e Truck sono marito e moglie. A quanto pare, a un certo punto si sono sposati e non ce l'hanno detto. Probabilmente vorrai parlare con tuo marito, Mary. Sono sicura che Casey ti porterà a trovarlo.»

E con quello, aveva raccolto la sua roba e se n'era andata senza lanciare più uno sguardo alla sua migliore amica o alle altre donne che erano rimaste senza parole.

Wendy era stata un po' gelosa del legame che avevano le donne e gli uomini del team Delta, ma quell'amicizia era stata messa a dura prova. Ora la situazione era tesa e imbarazzante tra alcuni di loro. Aspen aveva ammesso che Ghost non era nemmeno andato a trovare Truck dopo che era stato ferito.

Odiava che il team fosse in quella situazione.

«Vuoi parlarne?» gli chiese con gentilezza.

«No.» Si girò finché fu sopra di lei e non poté che guardarlo. «Vieni a vivere con me» ordinò, non chiese.

«Cosa?»

«Vieni a vivere con me. Voglio te e Jackson qui con *me*. Sei qui da una settimana e non sono mai stato così felice. Amo tornare a casa da te e mi piace svegliarmi e averti accanto. Adoro che tu ci metta un'eternità ad alzarti dal letto la mattina e vedere la tua roba sparsa sul mobile del bagno.»

«Ma... e casa mia?»

«Casa tua cosa?» le chiese. «L'edificio è un rudere. E non è sicuro. Vi voglio entrambi dove so che non verrete rapinati solo andando o tornando dall'auto. Ti amo, Wendy. Davvero tanto. E voglio bene a tuo fratello. Vederlo ferito e picchiato da quegli stronzi mi ha fatto impazzire. Non solo ti amo, ma ho bisogno di te. Rendi la mia vita meno solitaria. Mi piace avere qualcuno con cui parlare quando torno a casa. Mi piace avere *te* con cui parlare. Completi la mia vita. Se ti preoccupa vivere nel peccato, non devi farlo. Ho intenzione di chiederti di sposarmi. Possiamo essere fidanzati per tutto il tempo che vuoi, basta che fissiamo una data. E non scapperemo nemmeno per fare una stupida cerimonia segreta. Tutti i nostri amici saranno lì a festeggiare con noi.»

«Ma... quello che ho fatto potrebbe metterti nei guai» disse Wendy sommessamente. «Non me lo perdonerei mai se dovessi avere problemi perché ho rapito mio fratello.»

«Ci occuperemo anche di quello. Metterò un tizio che conosco a cercare informazioni. Te l'ho detto, eri minorenne quando è successo. Non sto dicendo che non dovrai rispondere per questo, ma penso che avere Jackson che potrà garantire per te e testimoniare riguardo a quello che stava passando con quell'ultima famiglia affidataria, dimostrando inoltre di essere una persona equilibrata, intelligente e straordinaria, aiuterà molto a ridurre la pena.»

«Non permetterò che testimoni» replicò Wendy con foga. «Non farà niente che lo metta a disagio.»

«Tranquilla, tesoro. Ho la sensazione che lo farà volentieri, se servirà ad aiutarti.»

Wendy sospirò. «È difficile per me non pagare le spese.»

«Non pagherai l'affitto quando ti trasferirai» disse Aspen, «nel modo più assoluto. Tieni quei soldi per te e Jackson. Anche se sai provvedere a tutti i suoi bisogni, io ne ho un sacco per poterti aiutare. Potrai lasciare il lavoro al call center e avrai quella promozione alla casa di riposo. Puoi tenere il tuo conto corrente... non farò mai nulla che ti faccia sentire insicura.»

«Non mi sento insicura quando sono con te, Aspen, non è quello.»

«Allora cos'è?»

«È solo che... mi ucciderebbe se ci trasferissimo da te e poi la nostra relazione non funzionasse.»

Lui rise. Così forte che iniziò a grugnire.

Gli lanciò un'occhiataccia. «Cosa c'è di così divertente? È una preoccupazione legittima.»

«No, tesoro, non lo è. Non ho intenzione di lasciarti. Mai.»

«Non puoi prometterlo.»

«Sì che posso. So benissimo che puoi trovare qualcuno molto meglio di me, ma farò tutto ciò che è in mio potere per assicurarmi che non ti pentirai mai di avermi telefonato quella prima volta, e di aver continuato a farlo. Non sarai mai inappagata nel nostro letto. Non avrai mai fame. Non dovrai mai preoccuparti che ti tradisca o che provi risentimento per il tuo rapporto con Jackson. Sei quella giusta per me, Wen. Penso di averlo capito la prima volta che abbiamo parlato. Dacci una possibilità.»

Gli occhi di Wendy si riempirono di lacrime. Era stata sola per così tanto tempo, ed era incredibile sapere che non lo sarebbe più stata. Che avrebbe avuto un partner in Aspen.

Per evitare di mettersi a piangere e volendo tirarlo su di morale dopo la brutta settimana che aveva avuto, pensò di stuzzicarlo. «Non sarò mai inappagata nel tuo letto? Sembra che sia passato un bel po' dall'ultima volta che hai fatto qualcosa di appagante qui, amico.»

Le sue labbra si sollevarono in un sorriso diabolico. «Ah, è così?»

«Sì.»

«Di' che ti trasferirai definitivamente e che potrò dire al tuo padrone di casa di andare a farsi fottere, e ti appagherò.»

«E se non lo faccio?»

«Allora staremo qui accoccolati e ci metteremo a dormire.»

«Mi stai ricattando con il sesso?» chiese incredula.

«Sì.»

Avendo già preso la decisione, pensò di ripagarlo con la stessa moneta. «Mmm, immagino che staremo qui accoccolati, allora.» E si girò su un fianco, spingendo indietro il sedere e strofinandosi contro la sua erezione.

«Ragazzaccia impudente» si lamentò Aspen. «Sarai la mia morte.»

Wendy aspettò che le mettesse un braccio intorno alla vita e la attirasse contro di sé per dire: «Sì.»

Rimase immobile dietro di lei. «Sì, a cosa?»

«A tutto questo.» Si giro, si sollevò e spinse Aspen sulla schiena mettendosi a cavalcioni sulle sue cosce. «Sì, ci trasferiremo. Sì, lascerò quello stupido lavoro al call center. E sì, ti sposerò.»

Senza una parola, solo con un luccichio di avvertimento negli occhi, la afferrò per i fianchi e si voltò, rimettendola di nuovo supina. La sua mano andò ai pantaloncini che aveva indossato per andare a letto e li spinse giù. Le sue abili dita iniziarono subito a giocherellare con il clitoride, si chinò e la baciò come se quello fosse l'ultimo bacio che si sarebbero mai scambiati.

Wendy infilò le mani nei suoi boxer e gli afferrò il sedere duro come una roccia, stringendolo e cercando di attirarlo sopra di sé.

Tuttavia non si avvicinò, continuò il suo assalto al clitoride e alla bocca finché lei non iniziò a dimenarsi freneticamente.

«Aspen» ansimò. «Scopami.»

Lui gemette in risposta e si sollevò a sufficienza per spingerle in modo febbrile i pantaloncini lungo le gambe. Come se l'urgenza di farlo fosse contagiosa, Wendy lo aiutò a rimuoverli meglio che poté. Un lungo dito scivolò nel suo corpo e lei spalancò di più le gambe, dandogli accesso. Blade lo spinse dentro e fuori più volte, come per testare se fosse pronta, poi se lo portò alla bocca e lo leccò.

La fissò negli occhi e lei si sentì quasi bruciare per la loro intensità. Senza dire una parola, si abbassò i boxer quel tanto che bastava per far uscire il suo cazzo duro come l'acciaio, lo prese in mano e strofinò la punta sul suo clitoride diverse volte, poi si infilò tra le pieghe. Una volta lubrificato con gli umori della sua eccitazione, si spinse appena dentro il suo corpo. Poi si fermò.

«Che c'è?» gli chiese Wendy. «Perché ti sei fermato?»

«Non ho messo il preservativo» le rispose in tono roco.

«Non mi interessa.»

«Wendy...» gemette.

«Scopami, Aspen. Ho bisogno di te!»

«*Mi sposerai*» dichiarò, mentre si spingeva lentamente dentro di lei. «Non ti permetterò di non onorare la promessa.»

«Non voglio farlo. Se sei abbastanza pazzo da volermi, allora sarei una stupida a rifiutarti. Inoltre, ho bisogno di salvarti da tutte quelle poco di buono che cercano di adescarti nei bar.»

Lui ridacchiò e Wendy lo sentì muoversi in lei.

«Dio, è bellissimo sentirti così» le disse, restando completamente immobile.

«Anche per me. Ma... ho bisogno che ti muovi» lo implorò. «Ti prego.»

Con lentezza si tirò fuori e si spinse di nuovo dentro. «Così?»

«No. Più forte.»

«Ma non è bello così?» la stuzzicò.

«Se intendi bello come se stessi leggendo un libro noioso in una pigra domenica pomeriggio, sì.»

«Oh, questa la pagherai» la avvertì, mentre le afferrava il sedere attirandola di più contro di sé.

«Mi piace che tu lo faccia in modo lento e dolce, ma ora voglio che sia fuori controllo. Forte e veloce.»

«Sei sicura? So essere romantico, se vuoi.»

«Fanculo al romanticismo adesso! Scopami, Aspen. Sul serio. Dovresti ricordare che mi piace farlo così.»

E a quel punto, iniziò a prenderla con forza. La scopò stesa sulla schiena, a carponi e con lei a cavalcioni su di lui. La fece venire tre volte prima di cedere finalmente al proprio piacere. Wendy si sentiva bagnata fin sulle cosce e i versi che facevano erano degni di un film porno.

Jackson stava dormendo nello studio del primo piano, dato che fare le scale era ancora troppo doloroso per lui, dandole la libertà di stare con Aspen senza riserve.

Era di nuovo sulla schiena e le stava scopando il sesso bagnato. Il suo sedere era sostenuto da due cuscini, e ogni volta che si spingeva dentro, le colpiva il punto G. Wendy gemette e gli afferrò le cosce mentre lui raggiungeva il culmine.

«Di nuovo, tesoro. Voglio sentire quella fica calda che mi

stringe il cazzo ancora una volta, prima di riempirti con il mio piacere.» Usava il pollice per accarezzarle il clitoride con un movimento implacabile mentre parlava.

«Oh, Dio» gemette Wendy quando sentì un altro orgasmo avvicinarsi. Le sue gambe tremarono mentre andava oltre il limite, e guardò Aspen chiudere gli occhi e buttare indietro la testa. I tendini del suo collo si gonfiarono, e fu la cosa più sexy che avesse mai visto in vita sua.

Sentì il suo seme iniziare a fuoriuscire tra loro, ma non si mosse. Era davvero erotico e non riusciva quasi a credere che quell'uomo straordinario fosse suo. Quasi.

Le cadde sopra, quasi schiacciandola, ma non le importava. Non si meritava Aspen, ma non lo avrebbe lasciato andare. Avvolgendo le braccia intorno a lui, ignorò il modo in cui le sue cosce protestarono per essere così aperte intorno ai suoi fianchi. Ignorò la macchia bagnata che aumentava sotto il suo sedere. Ignorò quanto fosse difficile fare un respiro completo. Si abbandonò semplicemente a quel momento di appagamento.

CAPITOLO DICIOTTO

Un mese dopo, Wendy si sentiva felice come non mai, tutto sommato. Lars era stato accusato di violazione di domicilio, tentato omicidio, aggressione e rapimento. I suoi amici di violazione di domicilio, aggressione e rapimento. Anche i genitori di Chuck erano nei guai, visto che lui viveva ancora con loro alla base. Le autorità avevano detto che si era scusato, che aveva pianto e implorato disperatamente che i suoi genitori non venissero ammoniti e avessero il permesso di rimanere in servizio, ma non era servito a nulla.

Due adolescenti di un liceo vicino, dopo aver sentito ciò che era successo a Jenny e Jackson si erano presentate alla polizia e avevano ammesso di essere state anche loro vittime di bullismo e poi aggredite dallo stesso gruppo. C'erano altre accuse in sospeso, ma Wendy era fiduciosa che i teppisti non sarebbero stati più un problema per loro e avrebbero avuto ciò che si meritavano.

Jackson e Jenny erano più legati che mai. Lui si era ripreso dalle percosse e lei era stata al suo fianco per tutto il tempo. Wendy non era affatto preoccupata per la loro relazione. Aveva la sensazione che nonostante la differenza di età, avrebbero fatto funzionare le cose. Provavano qualcosa di più profondo del semplice legame creato da ciò che aveva fatto Lars.

La cosa più sorprendente era successa quando Aspen le aveva chiesto il permesso di parlare della sua situazione con un suo amico di nome Tex, spiegandole che avrebbe potuto usare le sue conoscenze informatiche per cercare con discrezione informazioni che la riguardavano.

Fidandosi di lui, aveva accettato.

Ciò aveva portato lei, Jackson e Aspen a volare in California per incontrare le autorità della sua città natale. Wendy aveva avuto il terrore di costituirsi, ma Tex aveva dato loro il nome di un'incredibile avvocatessa, che l'aveva rassicurata dicendo che sarebbe andato tutto bene.

E non si era sbagliata.

Le autorità non erano state per niente contente delle sue azioni, ma dato che Jackson era ancora con lei sano e salvo, frequentava la scuola, e aveva raccontato ai detective tutto ciò che gli era successo nella casa in cui era in affidamento e ciò che sua sorella aveva fatto per lui mentre erano in fuga, alla fine l'avevano lasciata libera.

L'avevano rimproverata, ovviamente, dicendo che sarebbe dovuta andare da loro non appena scoperto cosa stesse succedendo in quella casa, che se lo avessero saputo, avrebbero potuto procurarle l'aiuto di cui aveva bisogno. Sapeva di non aver gestito nel modo più corretto la situazione, ma per fortuna non erano sembrati inclini ad arrestarla per le scelte fatte quando era un'adolescente spaventata.

Aveva dovuto rimborsare il tempo e il denaro che le autorità avevano speso dieci anni prima per cercare Jackson; alla fine, sembrava che trasferirsi da un posto all'altro e il tenere un profilo basso fosse stato inutile.

Aveva sempre creduto di aver avuto fortuna ma, in realtà, il loro caso non era stato abbastanza importante perché lo

Stato della California potesse spendere ancora più soldi per cercarla in tutto il Paese.

«Puoi prendere la laurea ora» le aveva detto Jackson una volta che gli investigatori avevano confermato che non sarebbe stata intentata nessuna accusa contro di lei. «Siamo veramente liberi!»

E lo erano.

Tornati in Texas, Truck era stato dimesso dall'ospedale e non aveva riportato danni a lungo termine a causa della pallottola che si era beccato, a parte un'altra cicatrice. Wendy lo aveva incontrato una volta ed era rimasta sorpresa più dalle sue dimensioni che dal brutto sfregio sul viso.

Non c'erano più state riunioni nella loro cerchia. Il tradimento del matrimonio in segreto aveva spezzato quelle amicizie un tempo strette; le ragazze erano arrabbiate con Mary e gli uomini con Truck. Aspen aveva detto che al lavoro l'atmosfera era tesa e stava influenzando il loro gruppo che in precedenza era sempre stato impeccabile. Aveva anche ammesso che il comandante se n'era accorto, suggerendo di dividerli se non fossero più riusciti a lavorare insieme.

Il loro amico Fish, era finalmente andato in città e si era incontrato con il club di robotica di Jackson. Era rimasto impressionato da tutto ciò che avevano fatto e offerto suggerimenti inestimabili per il design. Tuttavia, non c'era stato il barbecue. Wendy era stata ansiosa di parteciparvi, ma dal momento che nessuno degli uomini si parlava molto al di fuori del lavoro, era stato inevitabile non farlo.

Una sera, dopo aver parlato con Casey, aveva saputo che Fletch si era deciso a vendere la sua casa. La ricostruzione era stata completata, ma pensava che fossero successe troppe cose spiacevoli lì, e lui ed Emily volevano ricominciare da capo. Aspen ne era rimasto sconvolto, ma si era rifiutato di dirlo a Fletch.

Wendy si sentiva impotente, non sapendo come aiutarlo.

Avrebbe voluto fare qualcosa, ma quando gliel'aveva chiesto, Aspen le aveva risposto che gli bastava che stesse con lui, e fosse lì quando tornava a casa. La loro vita sessuale era incredibile come sempre, e godeva di come la prendesse in modo duro e veloce ogni volta. Il sesso lento e romantico non faceva per lei. Sì, era abbastanza piacevole, ma non la faceva venire tante volte, come quando Aspen la penetrava con forza spingendola a raggiungere l'orgasmo.

Le serate erano molto più piacevoli ora che non doveva andare al call center un paio di volte alla settimana; non venire più insultata o aggredita era incredibilmente bello.

Una sera, mentre stavano cenando Aspen disse: «Alla base c'è l'Organizational Day questo fine settimana. Volete andarci?»

«Di cosa si tratta?» chiese Jackson. «E Jenny può venire?»

Aspen sorrise. «Certo che puoi portarla. Ed è in sostanza una fiera. Ci saranno food truck, giochi, musica, truccabimbi e palloncini per i più piccoli.»

«Forte» disse Jackson.

«Sembra divertente» aggiunse Wendy. «Gli altri ci vanno?»

Aspen sospirò. «È probabile.»

«Ma non lo sai?»

Lui scosse la testa. «Non ne abbiamo parlato.»

Gli mise la mano sul braccio. «Devi parlarne con loro. Dovete superarlo. Odio vederti perdere amici così fantastici per questa situazione.»

«Non capisci» disse, posando la forchetta. «Tutto ciò che facciamo e diciamo durante una missione influenza tutti gli altri. Dobbiamo assolutamente fidarci l'uno dell'altro per non fare nulla di stupido e farci uccidere. Quello che Truck ha fatto ha distrutto quella fiducia. Cazzo, Hollywood ci ha detto che Kassie era incinta anche quando non avrebbe dovuto. Abbiamo sempre saputo tutto ciò che fanno tutti, ancora prima di farlo.

In un certo senso, Truck mantenendo questo enorme segreto ci ha fatto dubitare della nostra cieca lealtà reciproca. Ora ci stiamo chiedendo cos'altro qualcuno ci tiene nascosto.»

«Gli hai chiesto il motivo?»

Sospirò e scosse la testa.

«Non credi che dovresti? Voglio dire, non conosco molto bene Truck, ma doveva avere un *buon motivo* per tenervi nascosto il suo matrimonio.»

«So che hai ragione. Mi mancano i miei amici e odio come si sia rovinata anche l'amicizia tra le donne.»

«Sì. L'unica con cui ho parlato è Casey, e ha detto che si sono tutte schierate.»

«È quello che ho sentito anch'io» concordò.

«Rayne è devastata e non ha più parlato con Mary da quando l'ha scoperto. Emily sta dalla sua parte. Harley e Kassie pensano che dovrebbe parlarle e scoprire perché ha sposato Truck. Casey è come la Svizzera, per così dire. Dice che è triste, perché Kassie ed Emily parlavano sempre della loro gravidanza e non vedevano l'ora che i loro figli crescessero insieme, ma ora non si rivolgono la parola.»

«Non so come risolvere questo problema» ammise. «È un casino di merda.»

«Parla con lui» gli ordinò Wendy.

«Lo farò.»

«Bene.»

Finirono di mangiare e quella notte a letto, quando Aspen la mandò in estasi per la seconda volta, Wendy pensò che, nonostante tutto, le cose avrebbero potuto solo migliorare da quel momento in poi.

———

Il giorno successivo, all'allenamento, Blade ne ebbe abbastanza. I ragazzi erano tutti scontrosi e le cose tra di loro andavano ben oltre al semplice disagio.

«Adesso basta» disse, fissando i suoi amici. «Ci stiamo comportando come un gruppo di ragazzine delle medie.» Si voltò verso Truck. «Perché non ci hai detto che ti sei sposato? Siamo un team. Ci diciamo qualunque cosa. Abbiamo saputo che Kassie era incinta molto prima che Hollywood lo dicesse a chiunque altro. Lo stesso anche per il bambino di Emily.»

«Coach e Harley si sono sposati senza dircelo» ribatté Truck sulla difensiva. «Perché nessuno gli ha urlato contro?»

«Era diverso» replicò Fletch.

«Perché?»

«Lo era e basta. Non l'ha tenuto segreto per *mesi*» incalzò Beatle.

Truck sospirò. «Non posso raccontarvi tutti i dettagli perché non è la mia storia e non spetta a me, ma a Mary.»

«Questa è una scusa» sibilò Ghost. «Sono incazzato con te, amico. Sai quanto desidero mettere l'anello al dito a Rayne. Ha aspettato perché era sicura che tu e Mary vi sareste innamorati. Almeno avresti potuto dirlo a *me*.»

«Sei l'ultima persona a cui avrei potuto dirlo» ribatté. Poi strinse le labbra e scosse la testa. «Lascia perdere, amico. È fatta.»

E con quello, se ne andò.

Gli altri uomini lo fissarono increduli, delusi e confusi.

Blade sospirò. Aveva voluto porre fine alla loro ostilità offrendo a Truck la possibilità di spiegare il motivo per cui non aveva parlato del suo matrimonio, ma invece aveva peggiorato le cose.

———

Quel sabato era una bella giornata. C'era il sole e per una volta non faceva troppo caldo. C'erano famiglie ovunque, che si godevano le attività dell'Organizational Day. Una band di musica country locale suonava su un palco a un'estremità del campo e c'erano diversi food truck che servivano cibo gratis per le famiglie dei militari.

Jackson si era allontanato con Jenny non appena erano arrivati, e Blade si stava divertendo a passeggiare con Wendy. Si tenevano per mano e parlavano del più e del meno. Stava andando tutto bene, finché non vide Truck e Mary. Non era difficile individuarli, la differenza di statura tra loro era quasi comica; circa trenta centimetri, ma sembrava non turbarli. Si tenevano per mano con le dita intrecciate e stavano ridendo di qualcosa.

Blade a guardarli provò una fitta di dolore. Era la prima volta che vedeva Mary come se le piacesse davvero stare con Truck. Tutti sapevano che erano fatti l'uno per l'altra e avrebbero dovuto essere tutti entusiasti del fatto che sembrava avessero risolto i loro problemi, ma a causa della segretezza di Truck, la loro unione aveva distrutto la squadra, invece di avvicinarli di più.

Vide anche gli altri in giro. Purtroppo, si tenevano tutti a distanza. Era deprimente, e di certo qualcosa che pensava non sarebbe successo nemmeno in un milione di anni. Ne avevano passate così tante insieme. Dal salvataggio di Rayne, alle risate con la piccola Annie, a Coach che si era fatto quasi uccidere durante il primo salto di Harley, fino all'ultimo episodio della casa di Fletch, fatta saltare in aria da un pedofilo psicotico.

E tutto quello non rendeva minimamente l'idea di ciò che la squadra aveva passato in missione. Dall'Africa, al Sud America, al Medio Oriente. Si erano coperti le spalle a vicenda per anni. Si erano reciprocamente salvati la vita un sacco di volte. Sembrava quasi che in quel momento stessero attraversando un doloroso divorzio. Pensare ai bei momenti passati era come avere un coltello conficcato nel petto.

Blade avvolse il braccio intorno alla vita di Wendy e la attirò contro il suo fianco mentre camminavano.

«Stai bene?» gli chiese.

«No» le disse senza mezzi termini. «Questa situazione fa schifo. Mi mancano i miei amici.»

«C'è qualcosa che posso fare per aiutare?»

«Purtroppo, no, io...»

Le sue parole furono interrotte da un forte scoppio.

Comprendendo subito cosa fosse, Blade gettò Wendy a terra, un po' più bruscamente di quanto intendesse, e le coprì il corpo con il proprio, mentre cercava la fonte.

Il rumore dello sparo risuonò di nuovo e girò la testa per guardare nella direzione da cui proveniva.

Sul palco dove il complesso stava suonando c'era Chuck, uno degli amici di Lars. I membri della band stavano scappando via dietro di lui che urlava e continuava a sparare a caso sulla folla in preda al panico.

Gli occhi di Blade scrutarono l'area e catturarono quelli di Ghost. Il suo leader era a terra su Rayne, proprio come stava facendo lui con Wendy. Il suo amico fece un cenno con la testa verso destra. Guardando in quella direzione, vide Truck e Hollywood e dopo pochi secondi, aveva stabilito un contatto visivo con tutti e sei i suoi compagni di squadra, e stavano elaborando in fretta e silenziosamente un piano usando i segnali tattici.

«Vedi quella serie di gradinate laggiù?» chiese a Wendy con urgenza, indicando alla loro sinistra.

«S-Sì.»

Vedeva che era terrorizzata, ma almeno lo stava ascoltando. «Ho bisogno che tu vada là il più velocemente possibile. Mantieniti bassa e assicurati di non correre in linea retta. Pensi di riuscirci?»

«Sì, ma cos'*hai* intenzione di fare?»

Ignorando la sua domanda, continuò. «Ti incontrerai lì con Rayne e le altre. Una volta arrivata, accovacciati e *non* muoverti, qualunque cosa accada. Capito?»

«Va bene, ma, Aspen, cos'hai intenzione di fare?» ripeté.

«Io e il mio team fermeremo quel figlio di puttana» disse. Poi la baciò con forza. Quando ci fu una pausa nella sparatoria, la fece alzare in piedi e la spinse verso le gradinate. «Vai. Adesso!»

La guardò lanciarsi verso la parziale sicurezza degli spalti. Niente era infallibile, ma le donne sarebbero state molto più al sicuro lì che sdraiate in bella vista sul terreno erboso.

Poi, come se gli avvenimenti dell'ultimo mese non fossero mai successi, Blade e il suo team fecero ciò che sapevano fare meglio... lavorarono insieme per sconfiggere l'attentatore.

———

Dieci minuti dopo, Blade e i suoi compagni di squadra erano in attesa che la polizia militare liberasse l'area.

Avevano circondato e disarmato Chuck in meno di cinque minuti dall'inizio della sparatoria. Nessuno aveva portato un'arma, ma non ce n'era stato bisogno. In sostanza, gli erano piombati addosso quando si era fermato per ricaricare il fucile. Il ragazzo aveva singhiozzato e supplicato di farlo alzare, di lasciare che la polizia gli sparasse, urlando che aveva rovinato la vita ai suoi genitori e che sarebbero stati meglio senza di lui.

Mentre Truck e Ghost lo avevano tenuto fermo, il resto del team aveva messo in sicurezza le sue armi e munizioni accertandosi che Chuck non fosse un pericolo per nessun altro. Quando era arrivata la polizia militare, il giovane era ormai senza energia e rassegnato.

Truck li aveva informati di ciò che il ragazzo aveva blaterato. In pratica, aveva sparato a terra per evitare di ferire la gente, nella speranza che la polizia lo avrebbe comunque ucciso e posto fine alla sua sofferenza.

Era stato portato via in fretta, e il team Delta, dopo aver osservato le loro donne per assicurarsi che stessero bene, era rimasto unito sotto il palco in attesa di essere congedato.

«Ho fatto un casino non parlandovi di me e di Mary. Ma se dovessi ritrovarmi nella stessa situazione, non cambierei nulla di ciò che ho fatto» disse Truck, rompendo il silenzio.

«Ne abbiamo già parlato. Rayne è devastata» replicò Ghost.

«Lo so. E me ne rammarico, ma Mary stava morendo. Non poteva permettersi un trattamento quando il cancro era tornato, e l'ho sposata in modo che potesse essere coperta dalla mia assicurazione.»

Si zittirono tutti. Aveva detto che spettava a Mary raccontare la storia, ma nessuno di loro si era aspettato quella bomba.

«La cerimonia si è svolta quando siamo andati nell'Idaho per aiutare Fish, non è vero?» chiese infine Hollywood.

Truck annuì. «Sì. Era in un momento critico e ha acconsentito. Ma sapevo che se avessi rimandato, avrebbe trovato la forza di ripensarci.»

«Ha vissuto da te?» chiese Ghost.

«Per la maggior parte del tempo, sì.»

«Lo avevo immaginato. Le poche volte che Rayne era riuscita a convincerla a incontrarsi, evitava sempre di farlo nel suo appartamento.»

«Non è stata molto a casa sua. All'inizio, stava troppo male, ma anche ora che sta meglio, credo sia diventata un'abitudine restare con me» disse con un'alzata di spalle.

«Avresti dovuto dircelo» lo ammonì Coach.

Truck annuì. «Lo so. Ve lo sto dicendo ora perché questa stupida ostilità tra noi sta influenzando il nostro lavoro. Non voglio che la squadra venga divisa. Ma l'altro motivo per cui non ho detto nulla prima è perché sono convinto che sia solo questione di tempo prima che Mary chieda il divorzio. Mi ha sposato per la mia assicurazione... be', l'ho *costretta* a sposarmi affinché potesse usarla, e ora che non ne ha più bisogno, ho la sensazione che vorrà andare per la sua strada senza di me.»

«Adesso sta bene?» chiese Blade.

Truck sospirò e annuì. «Sì. È stata dal medico la scorsa settimana e le ha detto che è tutto a posto. Dovrà prendere farmaci per almeno i prossimi sette o otto anni e sta valutando la possibilità di una ricostruzione del seno, ma per ora il cancro sembra essere sparito.»

«Il punto è questo» dichiarò Beatle. «Eravamo incazzati con te, Truck. Tradendo la nostra fiducia hai ferito la squadra. Ma... la situazione di oggi ci ha dimostrato che in fondo ci fidiamo ancora l'uno dell'altro implicitamente. Giusto?»

Furono tutti d'accordo.

«Quindi, dobbiamo porre fine a questo schifo e riparare la frattura tra di noi.»

«Sono d'accordo» ribatté Fletch. «Mi mancate ragazzi. E mancate ad Annie. Ha anche chiesto quando rivedrà Wendy e le altre. Devo inaugurare la mia nuova casa con un barbecue.»

Gli uomini si sorrisero e Blade sentì la tensione defluire dal suo corpo. Erano tornati. La squadra era di nuovo insieme ed era una sensazione straordinaria.

«Non sono sicuro che sarà così facile per le nostre donne ricucire i rapporti» disse Ghost. «Quello che hai fatto ha davvero ferito Rayne.»

Tutti guardarono verso le gradinate. Mary e Rayne erano alle estremità opposte del gruppetto, ed entrambe avevano le braccia incrociate sul petto. Wendy e Casey stavano sussurrando tra loro, ed Emily era accanto a Rayne con il braccio intorno alla sua vita. Kassie e Harley invece erano più vicine a Mary e parlavano tra loro.

«Sistemerò tutto» disse Truck ai suoi amici. «Non so come, ma lo farò. Mary è la donna più testarda che abbia mai incontrato, ma è anche una delle più compassionevoli e amorevoli. So che voi ragazzi pensate che sia una stronza, ma non la conoscete come me. È distrutta dal fatto che Rayne sia arrabbiata con lei e odia che il gruppo sia stato diviso a causa di quello che abbiamo fatto. Ragazzi, mi aiuterete?»

«Assolutamente, cazzo!» esclamò Ghost.

«Puoi contarci» convenne Hollywood.

Uno per uno, gli uomini giurarono di fare tutto il necessario perché il loro gruppo tornasse a essere quello di prima.

«Le permetterai di divorziare?» chiese Fletch.

«No» rispose Truck. «La amo. È tanto scontrosa, ma ha imparato a esserlo a causa del suo passato. Ho visto il suo lato premuroso e amorevole, e so che alla fine lo vedrete anche voi.»

«Qualcuno ha altri segreti?» domando Ghost in tono ironico. «Credo che questo sia il momento buono per tirarli fuori.»

Tutti ridacchiarono.

«Presto chiederò a Wendy di sposarmi» disse Blade. «Lei e Jackson si sono trasferiti da me e voglio dar loro la stabilità che non hanno avuto nell'ultimo decennio.»

Beatle gli mise una mano sulla spalla. «Congratulazioni.»

«Grazie.»

«E tu?» chiese Hollywood a Beatle. «Se Blade e Wendy si fidanzano, tu e Casey sarete gli unici a non essere sposati o fidanzati.»

«Be', e io non conto?» rimarcò Ghost scontroso.

Hollywood alzò gli occhi al cielo. «Sappiamo tutti che sposerai Rayne nel momento stesso in cui lei ti dirà che è pronta. È solo questione di tempo. Allora? Beatle?»

Lui sorrise al gruppo. «Non ho ancora un anello, ma ha accettato di sposarmi la settimana scorsa.»

Tutti gli amici gli diedero una pacca sulla spalla per congratularsi

«Qualcun altro ha qualcos'altro da dire?» si informò Ghost.

«Io e Mary ci siamo sposati in tribunale, ma voglio che abbia una cerimonia con l'abito bianco, la camminata lungo la navata e una grande festa» disse Truck, guardandolo dritto negli occhi. «Potrebbe far storie e dire che non vuole un gran clamore, ma fanculo. Ha battuto il cancro due volte. Voglio organizzarle la più grande festa che questa città abbia mai visto.»

Ghost lo fissò, poi si voltò e incontrò gli occhi di Blade e Beatle prima di dire lentamente: «E se avessimo quattro matrimoni in uno e poi la cazzo di festa più enorme della città? Pensi che alle vostre fidanzate piacerebbe? O vogliono un matrimonio tutto per loro?»

«Wendy lo adorerebbe» disse subito Blade. «Non ha mai avuto amici stretti, e senza una famiglia a parte Jackson, so che si sentirebbe a disagio se tutti gli invitati fossero i miei. Quindi, accidenti, per me è un sì.»

«Beatle?» chiese Ghost con un sopracciglio inarcato.

«Non posso parlare per Casey finché non glielo chiederò, ma sono abbastanza sicuro che non avrebbe obiezioni. È stata davvero triste e depressa per i litigi dell'ultimo mese. Penso che se tutti facessero pace e lavorassero insieme per far sì che ciò accada, sarebbe epico.»

Tutti gli uomini annuirono l'uno con l'altro.

«Posso dare un suggerimento?» si intromise Fletch.

«Certo» disse Ghost.

«Magari potremmo aspettare fino a quando non nasceranno i bambini di Emily e Kassie. So che adorerebbero stare a fianco alle loro amiche, ma ho la sensazione che Em odierebbe avere il pancione in tutte le foto.»

«Non è un problema per noi» concordò Hollywood.

«Kassie dovrebbe sfornare la bambina da un momento all'altro.»

Gli altri ridacchiarono.

«Nessun problema. Comunque non avremmo potuto pianificare tutto nei prossimi tre mesi» dichiarò Ghost.

«Maledizione, potrebbe volerci tutto quel tempo per convincere le ragazze a parlarsi di nuovo» borbottò Truck.

«Siamo tutti d'accordo, giusto?» chiese Ghost.

Gli amici annuirono.

«Va bene. Dopo aver fatto rapporto alla polizia militare, torneremo a casa con le nostre donne e ci assicureremo che stiano bene. Ma a partire da domani inizierà l'operazione "Sistemiamo Questa Merda". Ok?» ordinò Ghost.

Tutti furono d'accordo e attraversarono il campo verso le donne che aspettavano ansiose.

Ghost mise una mano sulla spalla di Truck prima che potesse andarsene. «Amico, ero incazzato con te, ma ora ho capito.»

«Davvero?»

«Sì. Sceglierei Rayne piuttosto che voi stronzi un milione di volte.»

Rivolse un sorriso sbilenco al suo amico e leader. «Ti ringrazio.»

Ghost gli diede un pugno sul braccio. «Non posso credere che tu abbia convinto Mary a sposare il tuo brutto muso.»

Truck ridacchiò. «Non eccitarti troppo. Non è che abbiamo una relazione normale.»

«Sul serio?»

«Sì. Dormiamo insieme ogni notte, ma non abbiamo mai *dormito insieme*, se capisci cosa intendo. All'inizio perché aveva la nausea e stava sempre male, ma ora che sta meglio è comunque cocciuta.»

«Bene, se qualcuno può abbattere le sue barriere, quello

sei tu» disse, mostrandosi convinto al cento per cento. «Non vedo l'ora di vederlo succedere.»

«Un po' di compassione non guasterebbe» borbottò. «Ho il peggior caso di palle blu nella storia dell'uomo.»

Ghost scoppiò a ridere. «Ti sta bene.» Poi si fece serio. «Devo far ricucire il rapporto tra Rayne e Mary.»

«Lo so. Ci riusciremo.»

«Giuri?»

«Giuro. In un modo o nell'altro, quelle due saranno di nuovo culo e camicia, e avranno il loro matrimonio doppio. No, quadruplo.»

Ghost sorrise. «Quello mi va bene. Sei un brav'uomo, Truck.»

«Non sempre. Ho scoperto di essere un gran egoista.»

«Lo siamo tutti a modo nostro. Andiamo, sembra che le nostre donne stiano per scoppiare. Ne parleremo domani e metteremo insieme un piano per riportare quelle due in carreggiata... e per riparare anche i rapporti con le altre. Sono stato contento che ci fossi oggi. Come al solito, la tua stazza ha reso più facile sconfiggere quel ragazzo.»

«Il piacere è stato mio.»

Blade osservò da un angolo Ghost e Truck che si stringevano la mano e poi andavano a prendere le loro donne.

«Cos'è successo tra voi» gli chiese Wendy mentre si avviavano verso il parcheggio. «Eravate tutti arrabbiati e ora non lo siete più?»

«A volte tutto ciò che serve è un piccolo pericolo per guardare le cose in prospettiva» le disse. «Ora andiamo, voglio portare a casa te e tuo fratello. Penso che abbiamo tutti bisogno di un po' di tempo per "noi". Ero terrorizzato che potessi venire colpita da un proiettile vagante.»

«Ti amo» gli disse alzandosi in punta di piedi per baciarlo.

I suoi occhi si illuminarono. «È la prima volta che lo dici.»

«No, no. L'ho già fatto» protestò Wendy. «Quella sera che mi hai detto che avevi intenzione di sposarmi.»

«No, tesoro, non l'hai fatto. Credimi, lo ricorderei. Eri sorpresa e compiaciuta e mi hai scopato fino allo sfinimento, ma non hai mai pronunciato quelle parole. Aspettavo questo momento da settimane. E ora non puoi più rimangiartelo.»

«Non voglio rimangiarmelo» lo rassicurò. «Ora andiamo, preparerò la cena, poi quando Jackson porterà Jenny a casa, ti dimostrerò quanto ti amo.»

«Oooh, piccola, mi piace quando dici queste cose.»

Blade le mise un braccio intorno alle spalle e la condusse alla Jeep. Le cose non erano perfette con il team, ma ci avrebbero lavorato. Le settimane e i mesi successivi sarebbero stati interessanti, ma puntava tutto su Truck.

———

Truck aprì la porta del suo appartamento e aspettò che Mary entrasse per prima, poi la chiuse a chiave dietro di loro. Durante il viaggio era rimasta silenziosa e avrebbe voluto chiederle a cosa stesse pensando, ma aveva deciso di farlo a casa così non sarebbe scappata via.

Le preparò una tazza di tè con una generosa dose di bourbon e la fece accomodare sul divano. Si sedette accanto a lei, la prese tra le braccia e rimasero lì in silenzio.

Dopo un po' le chiese: «Stai bene?»

«Certo.»

Truck resistette all'impulso di alzare gli occhi al cielo. Ovvio che avrebbe risposto così.

«Rayne ti ha detto qualcosa oggi?»

«No.»

«E tu? Le hai detto qualcosa?»

«No. Non c'è niente da dire. L'ho ferita.»

«Se le parlassi e le spiegassi il motivo, capirebbe.»

Mary scosse la testa. «No, non capirebbe. È stata presente durante ogni fase del mio primo periodo di chemio e radio. Non avrebbe capito perché non l'ho voluta lì la seconda volta.»

In realtà, non lo capiva perfettamente nemmeno lui, quindi lasciò perdere. Quando lei si sporse in avanti per mettere la tazza vuota sul tavolino, le chiese: «Pronta per andare a letto?»

«Sì. Truck?»

«Sì, piccola?»

«Va tutto bene ora tra te e il tuo team?»

«L'hai notato, eh?»

«Sì.»

«Le cose non sono perfette, ma ci arriveremo.»

«Bene. Non volevo metterti in difficoltà con i tuoi amici.»

La baciò sulla testa senza spostare le labbra mentre diceva: «Non l'hai fatto. Qualunque siano le conseguenze delle mie azioni dipendono da me. Non da te. Capito?»

Lo fissò per un lungo momento e, ancora una volta, cercò di capire a cosa stesse pensando, senza riuscirci. «So che lo pensi davvero, ma so anche che non è la verità.» Distolse lo sguardo. «Devo prepararmi per andare a letto.»

«Hai bisogno di aiuto?»

Mary si bloccò e lo guardò. «Come scusa?»

«Ti serve aiuto?» ripeté. Durante il loro matrimonio, non aveva mai oltrepassato quella linea di separazione tra l'essere un amico e l'essere qualcosa di più. Ma più tempo trascorreva con lei, ora che non era più ammalata e sofferente, più *desiderava* oltrepassarla. Era arrivato il momento di iniziare a farle un po' di pressione.

«No.»

«Sei sicura? Sarei felice di aiutarti a togliere quei vestiti.»

«Truck!» esclamò e gli diede una pacca sul braccio. «No!» Era arrossita e non lo guardò negli occhi. Se fosse stato uno che scommetteva, avrebbe detto che era aperta all'idea, ma aveva bisogno di un po' più di persuasione.

«Volevo solo esserne sicuro. Ci vediamo tra un po' nel *nostro* letto» disse, enfatizzando più del solito la parola "nostro". Poi le mise la mano sulla guancia e le voltò il viso verso di lui. Si chinò e le coprì la bocca con la sua.

Fece scorrere la lingua sulle sue labbra finché lei non ansimò stupita, e ne approfittò per assaggiarla per la prima volta.

Tutte le altre volte che si erano baciati, era stata una cosa casta e a bocca chiusa, ma Truck aveva finito con quel tipo di bacio. Mary era sua. Nel vero senso della parola. Era lunatica, ma poteva lavorarci.

Quando non si allontanò da lui sconvolta o non lo schiaffeggiò, continuò con la sua pigra esplorazione. Mary intrecciò timidamente la lingua con la sua, e lui quasi gemette. Il suo cazzo era duro come l'acciaio e sentì fuoriuscire una goccia di seme.

Gesù, era pronto a venire solo con la sensazione di quella piccola lingua che giocava con la sua. Con riluttanza si tirò indietro, per il momento soddisfatto di come fossero andate le cose, e le baciò la fronte. «Vai avanti, piccola. Arrivo subito.»

Senza dire nulla, e con uno sguardo sbalordito sul viso, Mary si alzò e si avviò lungo il corridoio verso la camera da letto matrimoniale.

Truck sapeva che la sua compiacenza non sarebbe durata. Era una delle cose che amava di più di lei. Ribatteva colpo su colpo, e non stava lì a guardare lasciando che fosse lui a dettare tutto nella loro relazione. Era una sfida, e un uomo come lui ne aveva bisogno. Aveva bisogno di *lei*.

Forse non se n'era resa conto, ma il giorno in cui aveva detto "Lo voglio" le aveva cambiato la vita per sempre.

Era sua, proprio come lui era suo.

Avrebbero litigato, fatto pace e litigato di nuovo. E Truck aspettava con ansia ogni singolo secondo dei loro botta e risposta. Alla fine, gli avrebbe dato tutto ciò che desiderava e lui si sarebbe assunto la responsabilità di renderla felice per il resto della loro vita.

Non vedeva l'ora.

Difendere Chloe
Difendere Morgan
Difendere Harlow
Difendere Everly
Difendere Zara
Difendere Raven

Ace Security *(Prossimamente)*

Il riscatto di Grace
Il riscatto di Alexis
Il riscatto di Bailey
Il riscatto di Felicity
Il riscatto di Sarah

In inglese:
Delta Force Heroes Series

Rescuing Rayne
Rescuing Aimee (novella)
Rescuing Emily
Rescuing Harley
Marrying Emily (novella)
Rescuing Kassie
Rescuing Bryn
Rescuing Casey
Rescuing Sadie (novella)
Rescuing Wendy
Rescuing Mary
Rescuing Macie (novella)
Rescuing Annie (Feb 2022)

Delta Team Two Series

Shielding Gillian
Shielding Kinley
Shielding Aspen

Shielding Jayme (novella)
Shielding Riley
Shielding Devyn (May 2021)
Shielding Ember (Sep 2021)
Shielding Sierra (Jan 2022)

Badge of Honor: Texas Heroes Series

Justice for Mackenzie
Justice for Mickie
Justice for Corrie
Justice for Laine (novella)
Shelter for Elizabeth
Justice for Boone
Shelter for Adeline
Shelter for Sophie
Justice for Erin
Justice for Milena
Shelter for Blythe
Justice for Hope
Shelter for Quinn
Shelter for Koren
Shelter for Penelope

SEAL of Protection: Legacy Series

Securing Caite
Securing Brenae (novella)
Securing Sidney
Securing Piper
Securing Zoey
Securing Avery
Securing Kalee
Securing Jane

SEAL Team Hawaii Series

Finding Elodie (Apr 2021)
Finding Lexie (Aug 2021)
Finding Kenna (Oct 2021)
Finding Monica (TBA)
Finding Carly (TBA)
Finding Ashlyn (TBA)
Finding Jodelle (TBA)

Ace Security Series

Claiming Grace
Claiming Alexis
Claiming Bailey
Claiming Felicity
Claiming Sarah

Mountain Mercenaries Series

Defending Allye
Defending Chloe
Defending Morgan
Defending Harlow
Defending Everly
Defending Zara
Defending Raven

Silverstone Series

Trusting Skylar
Trusting Taylor (Mar 2021)
Trusting Molly (July 2021)
Trusting Cassidy (Dec 2021)

SEAL of Protection Series

Protecting Caroline
Protecting Alabama
Protecting Fiona

Marrying Caroline (novella)
Protecting Summer
Protecting Cheyenne
Protecting Jessyka
Protecting Julie (novella)
Protecting Melody
Protecting the Future
Protecting Kiera (novella)
Protecting Alabama's Kids (novella)
Protecting Dakota

BIOGRAFIA

L'autrice best seller del *New York Times, USA Today,* e *Wall Street Journal,* Susan Stoker ha un cuore grande come lo stato del Texas, dove vive, ma questa tipica ragazza americana ha trascorso gli ultimi quattordici anni vivendo nel Missouri, in California, in Colorado, e nell'Indiana. È sposata con un ex militare dell'esercito, che ora la segue in tutto il Paese.

Ha debuttato con la sua prima serie nel 2014, seguita dalla serie SEAL of Protection, che ha consolidato il suo amore per la scrittura, e la creazione di storie in cui i lettori possono perdersi.

Se ti è piaciuto questo libro, o qualsiasi libro, per favore considera di lasciare una recensione. Gli autori lo apprezzano più di quanto tu possa immaginare.

www.stokeraces.com
susan@stokeraces.com

www.ingramcontent.com/pod-product-compliance
Lightning Source LLC
Chambersburg PA
CBHW060241100726
47907CB00003B/730